KB083056

노랑무늬영원

한 강은 1970년 겨울 광주에서 태어났다. 1993년 『문학과사회』 겨울호에 시 「서울의 겨울」 외 네 편을 발표하고 이듬해 『서울신문』 신춘문예에 단편소설 「붉은 닻」이 당선되어 작품 활동을 시작했다. 소설집 『여수의 사랑』 『내 여자의 열매』 『노랑무늬영원』, 장편소설 『검은 사슴』 『그대의 차가운 손』 『채식주의자』 『바람이 분다, 가라』 『희랍어 시간』 『소년이 온다』 『흰』 『작별하지 않는다』, 시집 『서랍에 저녁을 넣어 두었다』 등을 출간했다. 오늘의 젊은 예술가상, 이상문학상, 동리문학상, 만해문학상, 황순원문학상, 김유정문학상, 김만중문학상, 대산문학상, 인터내셔널 부커상, 말라파르테 문학상, 산클레멘테 문학상, 메디치 외국문학상, 에밀 기메 아시아문학상 등을 수상했으며, 노르웨이 '미래 도서관' 프로젝트 참여 작가로 선정되었다. 2024년 한국 최초 노벨문학상을 수상했다.

한강 소설집
노랑무늬영원

초판 1쇄 발행 2012년 10월 23일
초판 9쇄 발행 2016년 6월 1일
재판 1쇄 발행 2018년 11월 9일
재판 8쇄 발행 2024년 10월 23일

지은이 한 강
펴낸이 이광호
편   집 이민희 조은혜 박선우 김필균
펴낸곳 ㈜**문학과지성사**
등록번호 제1993-000098호
주   소 04034 서울 마포구 잔다리로 7길 18(서교동 377-20)
전   화 02)338-7224
팩   스 02)323-4180(편집) 02)338-7221(영업)
전자우편 moonji@moonji.com
홈페이지 www.moonji.com

ⓒ 한 강, 2012, 2018. Printed in Seoul, Korea

ISBN 978-89-320-3483-6 03810

이 도서의 국립중앙도서관 출판예정도서목록(CIP)은 서지정보유통지원시스템 홈페이지(http://seoji.nl.go.kr)와 국가자료공동목록시스템(http://www.nl.go.kr/kolisnet)에서 이용하실 수 있습니다. (CIP제어번호: CIP2018031249)

노랑무늬영원

한 강 소설집

문학과지성사

차례

밝아지기 전에

왜 하필 오늘 그 새를 기억했는지 모르겠다.

지난 십이월이었다. 영하 십오 도의 한파가 잠깐 물러간 일
요일 오후에 그 새를 보았다. 산책로가 둥글게 구부러지는 곳
이었는데, 서리가 내린 풀숲 가장자리에서 그것은 얼굴을 가
슴 쪽으로 파묻고 죽어 있었다. 두루미 종류의 흰 새였다.

이번 추위에 얼어 죽었나 보다, 순간 생각했던 기억이 난다.
함께 있던 윤이는 날쌔게 손을 뻗어 그 새를 만지려고 했다.
나는 윤이의 손을 붙잡았다.

만지면 안 돼.

왜?

죽었잖아.

죽었으면 만지면 안 돼?

잠자코 윤이의 손을 끌고 새를 지나쳤다. 여남은 걸음 뒤에 돌아보자, 눈처럼 희고 섬세한 날갯죽지가 여전히 풀숲 가장자리에 웅크리고 있었다.

*

스물여섯 살이라고 했다. 상주도 없었다. 영정 사진을 올려다볼 생각도 못 하고 황황히 두 번 절하고 돌아서서 구두를 신었는데 은희 언니가 유리문을 밀고 들어왔다. 화장실에 다녀오는 모양이었다. 눈언저리며 뺨이 빨갛게 부어 있어 낯설어 보였다. 체구가 작은 그녀에게 상복 치마가 너무 길어서, 허리께를 끈으로 묶었는데도 바닥에 끌렸다. 내가 다가가서 어깨에 손을 얹자 그녀는 울었다. 처음 보는 눈물이었다.

아침 일곱 시까지 나랑 얘기했어. 배가 아프다고, 출근길에 병원에 데려다달라더라구. 늦어서 안 된다고 했어. 택시 타고 가라고 만 원짜리 두 장 놓고 나왔어. 짜증도 냈어. 이 죄를 어떻게 하니.

은희 언니와 여섯 살 터울 지는 유일한 남동생이었다. 사인은 급성 복막염이었다. 그날 오전 열한 시경, 자신의 방에서 의식을 잃고 있는 그를 어머니가—이태 전에 홀로되었고 다리가 불편한—발견해 구급대를 불렀는데, 결국 여섯 시간 만에 목숨을 잃었다고 했다.

저 사진, 작년에 엄마 모시고 제주도 갔을 때 찍은 거야. 초점이 너무 안 맞았지. 아무리 찾아도 저것밖에 잘 나온 사진이 없었어.

그녀는 흐느끼며 계속 영정 사진 이야기를 했다. 그것만이 최선을 다해 해명해야 할 일인 것처럼. 사진을 제대로 못 봤다는 말을 할 수 없어서 나는 괜찮다고, 괜찮은 사진이라고 반복해 말했다. 내 검은 블라우스의 가슴 윗부분이 젖도록 그녀가 우는 동안 두 팔로 어깨를 꽉 안고 있었다.

벌써 그게 육 년 전 일이다.

*

십여만 원의 수수료를 차감해 항공권을 환불받는 절차를 전화로 밟은 뒤 거실의 책상 앞에 돌아와 앉았다. 베란다 밖으로 얼어붙은 주차장, 눈 덮인 산, 검게 탄 재 같은 나무들이 보인다. 이월도 중순이고 곧 봄방학인데 영하 이십 도의 추위가 다시 찾아와, 윤이가 다니는 초등학교는 한 시간 늦게 등교하라는 단체 문자를 아침 일찍 보내왔다.

이 한파 속에서 오늘 밤 아홉 시 인천을 출발해, 싱가포르를 경유해 내일 새벽 도착하려고 했던 곳은 일 년 내내 여름인 도시다. 오랜 군부 독재로 폐쇄되었다가 이제 서서히 개방되고 있는, 밝은 주황색 사리를 두른 승려들이 새벽 탁발을 하는 도시. 그곳에서 보낼 일주일을 위해 나는 여름옷들과 자외선 차단 크림, 비상약과 모기 쫓는 스프레이를 캐리어에 챙겼다. 은희 언니가 메일로 부탁한 것은 모국어로 씌어진 책 두어 권뿐이었지만, 시내 서점에서 고른 다섯 권의 책과 함께 구운 김, 홍삼 엑기스도 넣어두었다.

은희 언니의 소식을 들은 것은 어젯밤 열 시경이었다. 내가 없는 동안 윤이를 돌봐주기로 한 막내 여동생에게 전화를 걸어 여행이 취소되었다고 하자, 동생은 놀라며 무슨 일인지 물었다. 만나서 자세히 얘기할게, 하고 대답을 미루며 부탁했다. 여행은 취소됐는데 급히 가볼 데가 있어, 내일 되도록 일찍 와줄래? 전화를 끊고 거실 가운데 잠시 서 있다가, 현관에 눕혀뒀던 캐리어를 열고 주섬주섬 짐들을 원래 자리로 옮기기 시작했다. 그때까지 제 방에서 엿듣고 있던 윤이가 상기된 얼굴로 뛰어나오며 외쳤다. 정말? 엄마 정말 여행 안 가?

이제 윤이가 단축 수업을 마치고 돌아올 시각은 열두 시 삼십 분경이다. 중학교 기간제 교사인 동생은 다섯 시까지 올 수 있다고 했다. 지금은 어디로도 멀리 움직이기 어려운 시간이다. 노트북 컴퓨터를 켜고, 어젯밤 편집자에게 부쳤어야 했던 원고를 다시 읽기로 한다. 그러나 첫 페이지를 넘기기 전에 형편없다는 사실을 깨닫는다. 형편없는 것을 쓰는 일에 긴 시간을 허비한 것이다. 어젯밤 은희 언니의 소식을 듣지 않았다면 이 원고를 의심 없이 넘기고 출국했을 것이다. 그녀의 소식이 내 의식을 꿰뚫으며 구멍을 만들었고, 그래서 별안간 눈이 밝아진 것이다.

그러나 지금 그런 것은 중요하지 않다.

*

여러 날 추위가 풀리지 않고 오히려 더 추워지면서, 서울의 거리는 차가운 지옥처럼 점점 더러워진다. 보도에 쌓인 눈은 녹지 않고, 그 위로 그을음 같은 때와 쓰레기와 가래침 들이 겹겹이 얼어붙는다. 미끄러지지 않으려면 발을 내리 디디며 좁은 보폭으로 걸어야 한다. 눈꺼풀 안쪽으로 어른거리는 은희 언니의 얼굴을 의식하며 나는 걷는다.

동생의 발인을 치르며 은희 언니는 울지 않았다. 그녀의 어머니는 발인에 참석하지 않았다. 은희 언니 혼자 꼿꼿이 서서 장례사가 시키는 대로 술잔에 술을 채우고, 달그락달그락 숟가락과 젓가락을 집었다 내려놓았다. 이틀 사이 그녀의 얼굴은 마치 뼈 위에 얇은 가죽을 덮어놓은 것처럼 말라 있었다. 그 짧은 시간 동안 모든 표정이 닳아 없어져, 어떤 감정도 담을 수 없는 질긴 가죽만 남은 것 같았다. 은희 언니와 문득 눈이 마주쳤을 때, 그녀는 내 얼굴에서 시선을 떼지 않았지만 그렇다고 나를 보고 있지도 않았다. 먼저 조심스럽게 눈을 돌린 것은 나였다.

익숙한 걸음이 산책로에 들어선다. 평일 오전인 데다 갑작스런 추위로 숲엔 인적이 없다. 보행로에는 크고 작은 신발 자국들이 얼어 있고, 낮은 울타리가 둘러진 풀밭 안쪽에는 눈 위로 작은 짐승들의 발자국이 드문드문 찍혀 있다.

그 새를 보았던 길모퉁이에서 걸음을 멈춘다. 진작 새는 치워졌고, 그 평평한 자리에 눈이 쌓여 있다. 눈에서 물기가 빠져나가며 생긴 미세한 구멍들을, 그 위로 바늘 도막들처럼 흩어져 있는 침엽수 잎들을 본다. 고개를 들어 그 잎들이 전나무들에서 떨어졌다는 것을 확인한다. 높고 반듯하게 솟은 그 나무들의 줄기와 가지에도 눈이 얼어 있다. 하늘은 파랗고, 차가운 햇빛이 우듬지의 윤곽을 에워싸고 있다. 한동안 고개를 뒤로 젖히고 올려다보다가, 내가 그것들을 아름답다고 느끼고 있었다는 것을 깨닫는다. 냉혹할 만큼 완전하게 은희 언니를 잊고 있었다는 사실을 깨닫는다.

*

벤치에 쌓인 눈을 털어내고 앉아 배드민턴 코트를 건너다본다. 겨울 초입에 관리인은 네트를 모두 걷어내버렸다. 고운 모래가 깔려 있던 바닥은 두툼한 눈에 덮였고, 헐벗은 플라타너스들이 침묵하며 코트를 에워싸고 있다.

지난여름엔 저 플라타너스 그늘 아래에서 윤이와 배드민턴을 쳤다. 둘 다 실력이 형편없어서, 서로 최대한 공을 띄워 올려준 뒤 여유 있게 쫓아가 받아치는 일을 반복했다. 하얀 깃털을 흔들며 셔틀콕이 떨어지는 동안 눈에 가득 차던 하늘이며 잎사귀들, 제대로 쳐낼 때 라켓의 중앙에서 느껴지던 탄성, 아깝게 놓치는 순간 윤이와 함께 터뜨리던 웃음들이 좋았다. 그렇게 땀에 흠뻑 젖어 돌아온 어느 저녁 은희 언니에게 메일을 썼다. *언니가 있는 데는 언제나 이렇게 여름이야? 궁금해. 사계절 변함없이 이런 열기, 땀, 햇빛 속에서 살다 보면 어떤 사람으로 변하게 되는지.* 언제나처럼 은희 언니는 사흘쯤 뒤에 메일을 확인하고는 간결한 답장을 보냈다. *어서 건강해져서, 비행기 표만 끊어서 내가 묵는 곳으로 와. 직접 겪어봐야지, 말로는 설명 못 해.*

대학 졸업과 함께 입사해 팔 년 가까이 일했던 잡지사를 은희 언니가 그만둔 것은 남동생의 장례를 치른 해 가을이었다. 조금 쉬고 싶다는 게 이유였는데, 집을 줄여 옮기고 차를 팔더니 연말에 혼자 장기 여행을 떠났다. 첫 여행지는 네팔이었다. 안나푸르나가 보이는 포카라의 게스트하우스에서만 두 달 가까이 머물다가, 포터도 가이드도 없이 한 달여 동안 가장 긴 히말라야 트레킹 코스를 완주했다. 처음부터 특별한 목적이 없는 여행이었으므로, 마음에 맞는 롯지를 만나면 기한 없이 머물며 종일 얼음산을 올려다보았다고 했다. 귀국한 지 얼마 지나지 않아 집으로 찾아온 그녀는 알록달록한 목각 인형과 가죽 필통이 담긴 종이 꾸러미를 나에게 내밀었고, 아직 다섯 살이던 윤이가 끈질기게 방해하는 와중에도 밝은 얼굴로 이런저런 여행담을 들려주었다. 윤이가 낮잠이 들었을 때 그녀는 지나가는 말처럼 담담하게 말했다. *조만간 또 떠날 거야. 돌아와보니까 그래야 한다는 걸 알겠어.*

은희 언니는 여행을 좋아하는 사람이 아니었다. 같은 직장에서 내가 후배로 일했던 삼 년 동안, 그녀는 갑작스럽게 출장 일정이 잡히는 것을 가장 싫어하는 사람이었다. 사람들이 막연히 선망하는 뉴욕 같은 출장지도 내키지 않아 했다. 그녀는 서두르지 않고 제시간에 출근해, 오전 중에 회의나 섭외 같은 업무들을 끝내고, 간소하게 점심을 먹은 뒤 회사 주변 주택가를 산책하고, 오후부터 밤까지 집중해서 기사를 쓰는 규칙적인 생활을 원했다. 외근이 없는 날에는 실제로 거의 그 리듬대로 생활했는데—모두 패닉 상태가 되는 마감 무렵에도 가장 침착한 사람이 그녀였다—, 그러기 위해 오히려 개인적인 약속이나 여가 생활을 습관적으로 희생하고 있었다.

은희 언니는 풍성하고 새까만 앞머리로 이마를 가리고 뒷머리는 소년처럼 짧게 잘랐다. 한결같은 그 머리에 뿔테 안경을 낀 날이면, 그러잖아도 동그랗고 앳된 얼굴이 고지식한 여고생 같았다. 그녀는 인테리어가 화려하거나 반찬이 너무 많은 식당은 번다하다며 싫어했고, 계절에 따라 세 벌 정도의 옷을 정해놓고 번갈아 입었다. 형편이 허락했다면 공부를 계속했을 거라고 나에게 말한 적이 있었는데, 아마 그편이 더 어울렸을 것이다. 언젠가 그녀가 출근하는 뒷모습을 지하도 출구에서 본 적이 있는데, 바쁘게 움직이는 행인들 사이에서 그녀는 마치 산책 나온 사람처럼 천천히, 깨지기 쉬운 침묵을 보호하듯 조심스러운 걸음걸이로 계단을 오르고 있었다.

그러던 은희 언니가, 네팔 여행을 시작으로 일 년의 절반 이상을 국외로 떠도는 사람이 된 것은 예상 못 한 변화였다. 쓱쓱 쓴 듯 담담한 글과 썩 괜찮은 사진을 묶은 책들은 꾸준히 팔렸다. '얼음의 여행'이란 부제가 붙은 첫 책은 운남성과 티베트, 네팔의 설산들과 그 아래 마을들의 여행기였다. 얼음 봉우리를 등지고 동티베트 소수 민족의 울긋불긋한 모자를 쓴 은희 언니의 미소 띤 옆얼굴이 책날개에 실려 있었다. 두번째 책의 부제는 '모래의 여행'으로, 타클라마칸과 고비 사막, 그 주변 오아시스 도시들의 여행기였다. 원경으로 찍은 책날개의 사진 속에서 은희 언니는 희고 헐렁한 아사 셔츠를 걸치고, 챙이 넓은 짚모자로 거의 얼굴을 가린 채 모래 언덕 기슭에 서 있었다. 그 책의 말미에 그녀는 이제 아시아의 가장 무더운 나라들을 경험해보고 싶다고 썼다. 얼음—모래—밀림으로 이어지는 여행의 순서가 자신에게만 논리적으로 느껴지는 모양이라고 농담처럼 덧붙였다. 약속대로 그녀는 삼 년 전, 윤이가 초등학교에 입학하던 봄 인도로 떠났다. 내가 사소한 증상 때문에 병원을 찾았다가 뜻밖의 투병을 시작하던 즈음이었다.

일 년여 만에 인도에서 돌아온 은희 언니는 그러잖아도 작던 몸이 더 마르고 단단해져 있었다. 1층 카페에서 나를 기다리던 그녀는 활짝 웃으며 일어섰고, 이내 얼굴이 굳어졌다.

얼굴이 왜 이렇게 됐어?

나는 차근차근 그동안의 투병 과정에 대해—다섯 달 전에 네번째이자 마지막 항암 치료가 끝난 상태였다—이야기했지만, 그 과정에서 그와 헤어지고 윤이와 둘만 남았다는 말은 다음으로 미뤘다. 운이 따라줘서 경과가 좋았고, 몇 해 전 친척의 강권으로 내키지 않는 보험에 들었던 게 큰 도움이 됐다는 말로 이야기를 맺었을 때, 은희 언니는 대답 없이 나를 똑바로 건너다보았다. 그을린 피부 탓인지 눈동자가 유난히 검어 보였다. 눈빛이 내 심장을 바로 찌르는 것 같았다.

메일 주고받을 땐, 나한테 건강하라고만 하더니.

그 찌르는 듯한 눈을 돌려 은희 언니는 카페 유리문 밖에 주차된 차들을 쏘아보았다. 유난히 강하게 느껴졌던 눈빛이 눈물 때문이었다는 것을 그제야 알았다.

주춤주춤 사과하듯 나는 말했다.

이젠 뭐, 다 끝났는걸. 지금부터 사 년쯤 조심해서 지켜보기만 하면 돼. 언니 여행 이야기 해봐, 인도는 어땠어?

다시 두 사람의 눈이 마주쳤고, 누가 먼저랄 것 없이 우리는 조금 웃었다.

글쎄, 이번엔 여행이 아니었어. 그냥 거기서 살았던 거지.

그러니까, 살았던 이야기를 해봐.

……인도 여행기마다 나오는 구도적인 분위기 같은 건, 난 전혀 못 느꼈어. 굳이 특별한 게 있다면, 숨겨진 게 없다는 것? 예를 들면 죽음. 거기선 시체를 밖에서 태워.

그때 앳된 아르바이트생이 주문을 받으러 왔다. 내가 메뉴판을 펼치고 막 마실 것을 고르려는데, 은희 언니는 주변의 아무것도 개의치 않는 사람처럼 또박또박 말을 이었다.

사람 몸을 태울 때 가장 늦게까지 타는 게 뭔지 알아? 심장이야. 저녁에 불을 붙인 몸이 밤새 타더라. 새벽에 그 자리에 가보니까, 심장만 남아서 지글지글 끓고 있었어.

*

그 이야기 때문에, 그날 은희 언니가 들려준 다른 이야기들은 모두 잊었다.

아직도 모르겠어.
지글지글 끓는, 마지막 지방이 타들어가고 있는 그 심장을 보고 있는데, 왜 저절로 내 손이 심장 위로 올라왔는지.

그때 처음으로 은희 언니를 닮은 어떤 여자에 대해 쓰고 싶다는 생각을 했던 것 같다. 아직 밝아지지 않은 새벽, 시체가 재가 되고 뼛덩이들만 하얗게 남은 자리에 여태 지글지글 끓는 심장. 그걸 내려다보다 자신의 심장에 손을 얹는 어떤 여자. 그 여자가 고개를 들면, 무섭도록 낯익은 얼굴—꺼진 눈, 두드러진 광대뼈, 검게 죽은 내 입술이 그을린 살갗 가운데 새겨져 있을 것 같았다.

*

되짚어 숲길을 걸으며 생각한다.

이 길이 내 숨구멍이었다. 아무리 춥거나 더워도, 눈비가 내려도, 몸을 움직일 수 없을 만큼 아플 때를 제외하면 날마다 이 산책로를 걸었다. 걸으면서는 되도록 생각 없는 상태를 유지하려 했지만, 어떤 사람들에 관한 기억은 자주 떠올랐다.

의사의 진단을 들은 직후, 내 인간관계는 계속 만날 수 있는 사람과 애써 더 만나고 싶지 않은 사람으로 나누어졌다. 거의 직관적으로 빠르게 이뤄진 그 압축의 과정에서, 은희 언니는 내가 계속 만날 수 있다고 느낀 소수의 사람들 중 하나였다.

수술을 앞뒀던 늦은 봄, 이 길을 걸으며 은희 언니 생각을 했던 것을 기억한다. 얼마 전 인도로 떠난 그녀를 다시 만날 수 있다면 이곳에 데려오고 싶었다. 발바닥을 지압하도록 산책로 끝에 깔려 있는 하얗고 뾰족한 돌들을 맨발로 밟아보게 하고 싶었다. 그녀에게 말하고 싶었다. 윤이는 이 돌 모양이 새 같대, 언니 눈에도 그렇게 보여? 자주 연락하고 싶었는데, 언니 자신이 너무 힘들 것 같아서, 그게 어쩐지 겁이 나서 그러지 못했어. 주말에 불러내서 뭐든 먹이고 싶었는데, 찐 새우를 고소한 찹쌀 전병에 말아주는 중국집에 데려가고 싶었는데 그러지 못했어. 그러다 언니가 여행을 시작해서 좋았어, 움푹 마음의 짐이 덜어진 것 같았어.

*

변명하고 싶다.

　은희 언니를 닮은 어떤 여자에 대한 소설은 그녀가 돌아오지 않는다, 라는 첫 문장으로 시작한다. 그 문장만을 써두고, 한 번도 가보지 않은 열대 지방의 느낌을 머리로는 상상할 수 없어 회복된 뒤 처음으로 여행을 계획했다. 내 계획을 메일로 받아본 은희 언니는 흔쾌히 답장을 보냈다. 설렌다, 정말 여기로 네가 오다니.

　어젯밤 편집자에게 넘기려 했으나 이제 형편없다는 사실을 알게 된 소설을 쓰는 동안에도, 나는 줄곧 그 어떤 여자에 대한 새 소설을 생각하고 있었다. 적당한 여행사를 검색해 항공권을 예매하고, 자료를 모으고, 여정을 짜고, 저녁마다 조금씩 짐을 꾸렸던 지난 한 달은 나에게 그녀가 돌아오지 않는다, 라는 단순한 문장만큼이나 조용하고 밝은 시간이었다. 그러니까 그건, 그 순간의 내가 써낼 수 있었던 가장 가볍고 고요하고 환한 문장이었을 뿐이다.

*

　십사 년 전에 처음 은희 언니를 만났다. 처음부터 친하게 지낸 것은 아니었고, 내가 소설을 쓰기 위해 직장을 그만둔 뒤부터 편안한 사이가 되었다. 두 사람 모두 개방적인 성격이 아니어서, 서로 마음을 터놓기까지는 시간이 필요했다.

어떤 관계에나 존재하는 오해와 환상이 그녀와 나 사이에도 있었다. 예를 들어 은희 언니는 나를 실제보다 다부진 사람으로 보았다. 내가 윤이와 둘만 남았다는 사실을 뒤늦게 털어놓았을 때 그녀는 말했다. *이상하다, 내 머릿속에 너는 가장 든든하고 강한 사람이었는데. 한국 생각을 하면, 의심 없이 그 자리에 꿋꿋이 서 있을 사람은 너뿐일 것 같았어.*

비슷한 방식으로 나에게 은희 언니는 지극히 섬세하고 느린 삶의 방식을 지닌 사람이었지만, 그녀 자신의 손으로 그 인상을 부수며 강인하고 무모한 사람, 혼자 있는 어머니에겐 냉정할 만큼 무심한 장기 여행자가 되었다. 그러나 처음의 인상이란 잘 지워지지 않는 것이어서, 그녀가 무심히 웃거나 걷는 모습을 지켜보는 나는 문득 그 출근길 지하도 계단을 뒤따라 오르던 스물네 살의 직장 초년병으로 돌아가 있곤 했다. 예민한 걸음걸이가 깨어질까 봐 소리쳐 부르지 않았던, 그녀가 지닌 귀한 무엇인가가 나에게도 똑같이 귀하다고 느꼈던 그 깨끗한 시절로.

*

실내의 훈기에 몸이 녹는 것을 느끼며 점심을 준비한다. 때로 대충 넘어가고 싶은 유혹을 느끼지만, 수술 후 삼 년이 가까워오는 지금까지 한 끼도 소홀히 하지 않는다는 원칙을 지키고 있다. 기름 없이 볶은 새송이버섯과 데친 두부, 두 가지 나물과 현미밥 반 공기를 막 식탁에 차렸을 때 윤이가 현관 번호키를 누르는 소리가 들린다.

젖은 손을 앞치마에 닦으며 현관으로 나가자, 아침에 나갈 때와는 달리 아무렇게나 목도리를 둘러 뺨이 붉어진 윤이가 들어온다.

추웠지, 묻자 윤이가 대답한다.

아침엔 진짜 추웠는데 지금은 보통.

나는 두 손바닥을 아이의 뺨에 얹었다 뗀다. 살짝 언 복숭아 같다.

엄마 언제 나간다고 그랬어?

슬리퍼도 안 신고 욕실에 들어간 윤이가 건성으로 손을 씻으며 묻는다.

다섯 시쯤, 이따 이모 오면.

어딜 간다고 그랬지?

엄마 친구한테.

윤이는 은희 이모를 잘 알지만 그렇게 대답한다.

내가 점심을 먹는 동안, 윤이는 과일 접시가 놓인 식탁 맞은편에 앉아 요즘 열중해 있는 카드 마술을 시작한다. 카드 뭉치 맨 위에 있어야 할 조커가 어느 틈에 맨 아래로 가 있고, 분명히 카드 뭉치 중간에 넣었던 스페이드 에이스가 어떤 곡절로 맨 위로 올라왔는지 언제나처럼 의아해하는 사이, 얼었던 윤이의 뺨이 제 색깔을 찾는다.

이제 심리 마술을 해볼게.

그게 뭔데?

트릭 없이, 질문으로 상대방 카드를 맞히는 거야.

윤이는 스페이드 에이스와 조커와 하트 에이스를 식탁 가장자리에 놓고, 나에게 카드 하나를 생각해두라고 한다.

이제부터 내가 묻는 말에, 진짜로 대답해도 되고 거짓말로 대답해도 돼. 난 엄마가 대답하는 모습만 보구서 엄마가 생각해둔 카드가 뭔지 맞힐 거야.

어떻게 그게 가능해?

간단해. 이게 엄마가 생각한 카드야? 하고 물어봤을 때, 엄마가 아니, 그러면서 입술이 떨리는지, 눈이 딴 데를 보는지, 대답이 빨리 나오는지 그런 걸 보는 거야. 사이사이에 당연한 것도 물어봐. 엄마, 아침에 밥 먹었어? 하고 물어보면 엄마는 당연히, 응, 그러겠지? 그렇게 진짜를 말할 때랑 거짓말을 할 때랑 표정을 비교하는 거야.

그러니까, 엄마를 심문하는 거구나.

심문이 아니라 심리 마술이라니까.

좋아, 해보자.

엄마, 이 카드 생각했지?

아니.

이 카드 생각했어?

응.

이 카드 생각했어?

응.

윤이의 눈이 흔들리고, 나도 눈이 흔들린다. 나는 크게 고개를 끄덕이거나, 눈웃음을 지으며 좌우로 고개를 흔든다. 윤이는 제법 진지하게 내 반응을 관찰하지만, 결국 내가 생각한 카드를 맞히지 못한다.

바꿔서 해볼까?

좋아.

다시 윤이의 눈이 흔들리고, 나도 눈이 흔들린다. 아이는 거짓말을 잘하지 못하기 때문에 내가 유리하다. 식사가 진작 끝나고 남은 음식들이 식어가는 동안, 나는 수차례 윤이를 속이고, 윤이는 끝내 나를 속이지 못한다. 심문과 심문 사이에 갑자기 무섭고 쓸쓸해질까 봐 우리는 바보 같은 콧노래를 흥얼거린다. 바보 같은 말장난을 한다. 바보 같은 서로의 얼굴을 마주 보며 웃는다.

*

거실 다탁 가득 숙제를 펼쳐놓은 윤이가 한 손으론 쉬지 않고 카드 뭉치를 만지작거리는 것을, 이제 그만 나무라야 하지 않을까 생각하며 거실의 책상 앞에 앉아 있다. 동생이 오는 즉

시 나갈 수 있도록 외출복을 입고 가방을 챙겨두었다. 어떤 것
도 읽거나 쓰기 어려워, 책상 위쪽의 벽에 붙여놓은 그림을 물
끄러미 바라본다. 지난 연말 찾아간 K 선생님의 전시에서 받
은 도록을 오린 것이다.

노쇠보다는 해묵은 우울증 때문에 K 선생님의 몸동작은 만
날 때마다 더 무거워져 있곤 했다. 그토록 무겁고 느리게 팔을
뻗어 도록을 건네며 선생님은 물었다.

커피 한잔하고 갈래?

좋지요, 제가 살게요.

그러면 쓰나. 먼 길 왔는데 내가 사야지.

갤러리에서 가장 가까운 허름한 찻집에는 커다란 벽걸이
텔레비전이 걸려 있었고, 여름에 녹화해둔 듯한 유럽의 프로
축구 경기가 요란하게 중계되고 있었다. 그 소란이 조금도 들
리지 않는 것처럼 K 선생님은 낮은 목소리로 나에게 물었다.

2층에 걸어놓은 심장들 어땠어? 딸이 엊그제 와서 둘러
보곤 그러더라구. 이건 심장이 아니야, 이건 그림이 아니야,
엄마.

하얗게 센 단발머리를 귀 뒤로 넘기며 그녀는 쓰게 웃었다.

그래서 내가 대답했지. 아니야, 이게 내 심장이야, 이게 내
그림이야.

K 선생님의 여윈 얼굴 위로 은희 언니를 닮은 어떤 여자의
얼굴이 겹쳐진 것은 그때였다. 새벽 어둠 속에서 끓는 심장을
내려다보는 그을린 얼굴이, 어느 때보다 또렷하게 눈꺼풀 안

쪽에 새겨졌다.

지난주에 친구 전시에 다녀왔어. 사실은 내가, 그 친구 작품을 인정한 적이 없었어. 아이디어만 승하다고 생각했지. 그런데 그 전시는 이상했어. 텅 빈 전시실을 빙 둘러서 애들 공책만 한 하얀 액자들이 걸려 있는데, 액자들 속엔 백지가 들어 있어. 잘 들여다보니까 귀퉁이에 조그만 글씨로…… 0.3밀리 샤프펜슬로 적어놨어. 나의 손, 나의 눈, 나의 심장, 이렇게.

심문당하는 사람처럼 K 선생님의 눈이 일순 흔들렸다. 눈시울이 실룩이고 입술이 떨렸다.

나의 심장. 그 글씨를 보고 내가 무너졌어…… 어떤 느낌인지 알겠어?

나는 고개를 저었다.

지난 몇 개월 동안 내가 나를 짓이겨서, 심장도 아니고 그림도 아닌 저것들을 그렸는데, 그 친구는 0.3밀리 샤프펜슬로, 그렇게 조그맣게, 그렇게 아프게, 나의 심장, 이라고.

그날 저녁 집으로 돌아와, 도록 마지막 장에 실린 저 그림을 오려내 책상 위쪽의 벽에 붙였다. 곰곰이 그림을 바라보다가 노트북 컴퓨터를 켜고 빈 문서를 불러냈다. 나의 심장, 이라고 제목을 쓴 뒤 한 줄을 띄고, 그 순간 쓸 수 있는 가장 간결한 문장을 썼다. 그녀가 돌아오지 않는다. 그리곤 다음 문장으로 더 나아갈 수 없었다. 0.3밀리 샤프펜슬과 크레용을 동시에 움켜쥔 것 같은 혼란 때문이었다.

저 그림의 표면에는 여러 색깔의 선들이 크레용으로 그어져 있다. 종이가 너덜너덜해지도록 선들이 덧그어져, 한 인간의 가장 어두운 부분이 어떤 적절한 거리도 없이, 육안으로 보이는 지옥처럼 떠올라 있다. 거대하고 끔찍한 그 덩어리들 옆에 K 선생님은 '내 심장'이라는 제목을 일련번호 없이 반복해 붙여놓았다. 수십 분의 일로 축소된 도판으로도 전달될 만큼 압도적인 고통의 형상이다.

저것은 단지 K 선생님의 해묵은 고통이 짓이겨진 흔적일 뿐인데, 묵묵히 바라보고 있자면 마치 내 지난 삼 년이 으깨어져 있는 것처럼 느껴질 때가 있다. 내가 그림을 바라보는 동안 그림도 골똘히 나를 바라본다. 서로의 눈길이 어긋나, 서로가 볼 수 없는 곳을 더듬는다.

*

부질없는 심문과 대답 사이, 체념과 환멸과 적의를 담아, 서늘하게 서로의 얼굴을 응시하는 시간.
눈이 흔들리고 입술이 떨리는 시간.
내 죽음 속으로 그가 결코 들어올 수 없고, 내가 그의 생명 속으로 결코 들어갈 수 없는 시간.

그 모든 것이 더 이상 중요하지 않게 된 시간.
오직 삶을, 삶만을 달라고, 누구에게든, 무엇에게든 기어가

구걸하고 싶던 시간.

그 시간들이 충분히 멀어지지 않았다. 모래톱 저쪽의 바다처럼, 아직 지척에서 일렁이며 소리를 낸다. 짠물이 덜 마른 흙 같은 몸이 아직 모든 걸 똑똑히 기억한다.

*

언젠가 그 시간들에 대해 은희 언니에게 말해보고 싶었다. 가족에게도 털어놓을 수 없었던 생각 속의 미로 같은 생각들을, 은희 언니만은 이해할 수 있을 것 같았다. 그녀가 네번째 여행을 떠나기 전에 찾아와 하룻밤을 묵고 갔기 때문에 기회가 있었는데, 결국 입을 떼지 못했다.

그 밤 윤이는 안방에서 깊이 잠들었고, 은희 언니는 내가 꺼내준 트레이닝복으로 갈아입고서 소파에 몸을 묻고 있었다. 나는 소파 건너편의 서랍장에 등을 기대고 방석에 앉아 있다가 다리를 쭉 폈다. 저녁 내내 나눠 마신 허브차는 세번째로 데운 주전자까지 다 식었다. 이제 잠들 시간, 더 이상 대화하지 않아도 좋은 시간이었다. 나와 비슷하게 나이 들어 보이고, 나와 비슷하게 피곤해 보이는 은희 언니의 얼굴을 건너다보다가 막막한 마음이 들었던 것을 기억한다. 관계에 시간이 밴다는 것에 대해, 십여 년의 두꺼운 시간을 딛고 서로를 바라본다는 것에 대해 얼핏 생각했던 것 같다. 마음이 무거워지는 게 싫어서 나는 불쑥 말했다.

이제부턴 머리를 길러볼까 봐, 허리까지 닿게. 더 나이 먹기 전에.

그래? 난 머리를 깎아버릴까 싶은데.

깎아? 얼마나 짧게?

이번에 미얀마에 가면 승려 생활을 해볼까 싶어.

불자도 아니면서.

흉내를 제대로 내다 보면, 혹시 모르지.

광고에 나오는 오렌지색 법복 입고? 한 손엔 휴대폰 들고?

마음이 맞은 여고생들처럼 우리는 키득키득 웃었다.

그러고 나면 완전히 돌아오고 싶어질지도 모르지.

쾌활한 듯 무심하게 은희 언니가 말했다.

돌아오면 조금 다르게 살아볼지도 몰라.

어떻게 다르게? 내가 묻자 그녀는 잠자코 눈으로 웃었다.

얼마 지나지 않아 은희 언니는 정말 미얀마로 떠났지만, 그 밤에 말했던 것처럼 승려가 되지는 않았다. 그저 양곤에서, 인레 호수에서, 바간의 거대한 사원 군락에서 게스트하우스의 방 한 칸을 빌려 수개월씩 여행자로 머물렀다. 그렇게 체류한 지 일 년이 되는 달이자 건기가 끝나가는 이월의 셋째 주 목요일, 그러니까 내일 새벽 다섯 시에 양곤 공항으로 나를 마중 나올 예정이었다.

*

엘리베이터가 멈추는 기계음이 나는가 싶더니 활기찬 단화 소리, 옷 스치는 소리가 유난히 크게 들린다. 여동생이 초인종을 누르기 전에 나는 자물쇠를 돌려 현관문을 연다.

미안! 조금 늦었어.

아이보리색 긴 패딩 점퍼에 같은 색 솔방울 털모자를 멋 내어 쓴 동생이 활짝 웃으며 들어온다. 소년처럼 씩씩하게 윤아, 하고 소리쳐 부른다. 불쑥 동생의 어깨를 안고 싶은 충동을 나는 느낀다.

이모 안녕, 윤이가 달려 나와 인사하는 동안 나는 코트를 걸친다. 건성으로 듣는 윤이에게 당부한다.

엄만 내일 저녁쯤에 올 거야. 내일 아침엔 일찍 일어나서 이모랑 밥 먹고 학교 가. 전화 못 받을 수도 있어.

대체 어딜 가는데, 묻는 동생의 동그란 눈을 나는 마주 본다. 은희 언니가 죽었어, 마침내 소리를 낮춰 말한다.

*

그녀에게 말해보고 싶었다.

새벽까지 타는 심장을 그녀가 지켜보았던 그해,
생각 속의 미로 속에서 더듬더듬 내가 움켜쥐려 한 생각

들을.

시간이 정말 주어진다면 다르게 살겠다고.
망치로 머리를 맞은 짐승처럼 죽지 않도록,
다음번엔 두려워하지 않을 준비를 하겠다고.
내 안에 있는 가장 뜨겁고 진실하고 명징한 것,
그것만 꺼내놓겠다고.
무섭도록 무정한 세계,
언제든 무심코 나를 버릴 수 있는 삶을 향해서.

*

저물어서 더 차가워진 거리를 걷는다.

환하게 불을 밝힌 24시간 편의점을 지나며, 독한 술을 사서 들이켜고 싶다고 생각한다. 지난 삼 년 동안 나는 단 한 방울의 술도 커피도 입에 대지 않았다. 더 지켜봐야 할 이 년이 남아 있다. 그 원칙을 깰 수는 없다.

그 밤, 식은 찻주전자를 사이에 두고 우리가 나눈 꿈 이야기를 기억한다. 그즈음 반복해 꾸던 꿈에 대해 내가 먼저 은희 언니에게 말했다.

난 여행을 좋아하지도 않는데, 왜 자꾸 여행 꿈을 꾸는지 몰라. 다 언니 때문이야.

되풀이되는 꿈속의 시간은 비슷하게 오후 세 시경이었다. 나는 윤이와 함께 낯선 도시에 가 있다. 머물 시간은 하루뿐인데, 이런저런 까닭으로 여태 숙소를 나가지 못했다. 방에는 창문이 없거나, 너무 가까운 앞 건물에 막혀 있거나, 살풍경한 빈터를 향하고 있다. 어디든 볼 만한 곳으로 나가려면 꽤 시간이 걸릴 텐데, 여기까지 와서 숙소에만 있을 순 없지 않나, 이대로 밤이 되면 안 되지 않나, 초조해하며 시계를 보다 잠에서 깨곤 했다.

실없이 웃음을 섞어 들려준 꿈 이야기였는데, 뜻밖에 은희 언니는 진지하게 대답했다.

……그런데 그거, 여행 꿈이 아닌 것 같아.

그 순간 깨달았다. 무심코 털어놓은 그 꿈이 얼마나 적나라한 고백이었는지. 지금 내가 있는 데가 오후 세 시라는 것을. 시간이 많이 남지 않았다는 것을. 한 번뿐인 하루를 손아귀에 꽉 쥔 채, 어쩔 줄 모르며 으스러뜨려왔다는 것을.

조심스럽게 침묵을 깨며 은희 언니가 말했다.

나도 그런 거 있어, 몇 년 전부터 자주 꾸는 꿈.

*

……밤이 깊었는데 집에 못 돌아가는, 조금 뻔한 꿈이야.

일산으로 이사한 게 언젠데, 꿈에서 돌아갈 곳은 늘 수유리 옛집이야. 삼양동 어디쯤에서부터 난 헤매고 있어. 요즘 개발

된 뉴타운이 아니라, 가파른 언덕배기에 구불구불 뒤얽힌 골목에서. 갑자기 큰길이 나오면 가로등은 죄다 꺼져 있고, 버스도 택시도 사람도 없어. 새카만 아스팔트 위로 탱크처럼 단단한 트럭들만 무섭게 질주해. 다시 골목으로 들어가면 너무 춥고, 인적이 없고, 다리가 아파.

그때 어느 집 부엌에서 물 쓰는 소리가 들려서 창을 들여다보면, 젊었을 적 엄마를 닮은 여자가 있어. 곱고 몸피가 작고 웃음이 선한 여자. 들어와요, 여자가 문을 열어주곤 손을 내밀어보라고 해. 내가 손을 내밀면, 여자가 바가지에 따뜻한 물을 퍼서 조금씩 흘려줘. 손을 다 씻으면 여자가 수줍게 방으로 안내해. 밝아질 때까지 눈을 붙이고 가라고.

문을 열고 들어가면, 무서워, 방은 조그맣고, 바닥은 아무것도 안 깔린 검은 모래흙이야. 흙 위로 사금파리들이 날카롭게 돋아 있고, 창문은 유리 없이 뻥 뚫려 있어. 산 아래 불빛들이 고스란히 내려다보여. 추워. 다리가 아파. 사금파리에 찔릴까 봐 앉을 수도 없어. 그렇게 다정하게 날 맞아준 여자가, 왜 이런 무서운 방으로 안내했을까. 여자가 부엌에서 물 쓰는 소리가 들려. 떨면서 난 중얼거려. 밝는 대로 떠나야지. 여기 이대로 서 있다가, 밝는 대로 몰래 떠나야지.

*

변명할 수 있을까.

그 꿈 이야기가 끝났을 때 나는 무엇인가를 이해했지만, 내가 이해한 것을 은희 언니에게 말하지 않았다. 그녀가 내 꿈을 듣고 이해한 것을 나에게 말하지 않은 것처럼.

그러지 마, 라고 그때 말했어야 했다. 그러지 마. 우리 잘못이 있다면 처음부터 결함투성이로 태어난 것뿐인걸. 한 치 앞도 내다볼 수 없게 설계된 것뿐인걸. 존재하지 않는 괴물 같은 죄 위로 얇은 천을 씌워놓고, 목숨처럼 껴안고 살아가지 마. 잠 못 이루지 마. 악몽을 꾸지 마. 누구의 비난도 믿지 마.

그러나 그중 한마디 말도 나는 입 밖으로 꺼내놓지 못했다. 오래전에 단 한 번 그랬던 것처럼 어깨를 꽉 안지도, 손을 잡지도 않았다. 다만 은희 언니가 제 힘으로 찾아가는 곳의 여름이 그녀를 구할 거라고 믿었다. 내가 할 수 있었을 어떤 말보다 강렬한 열기와 소낙비로, 물을 머금고 생생하게 솟아오르는 열대의 꽃과 나무로.

*

은희 언니의 어머니와 작은이모, 손아랫사촌들, 여고 시절 단짝이었다는 친구와 동행해 아침 화장장에 도착했다. 그녀의 심장은 하룻밤 내내 끓는 대신 두 시간 만에 전소됐다. 아무도 울지 않았다. 다리가 불편한 그녀의 어머니는 누군가 준비해 온 삼발이 의자에 걸터앉아, 얇은 가죽을 씌운 듯 표정

없는 얼굴로 허공을 응시하고 있었다. 이따금 사촌들이 한 손으로 입을 가린 채 업무와 관련된 휴대폰 통화를 하고는 곧 끊었다.

사인은 뎅기열이었다. 현지인들에게 독감처럼 흔한 병이어서 은희 언니도 대수롭지 않게 여긴 모양이라고 했다. 그러나 열이 내리며 전신에 발진이 번졌고, 열악한 현지 의료 시설을 경계한 그녀는 닷새 전 혼자 비행기에 실려 돌아왔다. 승무원의 연락을 받고 공항에서 대기하고 있던 구급차에 실려 입원했지만, 이틀간의 사투 끝에 숨이 끊어졌다. 뎅기 쇼크로 인해 장기들의 상당 부분이 이미 손쓸 수 없이 손상된 상태였다고 의사는 진단했다.

*

저물 무렵에야 돌아와 제대로 씻지 못하고 잠들었다. 윤이가 부르는 소리, 깨우지 말라고 동생이 달래는 소리를 들은 것이 생시였는지 확실하지 않다. 얼핏 잠이 엷어질 때마다 숲의 산책로가 어른거렸다. 하루에 두 번, 움직일 수 있는 한 걸었던 그 길가에 흰 질경이꽃이 핀다. 여린 잎들이 버드나무에 돋아난다. 어지러운 햇빛이 돌아온다. 희거나 목이 길거나 부리가 노란 새들이 온다. 생명이 온다. 조금 더 버티면. 후회와 고통을, 깊게 찌르는 자책을, 안 지워지는 얼굴을 등지고 조금 더.

마침내 눈을 뜨자 아직 어두운 새벽이다. 열이 오르는지 눈두덩과 뺨이 뜨겁다. 언제부터 곁에 있었는지 윤이가 고른 숨을 쉬며 잠들어 있다. 옷걸이를 더듬어 카디건을 걸친 뒤 소리를 죽여 거실로 나가자, 윤이 방 침대에서 동생이 가늘게 코 고는 소리가 들린다.

베란다 바깥의 차가운 어둠을 오래 내다보다가 책상 앞에 앉는다. 노트북 컴퓨터가 켜지는 동안 천천히 마른세수를 한다. '나의 심장'이라고 이름 붙였던 파일을 불러내자, 하나뿐인 서늘한 문장이 나를 기다리고 있다. *그녀가 돌아오지 않는다.* 그 문장을 지우고 기다린다. 온 힘으로 기다린다. 파르스름하게 사위가 밝아지기 전에, *그녀가 회복되었다,* 라고 첫 문장을 쓴다.

회복하는 인간

당신은 직경 일 센티미터 남짓한 구멍들을 보고 있다.

당신의 부어오른 양쪽 복숭아뼈 아래, 정강이에서부터 내려온 인대가 발등으로 막 꺾어지는 자리에 그 구멍들은 뚫려 있다. 왼쪽의 구멍 안으로 보이는 회백색 물질을 가리키며 의사가 말한다.

왜 화상을 입자마자 바로 처치를 안 한 거죠? 오른쪽은 괜찮은데, 여기 왼쪽 피부 조직은 좀 심각합니다.

삼십대 후반의 의사는 고등학생처럼 머리를 바싹 치켜 깎았다. 흰색 진료 가운은 토요일 오후라선지 풀기 없이 늘어져 있다.

마취하고 도려내는 수술을 해야겠지만, 그 전에 조금 두고 보는 게 좋겠습니다. 늦었지만 지금이라도 환경을 잘 만들어주면 조직이 회복될 가능성도 있으니까요.

수술이라는 말에 약간 겁을 먹고 당신은 묻는다.

그럼, 수술을 해야 할지 말지를 언제 알 수 있나요?

앞으로 삼 일 동안……

의사는 달력에 눈길을 준다.

항생제 드시고 레이저 치료 받으면서 지켜보기로 하지요.

의사의 군청색 만년필이 차트 위를 어지럽게 달리는 것을 당신은 물끄러미 바라본다. 당신에 대한 의사의 태도는 담담하고 차갑다. 도대체, 닷새 전에 화상을 입고도 아무런 조치도 취하지 않다가 세균 감염이 되어 찾아온 환자를 이해하지 못하는 눈치다.

드레싱을 한 부위들이 그대로 노출된 채 당신은 절름절름 진료실을 나온다. 바지를 무릎까지 접어 올리고, 노트북 컴퓨터가 담긴 가방을 어깨에 메고, 한 손에는 우산을 들고, 엉거주춤 구두 두 짝을 발끝에만 걸친 당신을 수납계의 간호사가 호명한다. 상처에 구두가 닿지 않도록 주의하며 당신은 창구로 걸어간다. 레이저 치료비와 습윤 테이프의 비용은 보험이 적용되지 않는다는 설명을 듣는다. 계산을 마치고 처방전을 받아 든 뒤, 계속해서 구두 두 짝을 발끝으로만 끌고 걷는 묘기 끝에 통로 끝의 레이저 치료실 앞에 다다른다.

저, 드레싱을 다시 해주셔야 하지 않을까요?

방금 우산을 든 사람들 사이를 통과해 온 당신이 묻는다. 앳된 간호사는 별일 아니라는 듯 대답한다.

의사 선생님이 드레싱 해주셨잖아요? 레이저도 소독하는 거니까 걱정 마세요.

당신은 진료용 침대 위에 두 발을 올려놓는다. 탁상용 삼파장 스탠드를 열 배쯤으로 확대해놓은 듯한 모습의 레이저 치료기가 그물 같은 붉은 광선을 쏘기 시작한다. 광선은 당신의 두 발뿐 아니라 침대의 하얀 시트까지 꽤 넓은 면적을 쉴 새 없이 방사형으로 훑어낸다.

눈 나빠지니까 들여다보지 마세요.

나무라며 나가는 간호사의 말을 아랑곳하지 않은 채 당신은 왼쪽 복사뼈 아래의 구멍을 들여다본다. 회백색으로 화농된 조직 위로 꿈틀거리는, 붉은 핏줄들 같은 광선의 움직임에서 눈을 떼지 못한다.

*

늦가을 토요일 오후의 인파가 병원 앞 네거리에 술렁이고 있다. 오전에 내렸던 비는 완전히 그쳤다. 짧은 모직 치마에 레깅스 차림의 젊은 여자들, 농구공과 콜라 캔을 들고 교복 셔츠 소매를 걷어 올린 고교생들이 당신의 몸을 바싹 스쳐 지나간다. 그들의 몸에서 진한 향수와 땀 냄새가 풍긴다. 화장품 샘플이 가득 담긴 플라스틱 바구니를 들고 형식적으로 눈웃음치는 아르바이트생을 피하려고 당신은 미리 고개를 수그린다. 공사 중인 지하도로 걸어 내려간다. 휴대폰을 할인 판매하는 지하 매장을 지나친다. 끝나지 않을 것 같은 계단들을 밟아 올라간다.

당신은 자꾸 잊어버린다. 방금 전까지 당신이 어디 있었는지, 무슨 치료를 받았는지, 지금은 어디를 향해 걷고 있는 건지 잊는다. 지하도 출구를 빠져나오자 당신은 걸음을 멈춘다. 활짝 문이 열린 전자 제품 매장에서 쏟아져 나오는 음악의 비트, 쉬지 않고 아스팔트를 뚫어대는 기계들의 먹먹한 소음에 넋을 빼앗긴다. 문득 정신을 차리고, 처방받은 항생제가 노트북 가방 앞주머니에 잘 들어 있는지 손끝으로 더듬어 확인한다.

당신은 이미 잊었다. 자신이 얼마나 재치 있는 농담을 좋아하는 사람이었는지, 나름으로 옷차림에 신경을 쓰는 사람이었는지 잊었다. 작은 키 때문에 늘 굽이 있는 단화를 신고, 자유스러운 밝은색 옷을 걸치고, 흰색과 노랑색 계열의 스카프를 두르고, 눈꼬리가 살짝 처진 눈엔 언제나 어렴풋한 장난기가 어려 있었던 것을.

목을 덮는 검은 스웨터에 검은 모직 재킷, 검은 면바지에 검은 단화를 신은 당신의 키는 초등학교 고학년생처럼 왜소해 보인다. 화장은커녕 입술에 립글로스도 바르지 않아, 서른을 훌쩍 넘긴 나이가 고스란히 드러나 보인다.

*

당신이 두 발목에 화상을 입은 것은 닷새 전, 왼쪽 발목을 접질린 다음 날이었다. 침을 맞을 만큼 심하게 삔 것은 아니었지만 당신은 동네의 한의원을 찾아갔다. 맵시 있는 개량 한복 치마를 입은 오십대 중반의 한의사에게 말했다.

예전에 오른쪽 발목을 접질리곤 대수롭잖게 여겼더니 아직까지도 좋지 않아서요. 이번에 삔 왼쪽은 미리 확실히 치료하려구요.

한의사는 당신을 침대에 눕도록 했고, 왼쪽과 오른쪽 발목에 모두 침을 꽂아주었다.

눈 밑에 다크서클이 왜 그렇게 진하지요?

당신은 덤덤하게 대답했다.

피곤해서요.

어쩌다 발목을 삐었나요?

산에 갔다가……

한의사는 침을 꽂은 자리에 붉은 적열등을 쬐어주고는 간호사를 불렀다.

간호사가 뜸을 뜰 거예요. 쌀알만큼 쑥을 뭉쳐서 이 자리에 뜨면, 만성이 된 통증까지 나아집니다.

한의사는 플러스펜을 꺼내 들고는, 당신의 양쪽 복사뼈 아래의 인대에 굵은 점을 찍어 뜸자리를 표시했다.

직접구라서 뜨거워요. 그래도 잠깐이니까. 괜찮겠지요?

별다른 의심 없이 당신은 네, 라고 대답했다.

살갗이 탈 때까지 불붙은 쑥덩이를 얹어두는 뜸을 직접구라고 부른다는 것을 당신은 그날 처음 알았다. 참으려고 했지만 당신은 비명을 질렀다. 상냥한 형리(刑吏) 같은 간호사는 괜찮아요, 금방 끝나요, 하고 당신을 달랬다. 왼쪽 발목까지 살갗이 타는 동안 당신은 계속 소리를 냈고, 자신의 목구멍에서 나오는 소리가 당신의 언니의 그것과 똑같이 닮아 있다는 사실을 문득 깨달았다. 무심코 수도꼭지를 덜 잠근 것처럼 소리 없이, 끝없이 흐르는 당신의 눈물에 간호사는 당황했다. 당신이 더듬더듬 양말을 신고, 구두를 꿰어 신고, 카드로 진료비를 계산하고 한의원을 나와 엘리베이터를 향해 걸어갈 때까지도 눈물은 멈추지 않았다.

*

한의원에 다녀온 다음 날부터 당신은 일에 몰두했다. 예정에 없이 나흘을 쉰 뒤였으므로 일은 몹시 밀려 있었다. 당신은 비몽사몽간에 이를 닦았고, 오 분 만에 급하게 샤워를 했고, 머리를 말릴 틈도 없이 기획 회의에 늦지 않기 위해 버스 정류장으로 달려갔다. 언제 메인보드가 날아가버릴지 모를 이 킬로그램짜리 낡은 노트북을 양어깨에 둘러메고 도서관과 카페를 전전하며 라디오 대본을 썼다. 눈이 떠지지 않을 때마다 커피를 마셨고, 뜨겁게 달아오른 휴대폰을 붙들고 게스트를 섭

외웠고, 녹화 시간 내내 스튜디오의 컴퓨터 앞을 떠나지 않으며 방송을 챙겼다. 그러는 사이 왼쪽 발목의 뜸자리에서 수포가 부풀고, 양말 속에서 수포가 터지고, 그 자리가 세균에 감염돼 빨갛게 부푸는 것을 알아채지 못했다. 상처가 욱신거릴 때면 발목을 삔 자리가 그렇겠거니 생각했다. 토요일 아침 녹음실에서 아픔을 참지 못하고 발등까지 양말을 내려 보았을 때에야 당신은 사태가 심각하다는 사실을 깨달았다. 흘긋 상처를 본 다혈질의 피디는 당신에게 자초지종을 물었고, 벌어진 입을 다물지 못했다.

정 작가! 원, 알 만한 사람이 이렇게 무식해? 아무리 작은 화상도 제때 치료 안 하면 무섭다는 거 몰라요? 손 자르고 발 자르는 게 남의 일 같아요?

*

이제 당신은 버스 정류장의 투명한 아크릴 벽에 기대 서 있다. 아크릴 벽에 색색의 활자로 코팅된 인근 성형외과의 광고문을 무심코 읽는다. *사랑하는사람이면실반지도좋으세요? 오!캐럿다이아가부럽진않으세요?새로운인생의시작!그랜드 성형외과.* 얼른 이해되지 않아 천천히 다시 읽은 뒤, 각각 두 개씩인 물음표와 느낌표 들을 들여다보다 고개를 든다.

몇 번이었더라.

단순한 기억을 되살리려고 당신은 미간을 찌푸린다. 여기서 몇 번 버스를 타야 집으로 가더라.

막상 버스가 나타나면 그 낯익은 번호를 곧 알아볼 수 있을 것이라고 당신은 믿고 있다. 그러나 제각기 다른 번호의 버스들이 여남은 대 정차했다 떠나가는 것을 당신은 다만 지켜본다. 이런 일은 처음이다. 모든 번호들이 낯설다. 모든 숫자들이 힘을 합해 당신을 밀어내고 있다. 그제야 당신은 깨닫는다. 지금 부모님의 집으로 가는 게 옳으리라는 마음의 부담 때문에, 당신의 원룸으로 데려다줄 버스 번호를 기억할 수 없는 거라는 사실을.

당신은 알고 있다. 이 주말에 당신은 부모님을 위로하러 가야 한다. 당신이 그들을 애써 위로하지 않는다 해도, 남은 자식이 함께 있다는 사실만으로 그들은 위로받을 것이다.

그러나 지금 당신은 그렇게 하지 않으려고 한다.

혼자 있고 싶어 한다.

*

당신의 언니가 투병하던 마지막 삼 개월 동안 당신은 그녀를 거의 만나지 못했다. 그녀가 당신을 만나기를 원하지 않았기 때문이다. 물론 그것은 당신과 그녀가 이미 오래전부터 소원한 사이였기 때문이었다. 하나뿐인 친자매였음에도, 당신은 그녀의 병세에 대한 모든 소식을 어머니로부터만 전해 들었다.

당신의 언니는 눈에 띄게 후리후리한 키에 뚜렷한 이목구비를 가졌다. 사람들은 평범한 외모의 당신이 언니에게 열등감을 가지고 성장했을 거라고 짐작했지만 그건 사실이 아니었다. 열등감을 가졌던 쪽은 당신의 언니였다.

당신이 이해할 수 없었던 점은, 그녀가 질투한 것들이 어김없이 당신의 결점들이었다는 사실이었다. 당신이 고지식하고 고집이 센 것을, 그래서 신통찮은 전공을 택한 것을, 서른을 넘기도록 제대로 된 연애 한번 해보지 못한 것을, 부모와—특히 아버지와—관계가 좋지 않아 경제적 도움을 거의 받지 못한 것을, 그래저래 그 나이 먹도록 원룸 월세를 내며 불안정하게 살고 있는 것을 그녀는 질투했다. 그녀 자신은 견실한 사업체를 가진 여덟 살 연상의 잘생긴 형부와 결혼했고, 거실에서 강이 내려다보이는 아파트에서 살았고, 먼 나라의 왕실에서나 사용할 법한 식기들을 장식장에 진열해두었지만, 마치 냄새가 싫은 음식을 꺼리듯 자신의 인생을 멀리하는 것처럼 보였다.

*

언젠가 당신은 스스로에게 물은 적이 있었다.
어디서부터 무엇이 잘못되었는지.

당신과 언니, 둘 가운데 누가 더 차가운 사람이었는지.

당신이 대학 일 학년, 당신의 언니는 졸업반이었을 때였다. 종강한 직후였으니 십이월 둘째 주나 셋째 주 월요일이었다. 나랑 같이 어디 좀 가, 라고 아침에 그녀가 말했을 때 당신은 물었다.

어딜?

병원에.

어디가 아프냐고 당신이 묻자 그녀는 말했다. 그냥 따라만 와.

금방이라도 눈발이 쏟아질 것 같은 오전이었다. 그녀가 소파 수술을 마치고 나올 때까지 당신은 대기실에 앉아 두 주먹을 움켜쥐고 있었다. 수술실에서 나온 그녀를 당신이 멈칫멈칫 부축하려고 하자 그녀는 짜증을 냈다. 병원을 나와 당신이 택시를 잡자, 그녀는 뒷좌석으로 들어가며 말했다.

나 좀 누울게. 넌 앞에 앉아.

막 눈발이 쏟아질 것 같던 하늘은 아직 한 점의 눈송이도 뱉어내지 않았다. 크리스마스가 가까운 거리는 붐볐다. 끝없이 붉은 미등을 켠 차들이 숨죽인 채 좌회전 신호를 기다리고 있었다. 당신은 앞좌석에서 여전히 두 주먹을 쥐고 있었고, 이따금 뒷좌석에 웅크려 누운 언니를 돌아보았고, 감기에 걸린 것처럼 목구멍이 따가웠다.

당신의 언니는 당신에게 아무것도 당부할 필요가 없었다. 당신이 그 비밀을 언제까지나, 부모는 물론 누구에게도 발설

하지 않고 끝까지 짊어질 유일한 사람이라는 것을 알고 있었기 때문이다. 그럴 수 있을 만큼 온 힘을 다해 그녀를 사랑하고 있다는 것을 잘 알았기 때문이다. 그것을 알면서도 당신의 언니는 그날 이후 당신을 더 이상 사랑하지 않았다. 당신과 말을 섞으려 하지 않았고, 눈조차 제대로 맞추려 하지 않았다. 그 후 수년간 당신은 그녀의 마음을 다시 얻기 위해 애썼지만, 어떤 노력도 부질없다는 사실을 깨달은 한순간 그녀에게서 돌아섰다.

*

그녀의 눈은 맑고 깊었다. 목이 길고 쇄골이 가냘팠다. 손톱과 발톱은 사철 곱게 손질되었고, 여름날이면 샌들의 가죽 끈 사이로 드러난 작은 발이 아련했다. 당신이 대학에 합격했을 때 그녀는 당신을 괜찮은 레스토랑에 데려갔다. 나이프와 포크 쓰는 법을 알려주고는 조그만 하트 모양의 18케이 펜던트를 선물했다. 이렇게 줄이 짧은 목걸이는 꼭 금이어야 해, 라고 그녀는 진지하게 충고했다. 은이나 구리 같은 건 안 돼. 스스로 값을 떨어뜨리는 거야.

활짝 웃으며 그녀는 말을 이었다.

우리 집 여자들은 눈꺼풀이 얇아서 쌍꺼풀 수술은 안 해도 돼. 그런데 너는 앞트임 정도는 하는 게 좋겠다. 훨씬 눈매가 시원해질 것 같아.

레스토랑을 나온 당신은 그녀가 이끄는 대로 알 만한 브랜드의 상점들을 순례했지만, 끝내 그녀가 권하는 옷을 사지 않아 그녀를 서운하게 만들었다. 비스듬히 세워져 다리가 유난히 길어 보이는 전면 거울 속에서, 그녀가 선물한 조그만 펜던트가 당신의 목 위로 반짝였다. 당신은 계속해서 고개를 흔들며 아니야, 라고 말했다. 이런 건 내 취향이 아니라니까.

그해가 지나가기 전에, 당신은 늦은 밤 그녀의 방에서 물었다. 난 정말 모르겠어, 사람들이 어떻게 통념 속에서만 살아갈 수 있는지, 그런 삶을 어떻게 견딜 수 있는지. 당신에게 등을 돌린 채 화장을 지우고 있던 그녀의 얼굴이 거울 속에서 얼핏 어두워졌다. 거울을 통해 당신의 눈을 마주 보며 그녀는 대꾸했다. 그렇게 생각하니, 하지만 그럴 수 있어서 다행이라고 생각하는 사람들도 있지 않을까, 통념 뒤에 숨을 수 있어서.

그때 당신은 그녀를 이해한다고 느꼈다. 여러 겹 얇고 흰 커튼 속의 형상을 짐작하듯 어렴풋하게. 그녀는 아무것도 모르는 여자애가 아니었다. 다만 가장 안전한 곳, 거북과 달팽이들의 고요한 껍데기 집, 사과 속의 깊고 단단한 씨방 같은 장소를 원하는 것뿐이었다.

그녀가 아이를 갖기 위해 십 년 가까이 쏟아부은 노력들을 당신은 어머니로부터 낱낱이 들어 알고 있었다. 한방 병원에서 지은 고가의 탕약들. 배꼽 아래에 흉이 생길 때까지 받았다는 쑥뜸 치료. 불임 시술을 위한 검사들. 초조하게 시술 날짜를 기다리던 시간. 잔혹하게 반복된 계류 유산.

가족 모임에 당신이 나타나면 그녀의 얼굴이 어두워진다는 것을 아는 사람은 당신뿐이었다. 활짝 미소를 지은 채로, 당신은 당신의 언니를 사랑하지 않으려 애썼다. 낯선 여자를 바라보듯 그녀를 보려 애썼다. 그녀가 웃을 때면 장난꾸러기처럼 찡그려지는 콧잔등을 다정하게 바라보지 않으려 애썼다. 유년 시절을 함께 보낸 혈육을 향해서만 느낄 수 있는, 이루 말할 수 없는 친숙한 감정을 당신의 내부에서 깨우지 않기 위해 애썼다. 당신의 마음을 최대한 차갑게, 더 단단하게 얼리기 위해 애썼다.

*

당신은 졸기 시작한다.

마침내 기억해낸 친숙한 번호의 버스에 올라, 맨 뒷좌석의 창가 자리에 앉은 직후부터다.

가장 막히는 구간을 따라 마을버스가 당신의 방을 향해 흘러가는 동안, 정거장을 알리는 안내 방송과 요란한 지역 광고 멘트가 수차례 커다랗게 흘러나오는 동안, 당신은 부끄러운 줄도 모르고 존다. 옆 사람의 어깨에, 창문에 고개를 꺾어 기댄다. 자세 때문에 목이 끊어질 듯 아프다. 차라리 깨어버리면 좋으련만, 눈을 뜨려 할 때마다 인정사정없이 눈꺼풀이 밀려 내려온다. 마침내 입가에 침까지 흘리며 당신은 존다. 으음, 음, 노파처럼 앓는 소리를 낸다. 수차례 커다란 소리를 내며 창문에 이마를 부딪친다. 당신은 손을 들어 입가를 닦아낸다. 무디디무딘 눈꺼풀을 치뜬다. 다시 눈꺼풀이 밀려 내려온다.

*

　그녀는 삼십칠 킬로그램까지 몸무게가 줄었고, 의식을 잃기 직전까지 고통을 호소했다. 아파, 아파, 라고 아이처럼 가느다랗게 비명을 질렀다. 아빠, 나 좀 살려줘, 라고 그녀가 애원하자 무뚝뚝한 아버지의 턱이 덜덜 떨렸다. 덩치 큰 형부는 뒤돌아서서 울었다. 어머니는 그녀의 손을 감싸 쥔 채 아가, 아가, 라고 속삭였다. 당신은 자책을 멈추지 못했다. 당신의 존재가 그녀의 마지막 순간을 망치고 있다는 생각을 멈추지 못했다. 언니, 라고 마침내 떨리는 입술을 열고 말하려 했을 때는 이미 모든 것이 끝난 뒤였다.

*

내릴 곳을 훌쩍 지나친 것을 알고, 졸다 깬 당신은 허겁지겁 가방을 둘러메고 하차 벨을 누른다. 처음 보는 낯선 거리에 내려서자마자 사방을 두리번거린다. 아크릴 벽에 붙은 버스 노선표를 뚫어지게 들여다보고는, 세 정거장만 거슬러 걸으면 된다는 사실에 안도한다.

차량도 행인도 많지 않은 거리를 따라 걸음을 옮기는 동안 차츰 몸에서 잠이 가신다. 당신이 내렸어야 할 정거장에 다다랐을 때쯤에는 눈이 완전히 또렷해져 있다. 그래도 아직 졸음이 남아, 무딘 얼굴에 닿는 공기가 어딘지 폭신하게 느껴진다.

마침내 당신의 방이 있는 원룸 건물 앞에 이르렀을 때 당신은 멈춰 선다. 건물 뒷마당에 세워놓은 당신의 자전거를 본다. 어깨를 짓누르는 이 킬로그램짜리 노트북 컴퓨터를 짊어진 채, 발목의 상처들이 욱신거리는 것을 참으며 당신은 잠자코 서 있다.

당신이 지금 당신의 자전거를 보고 있는 것은, 그것이 당신에게 기쁨을 주었던 물건이기 때문이다. 그것을 타는 일 말고는 어쩌면 어떤 일도 진심으로 사랑하지 않았기 때문이다. 오직 자전거를 탈 때에만, 당신의 삶이 실은 돌이킬 수 없는 실패일지 모른다는 생각이 들지 않았다. 이 세상의 모든 화려한 행복이 매 순간 당신을 따돌리고 있는지 모른다는 느낌도 조용히 떨쳐졌다.

그 기쁨을 기억하게 될까 봐 당신은 두려워하고 있다. 언덕길을 미끄러져 내려가던 아찔한 속력을, 하천 옆으로 난 자전거 도로를 힘차게 달리던 감각을 기억해낼까 봐 당신은 두렵다.

마침내 당신은 자전거를 외면한다. 2층에 있는 당신의 방으로 데려다줄 석조 계단을 하나씩 밟아 오른다. 열쇠로 문을 열고 어둑한 실내로 들어간다. 노트북이 든 가방을 현관에 내려놓는다. 구두를 벗지 않은 채 차가운 장판 바닥에 걸터앉고는, 그대로 길게 몸을 눕힌다.

당신의 언니는 자신을 태우지 말고 땅에 묻어달라고 형부에게 말했다고 했다. 그것이 얼마나 그녀다운 유언인지 당신은 알고 있었다. 어린 시절, 죽었던 사람이 관 속에서 되살아나는 허술한 리얼리티 드라마를 텔레비전으로 보며 그녀는 당신에게 소곤소곤 말한 적이 있었다. 세상에, 얼마나 다행이니? 화장해버렸음 저 사람 어쩔 뻔했니?

심장이 좋지 않은 당신의 아버지는 영결식만 치른 뒤 고모 내외와 함께 먼저 귀가했고, 형부의 부축을 받고 묏자리까지 올라온 어머니는 하관이 끝날 때까지 수차례 흙바닥에 주저앉았다. 어머니를 부축해 내려오다가 당신은 호되게 발목을 삐었고, 신음을 삼켰고, 그따위의 일을 아무도 알아채지 못하게 했다.

*

일주일.

바닥에 누운 채로 당신은 소리 내어 중얼거린다.

이제 일주일이 지났을 뿐이다.

당신의 구두 속에서 회백색 구멍들이 욱신거린다. 불을 넣지 않은 장판이 당신의 등과 어깨에 얼음처럼 차갑다.

*

그러니까, 이제 일주일이 지났을 뿐이다.

이틀 뒤 두번째로, 이틀이 더 지나 세번째로 다시 당신이 의사에게 그 상처들을 보여주리라는 것을 당신은 지금 모른다. 하루만 더 지켜보죠, 라고 의사가 말하리라는 것을 모른다.

인대, 근육, 신경이 다 모여 있는 곳이라서, 가능하면 수술을 하지 않는 게 좋습니다.

당신이 다시 구두를 앞코로만 끌고 걷는 묘기를 해 수납을 하리라는 것을, 오후 여섯 시가 지나 야간 진료비가 추가되리라는 것을 당신은 모른다. 붉은 거미줄 같은 레이저 광선이 훑고 지나가는 왼쪽 발목의 구멍을 다시 들여다보리라는 것을 모른다. 죽어 있는 회백색의 피부 조직을 보며, 드레싱을 할 때 왼쪽은 아팠지만 오른쪽은 오히려 아프지 않았던 걸 기억하리라는 것을 모른다. 아마 신경이 죽어버린 모양이지, 생각하리라는 것을 모른다. 수술을 하면 이 죽은 부분을 도려내는 거겠지. 가장자리 생살에서 피가 흐르겠지.

그따위, 라고 생각하며 당신이 마른 눈을 깜박이리라는 것을 모른다.

*

……더 추워지기 전에,

그 어떤 앞일도 알지 못한 채 당신은 차가운 바닥에 누워 생각한다.

그 전에 꼭 한 번 자전거를 탄다면 죄일까?

당신은 천천히 몸을 일으켜 앉는다. 구두를 벗고는 때 묻은 흰 운동화를 신장에서 꺼내, 느슨하게 끈을 풀어 신는다. 다시 석조 계단을 밟아 내려가, 원룸 건물의 그늘진 마당으로 침착하게 걸음을 옮긴다. 낡은 차양 아래 세워진 자전거의 체인을 푼다. 지난 이태 동안 부지런히 타온 자전거다. 비가 퍼붓는 여름날에도 타고 나가곤 했기 때문에, 그때그때 마른 수건으로 닦아주고 비닐을 씌워두었는데도 구석구석 녹슨 데가 있다. 당신은 오른발로 툭툭 쳐서 받침대를 올린 뒤, 자전거를 끌고 골목으로 나간다.

당신은 안장에 몸을 싣는다. 페달에 오른발을 얹는다. 왼발 끝으로 땅을 구른다. 비탈진 골목길을 미끄러져 가기 시작한다. 골목의 끝과 일 차선 도로가 만나는 곳에 주유소가 있다. 갑자기 튀어나올지 모를 차량을 조심하려고 당신은 속력을 줄인다. 도로변의 인도로 자전거를 몰고 간다. 신호등 앞에서 푸른 불이 켜지기를 기다렸다가, 횡단보도 건너편에 있는 천변 길을 향해 달린다. 급하게 비탈진 진입로에 이르자 페달을 놓고 미끄러져 내려간다. 잎이 다 떨어진 버드나무들이 검고 섬세한 뼈대를 드러낸 채 물가에 무리 지어 서 있다. 퇴색된 잎들이 아직 붙어 있는 활엽수들 아래를 당신은 빠르게 달린다.

속력을 낼수록 바람이 강해진다. 이 바람을 맞으려고 당신은 여름 한낮에도 이 길을 자전거로 달리곤 했다. 뙤약볕이 이글거리는 팔월의 정오, 가만히 있어도 땀이 비 오듯 흐르는 시간을 골라 이 길을 달렸다. 습기 차고 무더운 바람의 덩어리 속을 자전거로 뚫고 지나갔다. 당신은 살아 있었다. 생생하게 살아서 그 무더운 공기를 가르고 있었다. 별안간 소나기가 쏟아지면 온몸이 흠뻑 젖은 채 가장 가까운 콘크리트 다리를 향해 달렸다. 미친 듯이, 아무 까닭도 없이 소리를 지르고 싶은 기쁨을 느꼈다. 그러니까 지난 팔월, 당신의 언니가 친정의 누구에게도 알리지 않은 채 형부의 차에 실려 병원을 오가고 있었을 때 당신은 그렇게 미칠 듯한 기쁨을 느꼈다.

*

이제야 살아나네요.

당신의 왼쪽 발목의 구멍 속에서, 회백색 조직 가운데 샤프
심으로 찍은 것 같은 불그스름한 점 하나가 생긴 것을 보고 의
사가 말하리라는 것을 당신은 모른다.

아주 진행이 더디긴 하지만, 일단 이게 살아난 걸 보니 수술
은 하지 않아도 되겠습니다.

습윤 테이프 안에서 끝없이 하얀 진물이 흐르고, 일주일에
두 번 레이저 치료를 위해 열어 보는 상처는 변함없이 샤프심
으로 찍은 붉은 점 하나이리라는 것을 당신은 모른다. 한 달도
더 지나서야 그 붉은 점이 두 개가 되고, 두 달이 가까워졌을
때에야 굵은 연필로 찍은 점 정도로 커지리라는 것을 모른다.

정말 더디네요. 이렇게 더딘 것도 드문 케이스인데요.

이제 더 이상 낯설지 않은 얼굴의 의사가 미간을 모으며 헛
웃음을 웃으리라는 것을 모른다.

*

그 어떤 것도 모르는 채 당신은 계속 페달을 밟고 있다.

여름날 당신이 비를 피하곤 하던 다리 아래를 지난다. 당신
이 감탄하며 지켜보곤 하던 물오리들을 지나친다. 목을 동그
랗게 안으로 말아 부리로 제 깃털을 매만지는 그것들의 몸놀
림이 보인다. 물 위로 평평하게 드러난 바위에 밝은 주황색 발
을 올려놓고 몸을 말리는 녀석들이 보인다. 여름보다 몸집이
커진 흰 두루미가 보인다. 지금은 물속에 있어서 보이지 않지

만, 선명한 빨강색 발을 가진 놈이다. 더 페달을 밟았을 때 당신은 본다. 늙은 회색 왜가리 한 마리가 꼼짝 않고 물 가운데 서서 먼 곳을 바라보고 있다. 그토록 커다란 새가, 그토록 고요하고 느리게 존재한다는 사실에 당신은 몰래 감동하곤 했다. 자전거를 멈추고 서서 한참 동안 그것을 바라보곤 했다.

그러나 당신은 멈추지 않고 계속 달려간다. 맞은편에서 달려오는, 헬멧에 고글을 쓰고 마스크로 코와 입을 가린 자전거 레이서들을 피한다. 발목에 통증이 느껴진다. 삐었기 때문인지 화상 때문인지 분명하지 않다. 어쨌거나 더 달릴 것이라고 당신은 생각한다. 당신이 기쁨을 두려워한 것은 불필요한 일이었다. 당신은 기쁨을 느끼지 않는다.

*

몇 개의 흉터가 당신의 몸에 남아 있다.

아홉 살 때 동네 꼬마들과 그네에서 멀리 뛰어내리기 시합을 하다 생긴 무릎의 흉터. 삐걱거리는 의자에 올라가 쪽창을 닫다가 의자의 나사가 빠지는 바람에 떨어져 생긴 정강이와 손등의 흉터. 중학생일 때 무작정 친구들을 초대해서는 끓는 기름에 만두를 넣다가 집게손가락까지 담그는 바람에 생긴 화상 자국.

그녀에게도 흉터가 있었다. 그녀가 눈을 가리는 술래가 되어 술래잡기를 했을 때였다. 당신이 먼저 걸려 넘어진 의자 다리에 그녀가 뒤따라 걸려 넘어졌다. 당신은 손끝 하나 다치지 않았는데, 키가 컸던 그녀는 화장대 모서리에 이마를 찍혔다. 마치 당신의 잘못인 듯 아버지는 몹시 화를 냈다. 부드럽고 동그란 선을 그리며 살짝 튀어나온, 그럴 수 없이 곱고 영특한 그녀의 이마에 생긴 흉터는 당신이 보기에도 흉한 것이었다. 여러 바늘 꿰맨 자국을 가리기 위해 그녀는 그날 이후 언제나 앞머리를 풍성하게 내렸다. 그러나 바람이 불거나 할 때면 당신의 눈에만은 희끗한 자리가 보였다.

그녀가 그 봉합 수술을 받는 동안 어린 당신은 눈이 빨개지도록 울었다. 아버지와 어머니가 모두 수술실에 함께 들어갔기 때문에 당신은 복도 의자에 혼자 앉아 있었고, 그래서 더욱 무서웠던 것이다. 마침내 수술실에서 걸어 나온 그녀는 울먹이는 당신을 위로하려고 했다. 커다란 멸균 가제와 반창고를 우스꽝스럽게 이마에 붙인 채 머뭇머뭇 반복해 말했다. 괜찮아. 진짜 금방 낫는대. 시간만 지나면 낫는대. 누구나 다 낫는대.

*

당신은 모른다.

목이 말라서 눈을 뜬 차가운 새벽, 기억할 수 없는 꿈 때문에 흠뻑 젖은 눈두덩을 세면대 위의 거울 속으로 들여다보리라는 것을 모른다. 얼굴에 찬물을 끼얹는 당신의 손이 거푸 떨리리라는 것을 모른다. 한 번도 입 밖으로 뱉어보지 않은 말들이 뜨거운 꼬챙이처럼 목구멍을 찌르리라는 것을 모른다. 나도 앞이 보이지 않아. 항상 앞이 보이지 않았어. 버텼을 뿐이야. 잠시라도 애쓰고 있지 않으면 불안하니까, 그저 애써서 버텼을 뿐이야.

*

먼 화요일 오후의 레이저 치료실에서, 간호사가 습윤 테이프를 뗀 순간 처음으로 선홍색 피가 흥건히 흘러내리리라는 것을 당신은 모른다. 처음으로 그 자리가 쓰라리게 느껴지리라는 것을 모른다. 그날 이후 놀랍도록 빠르게 진물이 줄어가리라는 것을 모른다.

*

외출을 거의 하지 않아 무릎 관절염이 악화된 어머니를 활달하게 설득하고 돌아온 일요일 저녁, 날개를 편 것처럼 천천히 골목에 내리는 눈을 더 보지 않기 위해 당신이 커튼으로 창을 가리리라는 것을 모른다. 칠흑같이 어두워진 방 가운데 당신이 웅크리고 앉아 맞을 밤을 모른다. 어디만큼 왔나, 당당 멀었다. 눈을 감은 채 언니의 손을 잡고 외갓집에 가던 캄캄한 골목을, 그 목소리를 기억하지 않기 위해 밤새 헤드폰을 쓴 채 토막잠을 청하리라는 것을 모른다.

오래전 당신이 첫 월급을 타서 선물했던 스카프를 그녀가 포장도 뜯지 않은 채 말없이 돌려주었던 순간을, 당신이 끈덕지게 되돌려 기억하게 되리라는 것을 모른다. 당신이 그녀에게서 영원히 돌아서리라 결심했던 순간. 그녀의 표정 없는 눈 속에 무엇이 들어 있는지 결코 읽을 수 없었던 그 순간. 그때 당신은 어떻게 했어야 했을까. 당신 역시 무섭도록 차가운 사람이라는 사실을 놀라며 발견하는 대신 무엇을, 어떤 다른 방법을 찾아냈어야 했을까. 끈덕지고 뜨거운 그 질문들을 악물고 새벽까지 뒤척이리라는 것을 모른다.

*

그 모든 것을 아직 알지 못한 채 지금 당신은 갈대밭 가장자리에 누워 있다. 자전거는 천변의 바위 위로 나동그라져 세차게 헛바퀴가 돌고 있다. 허공에서 떨어지는 순간 당신은 본능적으로 머리를 감싸 쥐었다. 손과 팔꿈치의 피부가 벗겨진 게 분명하다. 땅에 부딪친 어깨와 골반이 뻐근하게 아파온다.

이 따위, 라고 중얼거리며 당신은 축축한 흙 위에 누워 있다. 회백색 구멍 속의 상처 따위는 이제 느껴지지 않는다. 흙이 들어간 오른쪽 눈이 쓰라리다. 이 모든 통각들이 너무 허약하다고, 당신은 수차례 두 눈을 깜박이며 생각한다. 지금 당신이 겪는 어떤 것으로부터도 회복되지 않게 해달라고, 차가운 흙이 더 차가워져 얼굴과 온몸이 딱딱하게 얼어붙게 해달라고, 제발 다시 이곳에서 몸을 일으키지 않게 해달라고, 당신은 누구를 향한 것도 아닌 기도를 입속으로 중얼거리고, 또 중얼거린다.

에우로파

인아는 악몽을 꾼다고 했다. 그 악몽 속으로 나는 들어가보지 못했다. 그녀와 함께 살고 있지 않으니, 악몽을 꾸는 모습을 본 적도 없다. 어제저녁 인아는 오랜만에 전화를 걸어와 밝은 목소리로 안부를 물었고, 내가 그녀의 안부를 되묻자 '악몽을 꾸는 것만 빼곤 다 좋아'라고 대답하고는 불쑥 웃음을 터뜨렸다. 현재까진 그게 내가 그녀의 악몽에 대해 알고 있는 전부다.

지금 카페 유리문을 열고 들어오는 인아는 굽이 높은 빨간 구두에 회색 청바지를 입었고, 길고 헐렁한 먹색 카디건을 걸친 어깨가 활짝 펴져 있다. 구두에 어울리는 밝은 벽돌색 스카프를 친친 둘러 어깨 뒤로 넘겼다. 매일 악몽을 꾸는 사람 같지 않다. 나와 눈이 마주치자마자 생긋 웃는 얼굴이 백짓장같이 희긴 하다.

뭐라도 먹고 있지, 배 안 고파?

오래된 애인처럼 인아는 자리에 앉자마자 메뉴판부터 펼친다.

너 오면 시키려고 그랬지.

나도 오래된 애인처럼 덤덤하게 대답한다.

커다란 창문으로 오전의 가을 햇빛이 눈부시게 들어오는 1층 카페다. 오픈된 주방에서 커피, 끓는 우유, 바닐라, 데리야키 소스 냄새가 뒤섞여 퍼져온다. 친하지 않은 누군가의 집에 갑작스럽게 초대돼 엉거주춤 부엌 식탁 앞에 앉아 있는 기분이다.

뭐 먹을래? 아침 안 먹었지?

꼼꼼하게 메뉴판을 뒤적이며 인아가 묻는다. 부러 퉁명스럽게 나는 대답한다.

휴일 오전에 직장인을 불러내는 건 범죄 행위란 거 알지? 네가 사는 거니까 알아서 시켜.

그런 게 어딨어, 하고 인아는 새치름해지는 듯하더니 곧 마음을 바꿔 간소한 아침 메뉴와 커피를 고른다.

이렇게 시킬까?

내가 고개를 끄덕이자 인아는 손을 들어 종업원을 부른다. 또박또박 주문을 마치고 생긋 웃는다. 눈언저리에 장난기가 느껴지는 웃음이다. 그렇게 그녀가 누군가를 향해 웃을 때 내가 약간의 고통을 느낀다는 것을 그녀는 모른다. 그 누군가가 남자건 여자건, 얼마나 가까운 사람이건 상관없다. 고통과 거리를 두려고 나는 잠깐 창밖으로 고개를 돌린다.

왜 보자고 했어?

보고 싶어서.

이런 경우, 즉각적으로 나오는 인아의 대답은 대부분 농담이다.

진짜야. 못 믿겠어?

나는 물끄러미 인아의 얼굴을 건너다본다. 분명히 야위었고 핏기가 없다. 큰 눈이 더 커지고 눈 아래가 거무스름해졌다.

응.

부루퉁한 내 대답에 인아가 카디건을 벗으며 웃는다. 웃는 그 얇은 입술을 나는 잠자코 바라본다. 방금 드러난 흰 티셔츠의 동그란 어깨 부분을 만지고 싶다고 생각한다. 가만히 상체를 껴안은 다음, 두 손바닥으로 단단한 날개뼈들을 느끼고 싶다.

*

인아에게 애인이 있는지 나는 잘 모른다. 직감으론 지금은 없는 것 같다. 지난 몇 해 동안 한두 차례 연애 비슷한 것을 하는 것도 같았지만, 그 때문에 인아가 나와 거리를 둔 적은 없다. 나는 어디까지나 인아의 친구고, 친구 이상의 무엇이었던 적은 없다.

우리는 애인이 아니지만, 카페에서 나온 뒤 누가 먼저 그러자고 할 것 없이 인아의 아파트 쪽으로 걸음을 옮긴다. 인아가 나를 집으로 바로 부르지 않고 근처의 카페에서 보자고 한 것은 그녀가 요리를 싫어하기 때문이다. 인아는 스물네 살의 겨울부터 약 육 년 동안 결혼 생활을 했는데, 이천 일이 넘는 그 기간 동안 거의 매일 요리를 했기 때문에 남은 인생에선 최소한의 음식만으로 살아가겠다는 결심을 하고 있었다.

다행히 나는 인아를 결혼 직전인 스물네 살의 여름부터 알았기 때문에 그녀가 만든 음식을 먹어보았다. 내 생일 즈음에 잡채와 바삭바삭한 연근전을 만들어서 새로 산 것으로 보이는 밀폐 용기에 담아 퀵서비스로 보내주었던 해도 있고(당시 인아의 남편의 승진에 관여하던 상사의 집에도 같은 요리를 보냈으니 감동할 것 없다고 말하면서), 제빵에 열중했던 몇 해 동안은 레몬이나 유자청을 넣은 향긋한 파운드케이크를 구워서는 계절과 상관없이 크리스마스 분위기로 빨강과 초록 리본을 장식해 건네주기도 했다. 인아가 만든 음식들은 예외 없이 맛있었지만, 요리를 하던 시절의 인아는 어딘지 불행해 보였기 때문에 나로선 그것들을 다시 맛보고 싶은 생각이 전혀 없다.

무슨 꿈을 꾸는데?

아파트 1층 출입구에 들어서며 내가 묻자 인아는 두 눈을 동그랗게 뜨고 내 얼굴을 올려다본다.

악몽을 꾼다며.

아아.

인아는 짧은 감탄사를 뱉고는 비스듬히 고개를 한쪽으로 기울인다.

악몽에 무슨 확실한 내용이 있겠어, 그냥 악몽이지.

비좁은 팔 인용 승강기가 기계음을 끌며 7층까지 올라가는 동안, 인아도 나도 잠시 침묵한다. 복도 끝 집까지 또각또각 구두 굽 소리를 내며 걸어가 현관에 열쇠를 꽂는 인아를 나는 뒤따라 걸으며 지켜본다. 잠깐 집 근처의 카페에 나오면서 굽이 높은 빨간 구두를 신다니, 인아는 갑자기 나를 사랑하게 되었거나 우울한 것 같다. 만난 지 십 년 만에 사랑에 빠진다는 말은 들어보지 못했으니 후자일 게다.

인아의 체구와 비슷하게 군살 없이 길쭉한 구조를 가진 집으로 나는 따라 들어간다. 인아가 연습실 겸 간이 녹음실로 쓰는, 틀어박혀 하루의 대부분을 보내는 방의 문은 언제나처럼 닫혀 있다. 좁고 긴 부엌과 좁고 긴 거실을 구별해주는 미닫이문은 활짝 열려 있다. 거실 안쪽으로는 화장대를 겸해 쓰는 소박한 서랍장과 전신 거울, 철제 싱글 침대가 요령 있게 숨겨져 있는데, 침대 발치에 놓인 키 큰 옷걸이만은 현관에서 바로 보인다. 못 보던 짙은 초록색 니트 원피스가 옷걸이에 걸려 있다. 나는 묻는다.

언제 공연 있어?

금요일.

인아는 구두를 벗고 성큼성큼 거실까지 걸어 들어간다. 담배부터 꺼내 물며 베란다 문을 연다. 나는 옷걸이 앞에 멈춰서서 원피스의 넓은 소매 부분을 쓸어본다. 까슬하고 짜임이 성글다.

공연 때 이거 입으려고?

그럴까 하고 그저께 샀어. 입어볼까?

내 대답을 기다리지 않고, 인아는 아직 불을 안 붙인 담배를 깨문 채 카디건을 벗고 원피스에 목을 넣는다. 헐렁한 원피스 속으로 인아의 마른 몸이 쏙 들어간다. 잇자국이 박힌 담배를 재떨이에 걸쳐놓고 인아가 묻는다.

어때?

나는 웃음을 터뜨린다.

자루 뒤집어쓴 것 같은데.

스카프를 하면 괜찮아져.

인아는 옷걸이에 걸려 있던 스카프 석 장을 차례로 둘러본다.

어떤 게 제일 나은 것 같아?

그거, 빨강. 초록색 옷에다 두르니까 꼭 네가 옛날에 굽던 빵 같다.

청바지 위에 초록색 원피스를 걸친, 빨강 스카프를 산타처럼 두른 인아가 소리 내어 웃는다. 나는 문득 몸을 기울여 인아에게 입맞춘다. 자칫 인아가 싫어할 수 있기 때문에, 입술을 제외하고는 몸이 닿지 않도록 주의한다. 인아는 눈을 감지 않고, 나도 눈을 감지 않는다. 인아의 혀에서 시럼 맛이 난다.

*

인아를 처음 만났을 때 나는 전역한 지 두 달이 채 되지 않은 복학생이었다. 좀처럼 빨리 자라주지 않는 머리카락이 아직 밤송이 같을 무렵, 오랜만에 연락이 된 초등학교 동창 여자애가 자신의 친구를 만나보겠느냐고 물었다. (어떤 앤데?) 내가 묻자 괄괄한 성격의 그 애는 대답했다. (어딘가 너랑 비슷하다고 생각했던 대학 때 친구야. 근데 네가 너무 늦게 제대했다. 올겨울에 결혼한대. 그냥 친구 하기로 하고 셋이 술 한잔 어때?)

약속 장소에 나타난 인아는 허리까지 내려오는 숱 많은 머리를 느슨하게 땋아 내리고, 긴 체크무늬 치마에 투박한 러닝화를 신고, 왼손 검지에는 커다란 큐빅이 박힌 반지를 낀 날씬한 여자애였다. 무슨 디자인 회사의 수습사원이라고 했는데, 회사의 성격상 그런 차림이 허용되는 모양이었다. 키가 조금 클 뿐 뛰어난 미인이랄 수는 없었는데, 마치 누군가가 암호를 걸어놓은 듯 수수께끼 같은 표정만은 인상적이었다. 해독이 필요해 보이는 그 진지한 얼굴을 바라보다가 나는 대뜸 반말로 물었다.

(겨울에 결혼한다며? 결혼식에 나도 가도 돼?)

속이 잘 들여다보이지 않는 눈웃음을 지으며 인아는 고개를 저었다.

(결혼식은 뭐 하러? 재미도 없을 텐데, 시간 아깝게.)

그날 밤 세 사람은 엉망으로 취하도록 술을 마셨다. 인아는 마치 평균대 위를 걷는 듯 두 팔을 양옆으로 길게 뻗어 균형을 잡으며, 수차례 비틀거리며 휘황한 밤거리를 앞장서 걸었다. 그녀가 대학 시절 동아리 밴드에서 기타를 연주하고 자작곡을 노래했다는 말을 그때까진 실감할 수 없었는데, 어둡고 인적 없는 골목에 다다르자 인아는 낯선 노래의 후렴부를 불렀다.

에우로파,
얼어붙은 에우로파
너는 목성의 달

내 삶을 끝까지 살아낸다 해도
결국 만져볼 수 없을 차가움

그 목소리의 개성에 나는 놀랐다. 대화할 때는 특별한 점을 느끼지 못했는데, 노래하는 인아의 목소리는 무척 맑았다. 더욱 특별한 것은, 맑기만 하던 그 목소리가 높은 음역대로 들어갈 때마다 미묘하게 변한다는 것이었다. 차가운 유리잔처럼 섬세한 그 목소리의 표면에, 기묘하게 처연한 슬픔 같은 것이 자잘한 물방울들처럼 응결되었다가 사라지곤 했다.

잊을 수 없는 여름밤의 한순간이었다. 인아의 노래가 아름다웠기 때문만은 아니었다. 내가 청춘의 한복판에 있었기 때문도 아니었다. 그 순간 인아를 사랑하게 된 것은 더더욱 아니었다. 다만 인아의 노래가 갑자기 끝났을 때, 지난 이십여 년 동안 억눌러왔던 생생한 갈망이 단박에 빗장을 끄르고 내 심장 밖으로 걸어 나온 것을, 그 어둡고 남루한 골목 한가운데서 나를 마주 보며 서 있는 것을 알아보았다.

*

눈을 감아.

인아의 명령에 나는 복종한다. 검은색 아이라이너가 내 눈시울 위로 조용히 움직인다.

눈 떠봐.

나는 눈을 뜨고, 거울 속의 낯설고도 낯익은 얼굴이 나를 바라보는 것을 마주 바라본다.

다시 감아.

인아가 켠 아이섀도 스틱이 내 눈두덩을 문지르는 것을, 이어 그녀의 집게손가락이 눈꺼풀 전체를 부드럽게 매만지는 것을 나는 느낀다.

속눈썹은 내가 할게.

그럴래?

인아는 마스카라를 나에게 내민다. 나는 천천히, 능숙하게 속눈썹을 위로 말아 올린다. 거울 속에서 짙고 풍성해진 내 속눈썹을 찬찬히 들여다본다.

입술도 네가 할래?

나는 대답 대신 립 팔레트를 건네받는다. 이제 인아는 화장대에서 물러나 침대에 걸터앉는다. 새 원피스를 벗어 나에게 입게 한 뒤 그녀는 위아래 모두 흰 트레이닝복 차림이 되었다. 하얀 옷 때문에 핏기 없는 얼굴이 더 창백해 보인다.

입술을 다 바른 뒤 나는 전신 거울 앞에 선다. 허벅지와 종아리의 털을 검은 팬티스타킹으로 감추고, 진한 초록색 원피스에 스튜어디스처럼 미색 스카프를 두른 내가 얌전히 두 손을 모으고 서 있다.

어때?

거울 속의 인아는 한 손을 앞으로 뻗어 엄지손가락을 들어 올려준다. 남은 손으로 침대 옆 탁자에 놓인 담뱃갑을 더듬는다. 내가 몸을 이리저리 돌려 거울에 비춰 보는 동안, 인아는 푸르스름한 담배 연기를 침대 뒤편의 창문을 향해 뱉어낸다.

밖에 나가고 싶다.

내가 중얼거리자 인아는 미소 띤 얼굴로 말한다.

아직 배 안 고픈데. 조금 이따 나가자.

나는 인아의 옷장 맨 아래 서랍을 열고 밝은 갈색 가발을 꺼내 쓴다. 좋은 품질의 인모로 만든, 제법 비싼 금액을 치르고 샀던 것이다. 두 손으로 컬을 매만져 자연스럽게 모양을 부풀린 뒤 화장대 의자에 다리를 꼬고 앉는다.

정말 배 안 고파?

오래된 연인처럼 나는 거울에 비친 인아에게 묻는다.

글쎄, 적당히 기분 좋을 만큼.

인아가 담뱃재를 재떨이에 턴다. 나는 거울 옆의 벽을 더듬어 스위치를 내린다. 어두워지는 베란다 쪽 창을, 그 앞의 침대에 걸터앉아 있는 인아를 거울을 통해 일별한다. 파르스름한 박명 때문에 문득 환영처럼 아름다워 보이는 내 모습을 묵묵히 건너다본다.

그 물고기가 다시 꿈에 나오는 거야?

나는 묻는다.

어떤 물고기?

네 악몽에 말이야.

아무것도 알고 있지 않다는 듯 담담한 얼굴로, 인아가 어둠 속에서 조용히 눈을 빛낸다.

*

저렇게 눈을 빛내며 인아는 내 얼굴을 건너다보았었다. 사년 전 이른 봄, 공원 분수대 위로 어질머리 나게 쏟아지던 햇빛이 막 사위기 시작하던 늦은 오후였다.

스물네 살의 그 여름밤 이후 우리는 이따금씩 연락해 만났다. 처음 몇 년 동안은 괄괄한 초등학교 동창과 함께였지만, 그 친구가 벤처 기업체를 동업하던 대학 동기와 결혼해 사업차 베트남으로 떠나버린 뒤로는 둘만 만났다. 내가 직장에 매여 있기 때문에 대체로 인아가 점심때 회사 앞으로 찾아왔는데, 대략 한 시간 반에서 두 시간쯤 간단한 식사나 차를 같이 한 뒤 헤어지곤 했다. 우리 관계는 다소 피상적이었던 것 같다. 피차 속 깊은 이야기를 화제로 꺼내는 일은 드물었다. 그이른 봄 오후까지는 분명히 그랬다.

마침 직속 상사가 일본으로 출장을 떠나 마음의 여유가 있는 날이어서, 세 시 조금 지나 찾아온 인아에게 늦은 점심을 사준 뒤 나는 조금 걷자고 했다. 커피 한 잔씩을 들고 공원 분수대 앞의 벤치에 나란히 앉았을 때, 인아는 결혼 초에 겪었다는 일화를 들려주었다. 시댁에서 가족 모임을 가졌는데, 회를 떠온 남편과 그의 형제들이 저녁으로 매운탕을 끓여 먹자며 커다란 비닐봉지를 그녀에게 내밀었다는 것이었다. (거기 담겨 있던, 회를 뜨고 남은 물고기를 별생각 없이 양푼에 옮겨 담았어. 그런데, 수돗물을 받아서 막 씻으려는데 그 물고기 뼈가 세차게 퍼덕였어. 살은 다 발라졌는데 아직 살아 있었던 거야. 나도 모르게 비명을 질렀어. 양푼을 놓치는 바람에 얼굴이며 윗옷에, 부엌 바닥에 물이 마구 튀었어. 다행히 물고기는 개수대 안으로 떨어졌어. 그걸 보고 모두들 웃어댔어. 이걸 어떡해요, 살아 있어요, 내가 말하니까 큰동서가 웃으면서 대답했어. 뭘 어떻게 해, 동서가 알아서 해봐. 난 우는 줄도 모르고 눈물을 흘리면서, 뼈만 남아서 꿈틀거리는 그 물고기를 씻어서, 냄비에 넣고 뚜껑을 덮었어.)

거기까지는 아직 평범한 이야기였다. 오 년이 더 지난 여태까지 그 물고기가 가끔 악몽에 나타난다는 이야기도, 좀 지나치다 싶긴 했지만 이해할 만했다. 다만 나를 의아하게 한 것은 인아가 처음으로 자신의 결혼 생활에 대해 말했다는 것이었다. 우리가 그동안 나눴던 화제들은 대체로 조심스럽게 사생활을 배제한 것이었다. 길다면 긴 시간이 흘렀는데, 우리는 서로에 대해 잘 모르고 있었다. 내가 인아에 대해 아는 것은 건강이 극도로 나빠졌을 때 디자인 회사를 그만두었다는 것(한 차례 이상 유산을 한 것 같았지만 정확히 묻지 못했다), 그 후 기타 연주를 제대로 배워보고 싶어 했다는 것(대학 시절 기타는 독학한 것이었고, 시간이 흐를수록 점점 자신이 없어진다고 그녀는 말한 적 있었다), 그러나 원인을 알 수 없는 지독한 두통 때문에 거의 아무것도 하지 못한 채 여러 해를 흘려보냈다는 것 정도였다. 나에 대해 인아가 알고 있는 것은 아마 그보다 더 적었을 것이다. 중산층 부모에게서 태어나 평범하게 대학을 졸업하고 별 볼일 없는 한 직장에 줄곧 다니고 있으며, 서른이 되도록 제대로 된 연애를 못 해보았다는 것―그 지루한 이력을 인아는 어떻게 생각하고 있었을까.

(그것 참 끔찍하구나), 하고 나는 침착하게 대답했다. (그게 그렇게 오래 살아 있을 수도 있는 거구나.) 덤덤하다 못해 거의 무기력한 내 대답에 귀를 기울이지 않은 듯, 인아의 목소리가 차츰 열기를 띠었다. 어떻게 맥락이 이어지는지 이해할 수 없는 다른 이야기가 시작되었다. (나, 요즘 프랙탈에 관한 책을 읽고 있어. 깜짝 놀랐어, 우리 몸속 혈관들이 뻗어 나가는 선, 하천들이 지류를 만들며 뻗어 가는 선, 나무들이 하늘로 가지를 뻗어 올리는 선 들이 모두 닮아 있다니. 지하철 입구에서 빠져나오는

인파의 움직임도 비슷한 선들을 그리고 있다니. 그렇다면, 혹시 사람의 인생도 그럴까? 공간이 아니라 시간 안에서, 우리 삶이 어떤 수학적인 선…… 기하학적으로 추측 가능한 선들을 따라 나아가고 있는 걸까? 지하철 출구를 빠져나올 때마다 생각하게 돼. 함께 수학적인 곡선을 그리며 걷고 있는 사람들에 대해서, 그 사람들과 내가 비슷한 몸을 갖고 있다는 것에 대해서. 비슷한 곡선으로 뻗어간 핏줄들 속에 거의 같은 온도의 피가 흐르고, 세찬 심장의 압력으로 그게 순환하고 있다는 것에 대해서…… 이상하지 않아? 그 사람들은 결코 내 삶의 안쪽으로 들어올 수 없고, 나 역시 그들의 삶 안으로 들어갈 수 없는데, 함께 그 선들을 그리고 있다니.)

당황한 내가 뭐라고 대답하기 전에, 인아는 수년 전에 보도되었던 치과 의사 살인 사건으로 갑작스럽게 화제를 돌렸다. (그런데 말이야, 물속에 담긴 시신이 늦게 부패한다는 걸 그 사람은 배워서 알고 있었던 걸까? 그걸 계산해서 여자의 목을 조르고, 정교하게 알리바이를 맞췄던 걸까? 그럴 수 있을 만큼 침착했던 걸까? 그런데 그 사람의 몸속 혈관은 내 몸속 혈관하고 똑같은 선들을 가지고 있지. 하천의 지류가 흐르는 선, 나무가 가지를 펼쳐 올리는 선하고 똑같은 선 말이야. 같은 지하철 출구에서 그 사람과 내가 우연히 서로를 지나쳐 갔다면, 그 사람은 나와 함께 곡선의 일부가 되어서, 태연하게 다른 방향으로 걸어갔을 거야, 그렇지?)

그쯤에서 나는 그녀의 이름을 부르며 제지했다. (인아야, 오늘 *왜 그래? 무슨 얘길 하려는 거야?*) 그 순간 인아는 폭발했다. 지나치게 빡빡하게 감은 오르골처럼 부서졌다. 자잘한 부속들이 사방으로 튀듯 더 빠르게 쏟아져 나오는 취중 독백 같은 문장들 속에서 나는 깨달았다. 인아가 최근에 끔찍한 일을 겪었다는 것을. 논리와 인과가 무의미해지는 지점을 통과해, 내가 모르는 어딘가로 넘어갔다가 우연히 제자리로 돌아왔다는 것을. 이상한 열기와 집요함을 그 와중에 얻어냈다는 것을. 그것이 어떤 일인지 알고 싶지 않았다. 그걸 겪고도 부서지지 않은 인아의 가냘픈 몸이 어쩐지 두렵게 느껴졌다.

나는 침착함을 잃지 않았다. 어떤 경우에도 덤덤하고 차분한 것, 그 무정하고 무기력한 자세만이 삶에 대해 내가 가진 유일한 방패라고 나는 믿고 있었다. 인아가 내뱉는 열띤 단어들, 깨어진 문장들, 의미 없이 반복되는 접속사들—*그러니까, 그런데, 하지만 말이야*—속에서 그 무정함을 놓치지 않으려고 애쓰는 동안, 그녀의 말들이 지푸라기 같은 무엇을 필사적으로 붙잡으려 하고 있다는 것을 마침내 읽어냈다. (*단 한 가지 사실만을 이해할 수 없어. 지금까지 너는 나를 다치게 한 적이 없었어. 지난 육 년 동안 단 한 번도 그러지 않았어.*) 만약 내가 평범한 남자였다면, 그 순간 인아를 끌어안거나 손을 잡았을까.

두서없이 거칠고 긴 그녀의 고백이 별안간 끝나자, 유리 조각들이 촘촘히 흩어져 박힌 것 같은 침묵이 우리 사이에 놓였다. 이제 내가 대답할 차례라는 것을 깨닫자 긴장 때문에 턱이 약간 떨렸다. 혀끝으로 아랫입술을 축인 뒤 나는 차근차근 말하기 시작했다. (그동안 나는 언제나 너를 특별하게 생각했어. 지금 이 순간도 특별하게 생각하고 있어. 하지만 그건 내가 너를 사랑해서가 아니야. 나는 너처럼 되고 싶어.) 인아의 얼굴이 어떤 마비의 상태를 드러내는 것을 나는 보았다. 본래 인아는 퍽 영특한 눈매를 지니고 있었는데, 내 대답에 귀를 기울이던 그 순간만은 거의 백치처럼 멍해 보였다. (너 같은 목소리를 갖고 싶고, 너 같은 몸을 갖고 싶어. 어떤 밤에는, 그 갈망 때문에 미칠 것 같을 때도 있어.) 좀 전의 흥분 때문에 눈시울과 속눈썹이 조금 젖은 채 인아는 내 얼굴을 유심히 들여다보았다. (더 견딜 수 없는 건, 이렇게 내 삶이 지나가고 있다는 거야. 벌써 꽤 많이 지나가버렸다는 거야. 내가 얼마나 비겁한지 너는 모를 거야. 비겁한 사람의 인생이란 긴 형벌과 다름없는 거야.)

자신의 상태에만 몰입해 있던 사람이 문득 그 밖으로 빠져나올 때 지어 보일 수 있는 가장 방심한 표정을 나는 그날 보았던 것 같다. 잠시 후 인아는 눈으로 웃었는데, 자신이 나를 향해 품어왔을지 모른다고 의심했을 연정에 대한 쓴웃음이라기엔 지나치게 부드러운 데가 있었다.

(가까이 와봐.)

갑자기 침착해진 목소리로 인아는 말했다. 나는 그 말을 이해하지 못하고 가만히 있었다. 인아는 내 쪽으로 다가와 앉더니, 주저 없이 내 입술에 자신의 입술을 포갰다. 십 초 가까이 시간이 흐른 뒤 입술을 떼고는 진지하게 말했다. (좀더 잘해볼

수 없어?) 꾸지람을 들은 기분으로 나는 인아의 입술 안으로
혀를 넣었다. 십여 초가 더 흐른 뒤, 인아는 물러나 앉으며 속
삭이듯 빠르게 말했다.

（자, 이제부터 우린 진짜 친구가 되는 거야. 아니, 자매도 괜찮
아. 네 생일이 빠르니까, 이제부터 네가 언니야.）

언제부턴지 모르게 공원은 한산해져 있었다. 분수대에서
떨어지는 물소리가 기묘하게 적막했다. 멀리서 빠른 발소리
와 웃음소리, 어린아이를 부르는 소리가 들렸다. 누군가가 줄
곧 우리를 지켜보고 있었는지도 몰랐다. 상관없었다. 아직 남
은 햇빛 속에서 나를 마주 보는 인아의 눈이 조용히 빛났다.

*

대낮같이 환하지만 기이하게 공허한 음영을 거느린 네온사
인 아래를 나는 인아와 함께 걷는다. 십 센티 하얀 힐의 앞코
에 갇힌 발끝이 아프다. 발목이 시큰거린다. 행인들은 호기심
을 숨기며 슬쩍 나를 눈여겨보거나, 가던 길을 멈추고 노골적
으로 뒤돌아본다. 상관없다. 밑창이 두툼한 운동화에 청바지
차림의 인아가 반 보쯤 앞장서서 걸어가고, 나는 인아의 비스
듬한 옆모습을 보며 계속 걷는다. 인아는 내 친구고 자매지만,
문득문득 나는 그녀와 입 맞추고 싶다. 사 년 전 분수대 앞에
서 처음 입 맞춘 뒤로 가끔 그런 마음이 든다. 내 뜻과는 관계
없이 내 몸이 남자이기 때문일지도 모른다. 몸이란 원래 제 나

름의 기억을 가지고 있기 때문인지도 모른다. 나는 인아가 싫어하지 않을 만큼 이따금, 잠깐씩 조심스럽게 입 맞춰보지만, 그 이상을 인아가 원하지 않는 것을 안다.

종종 나는 눈부신 쇼윈도 앞에서 걸음을 멈추고 그 안에 진열된 것들을 골똘히 들여다본다. 색색의 에나멜 구두들, 짧거나 치렁치렁한 치마들, 자잘한 큐빅들이 박힌 화려한 머리핀과 브로치 들이 저토록 눈부시게 느껴지는 것은, 그것들이 나에게 허락되지 않았기 때문일 것이다. 인아는 나와 함께 재미있어하며 그것들을 들여다보지만, 나처럼 황홀해하지는 않는다. 저런 것들을 믿으면 안 돼, 라고 그녀는 언젠가 나에게 말한 적이 있다. 그냥, 환영 속을 걷는 거라고 생각해.

인아의 말대로, 이런 날의 밤 산책은 나에게 환영의 숲이나 바다 아래를 걷는 것이다. 원피스를 입고 힐을 신고 진하게 화장을 하고, 내가 태어나 자란 도시의 번화가를 목적 없이 걷는다. 내가 아는 누구를 우연히 이 거리에서 마주친다 해도 나를 알아보지 못할 것이다. 모든 것이 눈부시게 휘황하고, 가슴 아프도록 절실해서 나는 가끔 눈물을 흘리고 싶은 마음이 되기도 한다. 하지만 실제로 눈물을 흘리는 일은 없다. 방해하지 않으려고 천천히 반보 앞에서 걷고 있는 인아의 옆얼굴을 바라보는 것만으로 눈언저리의 뜨거움은 곧 식혀진다. 얼음이나 돌처럼 단단해 보이는 그 옆얼굴을 뒤따라 나는 계속 걷는다.

눈부시던 번화가의 불빛이 차츰 성글어지다 문득 황량한

본모습을 드러낸 거리의 끝에서, 인아는 걸음을 멈추며 나에게 묻는다.

다시 돌아갈까?

누가 먼저랄 것 없이 몸을 돌려 우리는 다시 번화한 거리를 향해 걷는다.

이런 날의 밤 산책에서 가장 중요한 일은 시선을 견디는 것이다. 편견과 혐오, 경멸과 공포의 시선들, 때로 노골적이고 더러 은근한 그것들을 감지하며 잠자코 앞으로 나아간다. 이따금 지나치게 강렬한 감정이 담긴 시선을 만날 때 인아는 나에게 말을 건다. 팔짱을 끼거나 손을 잡는다. 활짝 눈웃음치는 눈으로 내 얼굴을 올려다본다. 그럴 때 나는 오래전에 보았던 짧은 영화의 한 장면을 떠올리기도 한다. 한 쌍의 레즈비언이 햇빛 환한 거리를 팔짱을 끼고 걷고 있다. 서로의 뺨과 어깨와 팔을 애무하며, 웃음과 입맞춤을 나누며 건물들의 모퉁이를 돌고 또 돈다. 십 분 가까이 침묵 속에서 그들의 다정한 오후를 비추던 카메라는 그들이 사라진 모퉁이를 뒤따라 돌아가, 둔기에 머리를 맞고 피 흘리며 죽어 있는 그들을 마지막으로 위에서 비춘다. 핏속에 나란히 누워 있는 그들의 몸 위로 엔딩 크레디트가 올라간다.

아직 머리를 둔기로 얻어맞거나 붉은 피를 흘리지 않은 채, 우리는 번화가의 찬란한 네온사인 아래로 돌아와 걷고 있다. 과장되게 슬픈 체하는 발라드 음악과 취객들 사이로, 한 발 한 발 보도에 못 자국을 박듯 나아간다.

좀 전에 봐두었던 머리핀이 진열된 쇼윈도 앞에 나는 멈춰 선다. 붉고 화려한 크리스털 꽃 장식이 달린 핀을 진지하게 들여다본다. 고개를 돌리자, 비스듬히 뒤편에 서 있던 인아가 살갑게 묻는다.

사고 싶어?

대답 대신 나는 무거운 유리문을 밀고 가게 안으로 걸음을 내디딘다. 당혹감을 숨긴 앳된 종업원의 미소를 향해, 내가 가진 가장 아름다운 웃음을 꺼내 보인다. 발소리를 내지 않는 인아가 뒤따라 들어오는 기척을 느낀다.

*

나중에 안 일이지만, 분수대 앞의 벤치에서 우리가 그 고백들을 주고받았을 때 인아는 결혼 생활을 막 청산한 상태였다. 얼마간의 위자료가 있었기 때문에—역시 정확히 묻지 못했지만, 인아가 경험한 어떤 폭력이 환산된 금액인 것 같았다—당장 생계가 쫓기는 상황이 아니었는데도 인아는 그 후 첫 일 년 동안 닥치는 대로 일했다. 대형 마트의 캐셔 일이 가장 먼저였고, 얼마 지나지 않아 상급자의 눈에 들어 환불 처리팀으로 옮겨갔는데, 한 번 더 부서를 옮기게 되었을 때 그 일을 그만두었다. 그 후로는 수개월에 걸쳐 심한 우울증에 시달렸고 (까맣고 독한 액체 같은 게 뒤통수로 흘러 들어오는 것 같아. 그럴 땐 몸을 움직일 수 없어. 잠을 잘 수도 없어.), 거의 위험하게 느껴졌던 마지막 순간에 대학 시절 밴드를 함께했던 친구와 연락이 닿았다. 당시 인아의 상태가 너무 나빴기 때문에, '일어나서 움직여봐'라고 꾸준히 격려하는 중에도 나는 결국 인아가 회복될 수 없을 거라고 몰래 예상했었다. 하지만, 완전히 죽은 줄 알았던 화분에서 기이하게 선명한 꽃이 피듯 인아는 되살아났다.

재작년 여름 인아가 만든 첫 음반을 나는 가끔 꺼내 듣는다. 레이블 없이 자체 제작해, 홍대 인근의 레코드숍과 인터넷으로만 판매하는 음반이다. 거기 실린 노래들을 쓰고, 믿을 수 없는 끈기로 쉬지 않고 기타와 노래를 연습하고(불면증이 좋은 점도 있어. 연습할 시간이 끝없이 생겨난다는 거지.) 변변한 녹음실 대신 친구의 옥탑방 작업실에서 녹음을 하는 동안(창문을 두 겹으로 닫고, 암막 커튼을 치고, 기계음이 들어가면 안 되니까 에어컨이랑 냉장고를 끄고, 컴퓨터 본체엔 담요를 씌웠다가 한 테이크 끝나면 얼른 걷어서 식혀가면서 녹음해. ……온몸이 그냥 땀이야.) 인아는 그동안 입어온 검은색 계열의 옷들을 차례로 버렸다. 머리를 밝게 물들였고, 선명한 노랑색 셔츠나 워싱을 많이 한 청바지 같은 값나가지 않는 것들을 하나둘 사 들였다. 하지만 정작 음반에 실린 곡들은 처음 만난 여름밤에 들었던 노래와 비교할 수 없을 만큼 어두워져 있었다. 그 깨끗함이 되돌아올 수는 없었던 것이다. 스크래치와 거친 효과음들을 의도적으로 넣은, 압도적으로 몽환적인 사운드 속에서 인아의 목소리는 무엇인가와 지독하게 싸우는 사람처럼 가냘

프고 절실했다.

첫 클럽 공연에 나를 초대하며 인아는 전화로 말했다. (네가 되고 싶은 것이 되어서 와.) 하지만 수요일 저녁의 공연이었으므로 나는 퇴근하자마자 흰 와이셔츠와 타이 차림으로 갔다. 덕분에 사십 분 일찍 도착했는데, 아직 세션들이 오지 않았는지 인아는 혼자서 기타를 멘 채 무대를 서성거리고 있다가 나를 향해 손짓했다. (오 분만 담배 피우고 오자.) 인아는 앞장서서 지하 클럽을 빠져나가 옆 건물의 주차장으로 갔다.

일곱 시가 가까웠어도 아직 밝은 팔월 저녁이었다. 담배를 먼저 꺼낼 줄 알았는데, 인아는 기타를 멘 채 하얀 면 원피스의 허리께에 달린 커다란 주머니에서 손톱깎이를 꺼냈다. 왼손의 손톱들이 별로 길지 않았는데, 정성껏 깎고 줄로 다듬었다. 실처럼 희고 가느다란 손톱 조각들이 아무렇게나 주차장 바닥에 흩어지는 동안 인아는 침묵했다. 그 조용한 옆얼굴을 건너다보며 나는 잠자코 서 있었다. 아마 그때 처음 인아를 사랑한다는 생각을 했던 것 같다. 그런 확신을 여자에게 느꼈다는 것에 나는 당황했다. 감정과 거리를 두려고 일부러 냉정한 질문들을 던졌다. (네가 첫번째 순서야?) (첫번째로 하게 해달라고 부탁했어.) (왜?) (사정이 있어서 리허설을 못 하게 돼서, 혼자라도 미리 좀 와 있으려고. 중간에 하면 오 분 사이에 준비해야 되는데 더 긴장될 것 같았어.) (사람들 앞에서 노래하는 거 오랜만이지?) (팔 년쯤 됐나 봐. 대학 사 학년 때, 이 클럽이 여기로 옮겨오기 전에 오디션 보고 네 번쯤 공연했었거든. 같이 밴드 하던 친구들하고.) (결국 다시 하게 될 걸, 왜 그만뒀었어?) (비겁했지.) (그런 결혼은 왜 갑자기 했던 거야?) (상대가 의사라서.) (그게 다였어?) (내가 속물이라서.) (신랄하구나.) (근본적으로, 나라는 사람한테는 위대함이 결핍돼 있어.)

손톱을 다 깎은 인아가 원피스 주머니에 손톱깎이를 넣었다. 담배를 꺼내 잇사이에 물고 라이터를 더듬어 찾는 인아의 단단한 뺨에 내 손을 얹어보고 싶었다. 그러나 악수를 건넬 엄두도 내지 못했다.

클럽으로 돌아가, 나는 맥주 한 캔을 바에서 받아 들고 벽쪽의 가장 어두운 자리에 앉았다. 스무 명이 채 되지 않는 관객에게 뒷모습을 보인 채 인아는 드럼과 키보드 세션들과 인사를 나누고 조율을 했다. 작은 생수병을 기울여 이따금씩 입을 적셨다.

마침내 시작된 공연에서 인아는 자신에게 허락된 다섯 곡의 노래를 불렀다. 첫 곡을 부른 뒤 간단히 자신과 세션들을 소개했고, 다음 두 곡을 이어서 부른 뒤 지난밤 꾸었다는 실없는 꿈 이야기로 관객들을 웃기고는(*꿈에, 기타를 치는데 줄이 끊어지는 거예요. 여벌 기타 줄이 없어서 다음 밴드에게 기타를 빌렸는데, 같은 부분에서 또 줄이 끊어졌어요. 잠깐만 기다려달라고 하고는 밖으로 나가서 기타 줄을 사려는데, 골목이 끝없이 얽히면서 이상한 거리가 나오는 거예요.*) 빠른 템포의 다음 곡을 불렀다. 거기까지는 음반에 수록된, 나도 아는 곡들이었다. 다음으로 부른 마지막 곡은 얼마 전에 새로 만들었다는, 조용한 키보드 반주의 도입부로 시작되는 곡이었다.

늦은 여름밤,
피곤한 몸으로 지하철역을 빠져나왔지.
얼굴에 퍼렇게 수염이 자란 남자들이
종이 박스 위에 모여 앉아 있었지.
색색의 플래카드가 만장처럼 걸려 있어서,
나는 다른 출구로 잘못 나온 줄 알았어.
걸음을 멈추고 플래카드에 적힌 걸 읽었는데.

예상치 못한 내용의 가사에, 무거운 침묵이 객석에 흘렀다. 그 순간 드럼이 들어왔다. 인아의 깡마른 손이 스트로크를 시작했다. 높은 음역대로 들어가면 처연해지는 목소리가 비트와 객석의 침묵 위로 울렸다.

그들은 나에게
죽음을 요구한다.

하지만 나는 죽지 않겠다.

바람 소리가 섞인 것 같은 가성으로 인아는 후렴부를 향해 날아들어갔다.

그때였지,
내 심장에 차디찬 불이 당겨진 건.
한 꺼풀 비늘이
내 눈에서 힘껏 벗겨진 건.

*

이제 인아와 나의 산책은 번화가를 완전히 벗어났다. 인아
의 아파트가 가까워질수록 보도블록들은 더 험하게 패어 있
다. 내 구두의 가늘고 날카로운 굽이 흔들린다. 자칫 접질리겠
다 싶게 발목이 양옆으로 활짝 젖혀지곤 한다.

발 아프지 않아?

인아가 나무라듯 묻는다.

그러니까, 굽 너무 높은 거 사지 말자니까. 키도 크면서.

나는 웃으며 대답한다.

적당히 기분 좋을 만큼 아파.

나직이 소리 내어 인아가 따라 웃는다. 내가 얼마나 아슬아
슬한 경계 위에 존재하고 있는지 깨닫게 하는 웃음이다. 내가
얼마나 간절하게 여자이고 싶은지 알게 해준 사람도 인아고,
남자의 몸으로 여자를 안고 싶어질 수도 있다는 걸 알게 해준
사람도 인아다. 어린 시절, 점점 어두워지는 골목을 내다보며
어머니가 돌아오길 기다리던 저녁을 떠올리게 하는 사람, 우
산이 없어 강당 처마 아래 서서 잦아들지 않는 빗발을 바라보

던 오후를 떠올리게 하는 사람도 인아다. 그런 순간 막연히 만나고 싶었던, 모르는 누군가의 희끗한 얼굴과 무심코 겹쳐지는 사람도 인아다.

인아의 얼굴에서 곧 웃음이 걷힌다. 나도 더 이상 웃지 않는다. 10센티 굽의 에나멜 구두를 절름절름 끌며 더 걷는다. 물이 마른 우물 속처럼 비좁고 더러운 골목에 이르렀을 때, 그녀에게 그 노래를 불러달라고 말한다.

무슨 노래?

왜, 옛날에 불러줬잖아. 왜 음반에 넣지 않았는지 궁금했어.

옛날이라니, 언제?

나는 기억나는 소절을 불러준다.

에우로파,
얼어붙은 에우로파
너는 목성의 달

인아는 웃음을 터뜨린다.

내가 그 노래를 언제 네 앞에서 불렀어?

나는 조금 실망한다. 인아는 그날 밤의 일을 잊은 것이다.

가사가 긴데, 많이 잊어버렸을 거야.

인아가 주저한다.

……끝까지 부를 수 없을지도 몰라.

그러나 더 물러서지 않고, 그녀는 낮은 목소리로 노래를 부르기 시작한다.

에우로파,
너는 목성의 달
암석 대신 얼음으로 덮인 달

지구의 달처럼 하얗지만
지구의 달처럼
흉터가 패지 않은 달

아무리 커다란 운석이 부딪친 자리도
얼음이 녹으며 차올라
거짓말처럼 다시 둥글어지는,
거대한 유리알같이 매끄러워지는

후리후리한 우리 그림자가 골목길 위로 앞서 걸어가는 것을 나는 지켜본다. 조그만 허밍으로 후렴부를 따라 부른다. 키를 낮게 잡았기 때문에 인아의 목소리는 높고 처연한 음역대로 들어가지 않는다. 노래가 완전히 끝날 때까지 그녀의 음성은 낮고 무겁다.

에우로파,
얼어붙은 에우로파

너는 목성의 달

내 삶을 끝까지 살아낸다 해도
결국 만질 수 없을 차가움

*

대부분의 사람들은 평생 동안 크게 색깔과 형태를 바꾸지 않고 살아가지만, 어떤 사람들은 여러 차례에 걸쳐 자신의 몸을 바꾼다. 지난 십 년 동안 내가 만나온 인아가 그런 사람이라는 것을 이젠 알 것 같다.

지난 한 해 동안 인아는 자신을 부르는 곳이면 어디든 가서 노래했다. 약간의 보수를 받을 때도 있었지만, 차비도 못 받는 경우가 대부분이었다. 노래가 끝난 뒤 청중들과 함께 거리를 행진하다 최루액이 섞인 물대포를 맞아 기타가 망가진 적도 있었다. 이제 인아는 내가 모르는 많은 사람들과 만나고 가까이 지낸다. 앞으로 더 많은 사람들을 만날 것이다. 두 달쯤 전 인아의 집에 갔을 때 그녀는 나에게 말했다.

(새벽에 전화를 받았어. 조사할 게 있으니 곧 집으로 데리러 오겠대. 한 시간 뒤에 도착할 테니 준비하고 있으라고 했어. 세수하고 옷을 입고, 생리대 몇 장이랑, 전에 먹었던 신경안정제를 점퍼 안주머니에 넣고 기다렸는데 결국 아무도 안 왔어. 그냥 겁주려고 그런 거였나 봐. 이상하지, 이런 일들은 구십 년대까지 다

끝난 줄 알았는데.)

그때 나는 밤 산책을 준비하기 위해 방금 세수를 한 상태였다. 최대한 수염 자국을 남기지 않기 위해 새로 면도한 내 얼굴이 거울 속에서 해쓱했다. 거울을 통해 나를 바라보는 인아의 얼굴은, 간밤에 잠을 못 이룬 탓인지 실제보다 더 나이 들어 보였다. 무심을 가장해 나는 물었다.

(……꼭 그런 델 다니면서 노래해야 돼? 원래는 그런 일들에 관심 없었잖아.)

침대 위에 책상다리를 하고 앉은 채, 그녀는 잠시 생각에 잠겼다가 되물었다.

(기억나? 예전에 내가 너한테, 날 설득해보라고 했잖아.)

고개를 끄덕이지 않았지만 나는 기억했다. 인아가 노래를 부르기 직전, 그녀가 다시 일어설 수 없을 거라고 내가 비밀스런 죄의식을 느끼며 점쳤던 그 시절이었다. 왜 더 살아야 하는지 설득해봐, 라고 인아는 나에게 말했었다. 그러니까, 내가 더 살아 있는 것에 무슨 의미가 있는지.

망설이는 나의 대답을 더 기다리지 않고 인아는 말했다.

(나한테는 근본적으로 위대함이 결핍돼 있어. 이 얘기도 언젠가 했어. 기억해?)

기억했지만 나는 여전히 대답하지 않았다. 거울에서 몸을 돌려 돌아보자, 인아의 담담한 눈길이 내 얼굴을 찬찬히 응시했다.

(이제 난 늙어가고 있고, 앞으로 더 늙을 거야.)

인아가 입을 다물었다 뗄 때마다 가느다란 주름들이 입가에 패였다 지워지는 것을 나는 보았다. 그녀가 반년쯤 전 장기와 각막 기증 서약을 했다는 것을 나는 알고 있었다. 기운이 날 때마다 헌혈 차량의 비닐 침대에 누워 두 팩씩 피를 뽑아왔다는 것을, 서랍에서 우연히 발견한 수십 장의 헌혈 증서를 보고 알았다. 시체까지 의학생들의 해부 실습을 위해 내놓을 거라고 그녀가 무심하게 말했을 때 나는 못 들은 척 눈을 돌렸다. 살이 다 발라진 인아가 꿈틀거리며 수술용 침대 위에서 몸을 뒤트는 환상 때문이었다.

(내 안에서는 가볼 수 있는 데까지 다 가봤어. 밖으로 나가는 것 말고는 길이 없었어. 그걸 깨달은 순간 장례식이 끝났다는 걸 알았어. 더 이상 장례식을 치르듯 살 수 없다는 걸 알았어. 물론 난 여전히 사람을 믿지 않고 이 세계를 믿지 않아. 하지만 나 자신을 믿지 않는 것에 비하면, 그런 환멸은 아무것도 아니라고 말할 수 있어.)

무언가에 항의하는 것처럼 단호해진 말씨에, 나는 숨을 죽인 채 귀를 기울였다.

(하지만 지금까지 내가 말한 건 네가 방금 물었던, 왜 그런 델 다니면서 그런 노래를 하느냐는 질문에 대한 진짜 대답이 아니야. 그 대답은 너에게 하고 싶지 않아.)

벌써 오래전의 일이다.

지나가듯 그녀가 도울게, 라고 말했을 때 나는 무슨 말인지 얼른 알아듣지 못했다. (네가 되고 싶은 것이 되는 것 말이야. 도울 게 뭔지 생각해볼게.) 다시 그녀가 곡을 쓰기 시작하던 때, 죽은 줄 알았던 화분에서처럼 선명하게 피어나던 때, 우리가 밤 산책을 시작하기 직전의 일이었다.

그 후 일 년 반쯤의 시간이 훌쩍 흘렀을 때, 인아가 첫 공연을 했던 클럽에 함께 간 적이 있었다. 입소문으로 음반이 차츰 팔리면서 인아의 관객이 불균형하게 많아졌으므로, 더 이상 인아는 그 클럽에서 다른 팀들과 함께 보수 없이 공연하지 않아도 되었다. 소극장이나 다른 클럽을 하루씩 빌려 단독 공연을 하는 일이 가능해진 것이다. 하지만 인아는 가끔 그 클럽의 구석자리에 혼자 앉아 있다 돌아오곤 한다고 했는데, 그날은 나와 동행한 것이었다.

그 밤 밴드들은 관객들의 심장이 쾅쾅 울리도록 음량을 높여 연주했다. 덕분에 가사는 거의 들리지 않았다. 그들의 일렉기타와 베이스와 드럼과 관객들의 심장—특히 내 심장—이 함께 피를 뿜으며 폭발할 것 같다고 느꼈을 때 나는 인아에게 그만 나가자고 했다. 삐걱거리는 목조 계단을 밟아 지상으로 나오자 초겨울 밤의 공기가 유난히 고요하고 찼다.

(사실, 공연보다 더 좋은 건 혼자 있는 시간이야. 아마 누구나

그럴걸,) 하고 그때 인아는 웃으며 말했다. 돌아보는 나를 향해 장난스럽게 콧잔등을 찌푸렸다. (방에서 혼자 기타를 안고 음을 더듬을 때. 가사를 붙여볼 때. 고치고, 또 더듬고, 받아 적고, 불러보고 그럴 때.)

다정히 내 이름을 부른 뒤 인아는 이어 물었다. (만약 네가 원하는 대로 태어났다면 뭘 했을 것 같아?) 나는 대답하지 않았다. (원하는 대로 다 살아낼 수 있다면 뭘 할 것 같아?) 나는 여전히 대답하지 않았다. 그 순간 미칠 듯 뜨겁게 치밀어 오른 말들을 내가 입에 담았다면, 우리는 처음으로 싸웠을지도 모른다. 그게 마지막이 되었을지도 모른다. 웃기지 마. 내가 널 사랑한다고 해서, 그런 답을 네가 나한테 요구할 수 있다고 생각하지 마. 닥쳐. 닥치라고.

*

클렌징 오일로 화장을 지우고 샤워기의 뜨거운 물로 오래 몸을 씻은 뒤, 아침에 입고 왔던 옷들을 주섬주섬 걸쳐 입는다. 세면대 위의 거울 속에서 나를 건너다보는, 친숙하고도 낯선 사람의 얼굴을 마주 건너다본다. 그 사람이 누구인지 나는 모른다. 한 번도 누구인지 알 수 없었던 사람이 저기 있다. 더이상 청년이 아닌 얼굴, 서서히 완고한 주름들을 새기며 늙어갈 사내의 얼굴을 나는 본다.

씻는 동안에는 물소리 때문에 들리지 않았는데, 앰프를 연결하지 않은 일렉 기타의 첫소리가 인아의 연습실에서 새어 나오고 있다. 좀 전에 골목에서 불렀던 노래의 느린 변주가 끝날 때까지 나는 타일 벽에 기대 서 있다. 연습실 문이 조용히 열렸다 닫히는 소리를 확인한 뒤, 차가운 물을 틀어 한 번 더 얼굴을 씻는다.

샤워하면서 빨아둔 브래지어와 스타킹을 가지고 나와 베란다의 빨래 건조대에 펼쳐 넌다. 컬이 망가지지 않도록 가발을 말아 인아의 서랍장 안쪽에 넣고, 원피스와 스카프를 옷걸이에 다시 걸어놓는다. 어느 사이 인아는 침대 속에 깊이 몸을 파묻고 누워 말없이 나를 지켜보고 있다. 밤이 깊어 더 진해진 그녀의 눈 아래 검은 그늘을 나는 본다. 장례식이 끝났다면서, 왜 인아는 다시 악몽을 꾸는 걸까.

그녀가 꾸는 악몽에 대해서는 모르지만, 내가 꾸는 가장 내밀하고 외설스러운 꿈에 대해서는 알고 있다. 이따금 나는 인아의 몸에서 가장 이상한 곳에 입 맞추는 꿈을 꾼다. 그녀의 골반뼈 바로 안쪽, 파르스름한 실정맥 두어 가닥이 섬세한 매듭처럼 뭉쳐져 불쑥 솟아오른 부분이다. 창백하고 얇은 살갗 안쪽에 비쳐 있는 그 미미한 기형의 흔적 위로 나는 끈덕지게 입술을 문지른다. 꿈속에서, 그 일이 너무 행복해 언제까지나 끝내고 싶지 않다. 그녀의 골반이 뒤척일 때마다 더 부드럽게 입 맞춘다. 내 혀와 그 살갗이 달라붙어 영원히 떨어질 것 같지 않다.

그것이 아주 오래전, 그녀가 위태롭게 어두웠을 때, 단 하롯밤의 몇 시간 동안 허락된 일이었다는 것을 알고 있다. 그런 일을 겪은 뒤에도 우리가 계속 살아가야 한다는 것을 알고 있다. 모든 것이 환영처럼 잠시 이뤄지거나 단박에 파괴된 뒤에도, 검은 바다의 밑면 같은 거리를 한 걸음씩 못을 치며 나아가는 일만 남는 것을 알고 있다.

나는 묵묵히 침대로 다가가 인아에게 짧게 입 맞춘다. 인아의 입술에서 쓴 담배 냄새가 난다. 그녀는 아직 나를 비겁자라고 부른 적 없다. 비좁고 높은 평균대 같은, 내가 살고 있는 경계에서 뛰어내리라고 말한 적도 없다. 그저 이따금 함께 밤거리를 걸어줄 뿐이다. 아무 일도 우리 사이에 없었던 것처럼 다정하고 무정하게. 수차례 으스러지게 서로의 몸을 껴안고 빗장뼈를 어루만지고, 고통에 가까운 애착을 느끼며 따뜻한 살을 비볐던 일 따위는 없었던 것처럼.

공연 잘해, 금요일에.

인아는 대답 대신 웃으며 말한다.

안 나갈게.

나 역시 사람을 믿지 않는다고, 고통을 주는 데가 있는 인아의 웃음을 보며 생각한다. 언젠가 그녀가 나를, 내가 그녀를 깊게 상처 입히리란 것을 알고 있다. 우리 산책이 영원하지 않으리란 것을 안다.

인아의 방을 나서기 전에 나는 묻는다.

그대로 잘 거야? 불 꺼줄까?

여전히 미소를 머금은 채 그녀가 고개를 끄덕인다.

복종하듯 나는 스위치를 내린다. 인아의 단단하고 창백한 얼굴이 순식간에 어둠에 잠긴다. 다시 스위치를 올려 날카로운 불빛을 불러들이거나, 저 불분명한 어둠을 향해 비명을 지르고 싶은 충동을 나는 침착하게 억누른다.

훈자

죽은 들고양이를 피하기 위해 그 여자는 무리하게 차선을 바꾼다. 오늘로 나흘째다. 노르스름한 털, 부드러운 살의 윤곽을 분명히 알아볼 수 있었던 고양이는 이제 거의 부패했다. 며칠 더 지나면 부피감을 느낄 수 없을 만큼 문드러질 것이다.

그 여자는 속력을 낸다. 시속 백이십 킬로미터로 달리는 차들의 굉음 속에서, 십 년 된 소형 승용차는 끔찍한 소음을 낸다. 액셀을 밟을 때마다 수십 마리 곤충이 날개를 떠는 것 같은 소리가 점점 커진다. 그 여자는 라디오를 켰다가 끈다. 테이프를 꽂았다가 뺀다. 터널의 어둠 속으로 삼켜진다. 빛 속으로 다시 내뱉어진다. 외마디 비명처럼 짧고 빠르게.

*

　내가 안 죽였어, 라고 그 여자는 소리 내어 중얼거린다. 자신의 목소리를 흔적 없이 삼킨 것이 끔찍한 소음이 아니라 더디게 저무는 여름 햇빛인 것처럼, 두 손으로 운전대를 붙든 채미간을 찌푸린다.

*

　이미 죽어 있던 고양이였다.
　그것을 피했다면 왼쪽 차선의 경유 트럭과 충돌했을 것이다.
　저녁빛을 받아 반짝이던 노란 털은 이미 피에 젖어 있었다.
　그 털이 움직이는 것처럼 보였던 것은, 질주하던 그 거대한트럭이 일으킨 바람 때문이었다.

*

　그 부드러운 육체가 그 여자의 차바퀴에 으깨어지던 감각을 잊을 수 있다면 좋을 것이다.
　그러나 그 여자가 그것 때문에 고통을 느끼는 것은 아니다.
　지난 몇 해 동안 하루라도 깊이, 죽은 듯이 잠들 수 있었다면 좋았을 것이다.

그러나 그것도 이유의 전부는 아니다.

초주검이 될 때까지 야근과 밤샘을 반복해야 하는 감사 시즌이 닥쳐오고 있다. 그 여자의 남편은 상황이 더 나빠졌고, 그 여자의 아들은 지금 혼자서 그 여자를 기다리고 있다.

그러나 그중 어떤 것도 그 여자가 지금 느끼는 고통을 다 설명할 수 없다.

*

고속도로를 질주하는 승용차의 운전석은 깊은 생각에 잠기기에 좋은 장소다. 동시에 그것은 미친 짓이기도 하다.

십 년 동안 오고 간 이 출퇴근길에서 그 여자는 드물게 소리 내어 기도했다. 어떤 종교도 가져본 적 없으니, 그저 떠오르는 대로 간절하게 내뱉었다. 그러다 뒤에서 바싹 따라오는 차를 향해, 깜빡이도 켜지 않고 끼어들려는 옆 차선의 차를 향해 세차게 클랙슨을 누르기도 했다. 더 드물게는 라디오를 크게 틀어놓고 일 분마다 채널을 바꾸며, 뉴스와 방담, 음악 프로그램에서 흘러나오는 숱한 목소리들에 함부로 대꾸하고 끼어들었다. 날씨가 몹시 흐려 시야가 짧아진 날, 앞 유리를 아슬아슬하게 스쳐 날아가는 까치를 향해 중얼거리기도 했다.

낮게 날지 마. 그러다 죽어.

액셀을 밟던 오른쪽 종아리에 쥐가 난 적도 있었다. 그 여자는 왼발로 액셀과 브레이크를 바꿔 밟으며 갓길에 차를 세우

고, 공포가 가라앉을 때까지 욕설과 기도를 절반씩 섞어 뇌까
렸다.

그러나 그 여자가 차 안에서 그렇게 혼잣말을 하는 것은 거
의 예외적인 일이다. 평소에 그렇듯 그 여자는 운전할 때에도
조용하다. 간혹 음악을 틀어놓는다 해도 귀 기울여 듣지 않는
다. 그것이 미친 짓이라 해도, 깊이 생각에 잠기는 것을 멈추
지 못한다.

부드럽고 쓸쓸한 곡선의 몸을 옆으로 누인 산을 향해 달리
며, 거대한 송곳 구멍 같은 터널로 불쑥 들어서며, 터널 입구
에 핀, 상여를 장식한 것 같은 흰 꽃들을 기억하며 그 여자는
생각에 잠긴다. 출구의 빛을 향해 달리는 동안 모든 것을 잊는
다. 자신이 몇 번째 터널을 지나고 있는지, 통행권을 뽑을 때
가 가까워졌는지, 아니면 이미 뽑았는지, 지금이 하루의 어느
때인지 잊는다. 자신의 이름을, 얼굴을 잊는다.

*

훈자.
그렇게 깊이 그 여자가 생각하는 것은 훈자다.
칠 년 전 이른 봄, 팀원들과 어울린 점심 식사 자리에서 그
여자는 그 이름을 처음 들었다. 대학을 졸업하기 전에 일 년간
오지 여행을 했다는 거래처의 어린 남자 직원이 합석했다. 메

밀국수와 메밀묵, 메밀전을 가득 펼쳐놓은 시골식 밥상 앞에서 그는 사람들이 묻는 대로 순순히 자신의 여행담을 털어놓았다. 가장 인상 깊은 곳이 어디였느냐는 질문에 그는 강한 대구 사투리로 훈자라고 대답했다. 훈자? 여자 이름 아닌가? 팀장이 되묻자 좌중에서 폭소가 터졌다. 그래, 거긴 뭐 하는 곳인가? 왕년의 오지 여행자는 얼굴을 붉히며 대답했다. 만년설이 에워싸고 있고, 살구꽃이 끝없이 피어 있습니다. 껄껄 웃으며 팀장이 대꾸했다. 그러니까, 무릉도원이구먼. 다시 좌중에서 웃음이 터졌다.

그날 퇴근길에 그 여자는 가까운 대형 서점에 들러 『론리 플래닛』 파키스탄 편을 찾았다. 영문판뿐이었고, 그나마 훈자에 관한 부분은 네댓 페이지에 불과했다. 빈손으로 귀가한 그 여자는 새벽에 일어나 거실의 컴퓨터를 켰다. 커서가 깜박이는 검색창에 처음으로 훈자, 라고 써넣었다.

훈자, 천 년 전에 멸망한 훈자국의 유적. 파키스탄 동북쪽 산간 지방의 오지. 그곳에 가려면 두 개의 육로 중 하나를 택해야 했다. 첫번째는 중국 신장의 국경 도시인 카슈가르에서 꼬박 이틀 동안 버스로 달리는 길, 두번째는 파키스탄의 수도 이슬라마바드에서 버스로 하루 걸리는 길이었다.

날이 밝을 때까지 그 여자는 왕궁이라기에는 지나치게 소박한 훈자성의 내부를 보았고, 산 위의 빙하가 녹아 흙 속으로 내려온 것을 파이프로 받아 쓴다는, 쌀뜨물처럼 진한 수돗물의 흰 빛깔을 보았다. 훈자 사람들은 자그마한 체구에 동서양의 인종이 보기 좋게 뒤섞인 얼굴을 하고 있었다. 아이들은 가난한 스웨터를 입었고, 사진 찍기를 좋아하는 듯 이를 드러낸 채 그 여자의 얼굴을 응시하고 있었다.

*

그 봄이 지나갈 때까지, 어지러운 햇빛 속을 승용차로 달려 출근할 때마다 서른두 살의 그 여자는 훈자를 생각했다. 두 눈을 시큰하게 하는 빛, 생리적인 눈물이 고이게 하는 빛, 어른어른 마성이 피어오르는 빛 속에서 커브를 꺾으며 훈자를 생각했다.

그 여자는 첫번째 육로가 마음에 들었다. 인부들이 수없이 죽어 나가며 건설했다는 카라코람 하이웨이의 절벽 길을 달리다 날이 저물면 교통빈관에서 하룻밤을 묵어야 한다. 다음 날 새벽 다시 버스에 올라 하루를 더 꼬박 달려야 한다. 어디로 눈을 들어도 해발 육천 미터의 눈 덮인 봉우리들이 보이는, 지구상에서 가장 아름답다는 길. 탄식처럼 갑자기 훈자는 나타날 것이다. 지대가 높아, 늦은 봄이 되어서야 살구꽃이 지천으로 피는 곳. 가을이면 말린 살구가 가게마다 그득한 곳. 한번 들어가면 떠나고 싶지 않아지기 때문에 장기 여행자들의 블랙홀이라 불리는 곳.

*

그 봄 그 여자의 아이는 막 두 돌을 지났고, 목욕시킨 직후가 아니면 언제나 온몸이 끈적끈적했다. 아이들이 으레 그렇듯이 조금씩 자주 토했으며, 많은 시간을 함께 보내지 않음에도 본능적으로 그 여자를 간절히 사랑했다. 긴 하루 일에 지친 그 여자가 귀가하는 즉시 보모는 퇴근했다. 아침에 그 여자와 떨어지는 것이 두려워 울었던 아이는 이제 보모와 떨어지는 것이 두려워 울었고, 보모가 현관을 나가고 나면 그 여자에게 꼭 달라붙어 떨어지려 하지 않았다.

그 여자가 아이에게 가진 감정은 사랑이라기보다 일종의 고통에 가까운 것이었다. 얼마 전 아이가 폐렴에 걸렸다 회복된 뒤 고통은 더 강해졌다. 땀에 젖은 아이의 애잔한 머리카락을, 감기에 걸린 밤이면 열 때문에 먹은 것을 모두 토해낸 뒤 엄지손가락을 빨며 누워 있는 옆얼굴을 쓰다듬을 때, 자신의 아이인데도 이따금 그 여자의 손은 조심스러움으로 떨렸다. 잠투정을 하는 아이를 어렵게 잠재우고 나면, 고속도로 운전으로 뻣뻣해진 어깨를 자신의 손으로 오래 주무르며, 그 여자는 어둠 속에서 눈을 뜬 채 희끄무레한 천장을 올려다보았다.

두 군데의 수도권 대학에서 시간 강사로 교양 철학을 가르쳐온 그 여자의 남편은 대체로 귀가가 늦었고, 이따금 일찍 돌아오는 날에도 아이에게 정을 주지 않았다. 아이가 우는데도 엉거주춤 책상 앞에서 반쯤 몸을 일으킨 채 논문을 다듬고 있을 때도 있었다. 아이도 아빠를 따르지 않았다. 어쩌다 아빠가 안으려 하면 버둥거리며 높게 울었다.

그 여자가 만삭이었을 때, 남편이 첫 면접 때 맬 넥타이를 사러 밤늦은 거리를 헤맨 적이 있었다. 마치 좋은 넥타이를 고르는 일에 다음 날 면접의 성패가 달려 있는 것처럼 그 여자는 부른 배를 안고 여러 가게의 진열장을 들여다보고, 수없이 남편의 얼굴을 눈앞에 그리고, 가격을 비교하고, 그 허공의 사람에게 셔츠를 입히고 넥타이를 대보았다.

몇 차례의 실망이 지나간 뒤에야 그 여자는 남편이 직장을 얻을 가능성이 희박하다는 사실을 인정했다. 여러 가지 이유로 그는 또래보다 학위가 늦었지만, 그것만이 문제는 아니었다. 그는 특별하게 친화력이 부족한 사람이었다. 그에게는 고유한 개성이라고 불러야 할 독특한 무심함이 있었는데, 그 체념에 가까운 무심함 덕분에 어떤 좌절이나 분노도 조용히 비껴 살아가는 것처럼 보였다. 동시에 열정이나 연민, 깊고 끈끈한 사랑까지 침착하게, 쓸쓸히 지나쳐 갔다.

그 봄, 그 여자가 자신의 뻣뻣한 어깨를 주무르며, 어둠 속에서 희끄무레한 천장을 올려다보며 받아들여간 것은 자신이 단 한 사람이라는 사실이었다. 그 집에서 영원히 일을 하고 가계를 꾸려가야 할 한 사람. 아이가 성장할 때까지 조건 없는 사랑을 퍼부어줘야 할 단 한 사람.

*

그해 가을 그 여자는 세 돌이 채 되지 않은 아이를 구립 어린이집에 맡겼다. 보모에게 들어가던 월급과의 차액만큼 여유가 약간 생기자, 전세금과 장기 대출금을 합해 인근의 중소형 아파트를 구입할 용기를 냈다.

그 후 칠 년 가까이 매달 급여의 삼분지 일씩을 원금과 이자로 자동 이체했지만, 아직 그 여자는 절반의 빚도 갚아내지 못했다. 두 차례의 감원에서 기적적으로 살아남았고 직위는 달팽이처럼 천천히 위를 향해 기어 올라갔지만, 급여는 사정에 따라 오래 동결되거나 오히려 삭감되었다.

그 여자의 남편은 여전히 직장을 얻지 못했다. 또래보다 일찍 앞머리가 세었고 비스듬히 등이 굽었다. 아이는 무럭무럭 자라 초등학생이 되었고, 아파트 상가의 학원에서 학원으로 건너다니며 긴 오후를 보냈다.

*

오랜 시간에 걸쳐 그 여자는 훈자 인근 지역의 정세에 주의를 기울여왔다. 첫번째 육로의 기점인 카슈가르는 신장 위구르 독립운동의 성소가 되었다. 파키스탄에서는 끈질긴 내전이 끊어졌다 이어지기를 반복했다. 오지인 훈자는 변함없이 조용할 테지만, 그곳으로 들어가는 두 개의 육로는 안전하다고만 하기 어려웠다.

그 여자는 탐험가, 등반가, 종군 기자가 될 수 있는 성격의
사람이 아니었다.

훈자로부터 그토록 멀리 떨어져 있으면서, 그 여자는 이따
금 등화관제와 야간 폭격, 소년들의 자살 폭탄 테러에 관한 악
몽을 꾸었다.

*

훈자로 들어가는 육로들에 위험이 누그러진 시기가 비교적
오래 지속될 때가 있었다. 관록 있는 여행자들은 정세를 잘 판
단해 훈자를 여행했고, 인터넷 여기저기에 흔적을 남겼다. 그
여자는 그것들을 모두 찾아 읽었다. 인터넷 서핑을 할 시간이
많지 않았지만, 익스플로러를 닫기 직전이면 언제나 검색창
에 훈자, 라고 써넣었기 때문이다.

검색 포털 사이트의 블로그와 카페에 실린 글과 사진들 속
에서 훈자는 서서히 변해갔다. 작은 규모지만 깨끗한 호텔들
이 들어섰고, 차츰 늘어가는 관광객들을 위해 기념품을 파는
가게들도 생겨났다. 밤 치안이 예전 같지 않아, 혼자서 골목길
을 산책하다 가진 것 모두를 털린 여행자도 있다고 했다.

훈자로부터 그토록 멀리 떨어져 있는 새벽, 그 여자는 으슥

한 골목에 엎어진 자신의 흙투성이 뒷모습을 내려다보는 꿈을 꾸었다.

*

그러던 지난 늦봄, 그 여자는 팀원들과 함께 식당에 갔다가 커다란 벽걸이 티브이 화면에서 흘러나오는 광고를 보았다. 눈부시게 얼굴이 흰 여배우가 연못에서 세수를 하고 있었고, 그 연못에 설산의 봉우리가 비쳐 있었다. 정교한 생김새의 화장품 용기가 얼음 덮인 산봉우리 위로 겹쳐졌다.

알프슨가, 무심히 생각하고 있을 때 그 여자의 귀에 광고 문구가 들렸다. 세계적인 장수 마을 훈자의 빙하 녹은 물을 넣었습니다.

훈자의 살구나무들이 천천히 화면을 스쳐 지나갔을 때, 그 여자는 넋 나간 사람처럼 얼굴을 일그러뜨리며 웃었다. 팀장님 왜 웃으세요? 막내 직원에게 대답할 말이 없어, 그 여자는 목까지 피부가 붉어졌다.

*

오랜 시간 계속되어온 습관이었으므로, 그 여자는 훈자를 생각하는 일을 멈출 수 없었다.

그 여자가 생각하고 싶은 것은 훈자가 아닌 훈자였다.

훈자가 아닌 훈자를 생각하는 일은 훈자인 훈자를 생각하는 일보다 힘이 들거나 거의 불가능했다.

그 여자의 훈자는 더 이상 영문판 『론리 플래닛』 파키스탄 편에 있지 않았고, 그 여자가 암호를 걸어놓은 파일에 담긴 신장 지방과 파키스탄 지도에 있지 않았다. 검색창에 훈자, 라고 써넣으면 떠오르는 블로그들, 카페들에 있지 않았다. 길고 복잡한 화장품의 이름, 깎은 듯 아름다운 여배우의 옆얼굴에 있지 않았다.

*

그 여자의 수없는 악몽 속에서, 훈자의 눈 덮인 계곡은 콜타르처럼 끈끈하게 녹아내렸다. 교통빈관에 묵던 그 여자는 두껍고 축축한 담요에 싸여 납치되었다. 새까만 부르카. 끔찍한 감금과 강간과 노동. 가망 없는 탈출.

수없는 악몽 속에서 그 여자는 파키스탄으로 넘어가는 국경 검문소에서 여권과 짐을 압수당했다. 흙바닥에 무릎 꿇려지고 관자놀이에 총구가 겨누어졌다.

수없는 어두운 환상 속에서 그 여자는 낡은 차를 몰고 공항으로 달렸고, 과열된 엔진이 폭발하는 열기를 견뎠다. 비행기

화물칸에서 어리석게, 빳빳하게 얼어붙었다. 훈자의 날카로운 빙하에 내던져져 머리가 산산조각 났다.

그 여자는 카라코람 하이웨이를 맨발로 걸었고, 동이 터왔고, 시퍼런 그믐달이 어둠 속에 면도날처럼 돋아나는 것을 보았다. 소리 없이 다가온 산짐승에게 목덜미가 찢겼고, 목구멍으로 비명이 새어 나오지 않았다.

*

그 여자의 아이가 다친 것은 그렇게 초여름이 되었을 때였다.

*

흰 반소매 티셔츠가 피투성이가 되도록 아이는 다쳤다. 다행히 아무 데도 부러지진 않았지만 왼쪽 발목의 인대가 늘어나 반깁스를 해야 했다. 어른이 되어서까지 남을 흉터도 얼굴에 여럿 생겼다. 아파트 안길에서 두발자전거를 타던 아이의 왼쪽 옆으로 바싹 승용차가 지나가고 있었다. 오른쪽 옆에는 승합차가 주차돼 있었다. 아이는 자전거를 멈추는 대신 눈을 감았다.

하나 둘 셋, 세면 변신할 수 있다고 생각했어.

병원 침대에 누워서 아이는 고백했다.

회사에서 바로 달려온 그 여자는 더듬더듬 물었다.

……뭘로?

스피드 몬스터로.

　

젊은 아동 상담사의 심각한 표정을 건너다보며, 애써 담담하게 그 여자는 설명했다. 좀더 많은 시간 아이를 돌보고 싶지만 그럴 수 없는 자신의 상황에 대해. 육아를 책임질 수도, 정서적으로 돌볼 수도 없는 남편의 성격에 대해.

상담사는 그 여자의 고백에 전적으로—직업적으로—공감했고, 더 이상 양쪽 가계의 정신병력을 물으며 눈을 동그랗게 뜨지 않았다. 대신 세 가지의 해결책을 그 여자에게 주었다. 첫째, 아이를 돌봐줄 제삼의 조력자를 찾을 것. 둘째, 아이와 함께 있는 동안만큼은 근심 없이 즐거운 시간을 보낼 것. 셋째, 그 여자의 남편을 자신에게 보내 상담 받게 할 것. 덧붙일 것 없이 분명한 그 답들을 받아 들고 그 여자는 고개를 끄덕였다.

　

*

　

한 달이 더 지났지만 그 여자는 도움을 청할 제삼의 사람을 찾아내지 못했다. 남편을 설득해 상담사에게 보내지도 못했다. 다만 아이와 함께 있는 짧은 시간, 부족한 재능을 오직 열의로 보상하려 하는 희극배우 같은 사람이 되었다. 농담을 던지고 발을 구르고 깔깔 웃는 동안, 불쑥불쑥 살얼음처럼 얇고 날카로운 행복을 느꼈다. 이따금 자신이 은밀히 미쳐가고 있는 것인지, 다른 누구도 아닌 바로 자신이 오히려 아이에게 치명적인 영향을 끼쳐온 것은 아닌지 곰곰이 자문했다.

*

더 이상 그 여자는 훈자를 생각하지 않았다.

훈자인 훈자도, 훈자가 아닌 훈자도 생각하지 않았다.

언제나 그랬듯 깊은 잠을 이루지 못했으나, 더 이상 악몽에 시달리지 않았다.

그러자 어느 날인가부터, 수면 부족 때문에 실제보다 표면이 건조하고 거칠어 보이는 사물들 위로, 결코 훈자일 수 없는 것들이 떠올랐다 사라졌다.

그것이 훈자라는 것을 오직 그 여자만 알 수 있는 것들, 그것이 왜 훈자인지 누구에게도, 자신에게조차 설명할 수 없는 것들이었다.

*

처음 떠올랐다 사라진 것은, 그 여자가 대학 시절 한 선배와 도서관 뒤쪽의 벤치에 앉아 있었던 오후였다. 그 여자가 체했다고 말하자, 촌사람이었던 그는 사내답지 않게 가방에 넣어 가지고 다니던 반짇고리를 꺼냈다. 그 여자에게 손을 내밀라고 하고는 그 여자의 엄지손가락을 흰색 실로 친친 묶었다. 라이터 불에 바늘을 그슬린 뒤 말했다.

찌른다.

그 여자는 고개를 끄덕였고, 약간의 아픔을 참았고, 검은 핏방울 하나가 손가락에서 피어오르는 것을 보았다. 너무 유순해 얼마간 바보스러워 보이는 웃음이 선배의 얼굴에 번졌다.

야, 까만 피 나온다. 너 되게 체했구나. 이제 금방 나을 거야.

*

다음으로 더 짧게 떠오른 것은, 그 여자가 아홉 살이었을 때 두 달 동안 키웠던 병아리였다. 연노랑색 짧은 털. 그 여자의 어깨에서 떨어지지 않으려고 그것이 발톱을 오그리던 감각. 울음을 참으면 목구멍이 아프다는 걸 처음 안 새벽. 뻣뻣해진 날갯죽지. 세 시간에 걸쳐 서서히 빛이 흐려지던 눈.

*

토너가 잔뜩 묻은 손으로 복사기 앞에서 보내던 수습 시절의 저녁. 빛이 감광판을 쓸고 지나갈 때마다 눈을 들고 창 너머 건물의 옥상을 보았던 것.

*

이태 전 인솔자 자격으로 신입 사원 연수에 참가했을 때, 모두 잠든 새벽 그 여자 혼자 굽 높은 구두를 신은 채 숙소에서 가까운 용문사까지 걸어 올라갔던 일. 전날 내린 눈이 녹지 않아 수차례 발이 미끄러졌던 것. 경내에 서 있는 기괴한 모습의 늙은 은행나무를 향해 걸어가, 눈 묻은 바짓단을 털며 안내문을 읽었던 것.

수령 1100년
성별 Female

그때까지 그 여자는 천백 년 된 생명체를 만나본 적이 없었다. 그 거대한 나무-여자의 늙고 깡마른 우듬지를 향해 그 여자는 고개를 꺾어 쳐들었다. 무엇인가 기도하고 싶다고 생각했지만 어떤 말도 떠오르지 않았다. 무슨 말이든 해줘봐, 그 여자는 입속으로 중얼거렸다. 이렇게 계속 가야 하는 건지, 당신이 대답해봐. 대답을 듣기 위해 눈을 감은 순간, 비틀어진 마른 가지들을 통과한 주황색 햇빛이 그 여자의 눈꺼풀을 찔렀다. 눈꺼풀이 홧홧 달아오르기 전에 그 여자는 눈을 부릅떴다.

나무에게서 등을 돌리자, 방금 그 여자가 빠져나온 산길이 아직 어두컴컴했다. 날카로운 주황색 빛은 그 여자의 두 눈꺼풀에, 얼얼한 망막 위에 해독할 수 없는 문자처럼 찍혀 번득였다.

*

너를 낳던 날엔 비가 왔지.
가랑이로 피를 너무 흘려서, 새벽까지 산소마스크를 쓰고 있었지.
온몸의 관절들이 부어올랐지.
괴물처럼 얼굴이 부풀었지. 눈이 떠지지 않았지.
거품처럼 연한 네 몸을 만질 수 없었지.
손을 뻗어 껴안을 수 없었지.

*

그 여자의 입이 틀어막히면 훈자도 입이 틀어막혔다.
빙하가 녹은 뿌연 물이 흰 피처럼 배수관을 흐르는 동안,
그 여자가 목마르면 훈자도 목이 말랐다.
그 여자가 더럽혀지면 훈자도 더럽혀졌다.
그 여자가 침을 뱉으면 훈자도 침을 뱉었다.

당신을 보면 대단하다는 생각이 들어. 어쩌면 그렇게 지치지 않지.

……그렇지 않아. 지치지만 견디는 것뿐이야.

어쨌든 당신이 존경스러울 뿐이야.

아니, 내가 느끼기에 당신은 나를 경멸하는데. 혐오하는데.

아니, 내가 경멸하고 혐오하는 것은 내 삶이야. 불가피하게 당신이 내 삶의 일부가 되었을 뿐이지. 당신이라는 여자를 따로 혐오하지 않아.

그럼, 그렇게 당신의 삶을 혐오할 때 그 속에 있는 아이는? 아이도 혐오해?

……그렇게 거칠게 말하지 마. 나를 몰아세우지 마.

*

엄마, 난 횡단보도를 건널 때 눈을 감아.

그럼 온 세상이 환해져.

변신할 것 같아.

정말 변신할 것 같아.

*

　그 여자는 운전대를 움켜잡은 손에 힘을 준다. 인터체인지로 접어들며 다급히 속력을 줄인다. 첫 신호등 앞에서 급정거하며 기도한다. 신을 믿어본 적 없으니 되는대로 내뱉는다.

　제발, 잘못되지 말아줘.

*

　어두워진 신시가지의 도로를, 붉은 브레이크 등을 밝힌 차량들이 가득 메우며 흘러간다. 그 여자도 안개 등을 켜고, 브레이크를 밟아가며 조금씩 앞으로 나아간다. 어제까지 없었던 흰 스프레이 선이 도로 가운데 그려져 있다. 연한 색 샌들한 짝, 거칠게 깨어진 유리 파편들이 중앙선까지 흩어져 희끄무레한 빛을 뿜는다.

　그 여자는 라디오를 켰다가 끈다.
　테이프를 집어넣었다가 이내 빼낸다.
　그르릉그르릉, 십 년 된 차가 앓는 소리 같은 소음을 낸다.
　내가 안 죽였어, 라고 그 여자는 낮게 중얼거린다.

　검은 아스팔트가 새로 깔린 구간으로 그 여자의 차가 들어

선다. 차선이 지워진 캄캄한 자리에 드문드문 희뜩한 표지들이 꽂혀 있다. 불안하게 큰 커브를 돌며 그 여자는 눈을 부릅뜬다. 앞차가 뱉어내는 브레이크 등의 불빛이, 끈덕지게 술렁이는 도로의 어둠이 핏물처럼 그 여자의 눈에 비쳐 어른댄다.

파란 돌

1

오랜만에 당신을 불러봅니다.

거긴 지낼 만한가요. 나는 여전히 여기서 잘 지내고 있어요.
서른일곱 살이 되었고, 웃을 때면 눈가에 잔주름이 파이기 시
작하고, 가르마 오른쪽으로 흰머리가 꽤 났습니다. 아마 머리
가 빨리 희어지려나 봐요.

한 살 한 살 내가 나이 들어갈 모습, 조금씩 늙어갈 모습이
궁금하다고 언젠가 당신이 말했었지요. 뭐, 아직까지는 젊다
고 할 수 있습니다. 집 앞의 작은 초등학교 운동장을 한 번도
안 쉬고 일곱 바퀴씩 달릴 수 있고, 하룻밤쯤은 파랗게 동이
틀 때까지 일해도 괜찮습니다.

그렇게 잘 지내고 있습니다. 적적할 때 나무를 세어보는 버
릇, 쑥스러울 때 손으로 이마를 가리는 버릇도 여전합니다.

당신도 그렇게 잘 지내고 있나요.

2

밤의 나무들은 의연합니다. 잎사귀들은 검어져 제빛을 감췄고, 단단한 밑동은 뭔가 완강한 어조의 말들을 껍질 속에 숨기고 있는 듯합니다. 오늘은 쉬기로 하고, 오후 내내 베란다 앞에 놓인 딱딱한 의자에 앉아 벌서듯 저 나무들을 바라봤습니다.

그러니까 저 나무들이었습니다. 아니, 바로 저 나무들은 아니었지만 이른 봄의 저 연둣빛이었습니다. 아이를 낳고 아팠던 여자가 산월이 돌아오면 다시 그 자리가 아픈 것처럼, 저 나무들이 다시 두려워 시선을 뗄 수 없었습니다. 바라보는 것 말고 할 수 있는 일이 없었습니다.

열일곱 살이 되던 겨울, 내가 처음 먹으로 그려보았던 나무 기억하나요. 나무가 너를 닮았구나, 라고 당신이 말하던 것을 나는 기억합니다. 네가 그리는 모든 게 실은 네 자화상이야, 하고 당신은 덧붙여 말했지요. 그날 오후 내내 당신의 서가를 뒤져 나무 그림들을 봤습니다. 실레가 그린 어리고 섬약한 나무들을 발견했을 때 당신의 말을 어렴풋이 이해했습니다. 모든 그림이 자화상이라면, 나무 그림은 인간이 그릴 수 있는 가장 고요한 자화상일 거란 생각도 얼핏 했습니다.

당신은 나무나 새, 사람을 그리지 않았지요. 폭발하거나 새로 태어나는 별 같던 그 형상들이 아마 당신의 얼굴이었나 봅니다. 검은 먹을 입힌 이합 한지 가운데에 원반 모양의 두툼한 종이 죽 덩어리를 붙여놓고, 당신은 커다란 정원용 스프레이로 그 위에 흠뻑 물을 뿌렸지요. 삼투압 현상으로 흰 물길들이 둥글게 먹을 밀고 번져 나갔습니다. 한 뼘 번져 나가는 데 일주일이 걸렸으니, 한 작품이 완성되려면 적게 잡아도 사십 일이 걸렸지요. 물길이 다 번져 간 자리가 불꽃의 가장자리처럼 보이는 것이 신기해서, 나는 한 시간이고 두 시간이고 당신의 완성된 그림 앞을 떠날 줄 몰랐습니다. 그러니까, 당신의 얼굴 앞을요. 나가서 조금 걸을까, 하고 당신이 물으면 그제야 정신이 들었습니다.

당신과 함께 걸을 때면 나는 늘 조마조마했습니다. 당신이 못이나 압정을 밟을까 봐. 풀에 베일까 봐. 골목에서 아이들이 차는 공에 맞아 멍이 들까 봐. 당신의 피는 좀처럼 응고되지 않아서 코피만 흘려도 수혈을 받아야 한다고 했지요. 마치 땅이 다칠 것을 염려하는 듯 부드럽다고 생각했던 당신의 걸음걸이가, 어렸을 때부터 모든 것을 조심하며 살아왔기 때문에 생긴 습관들 중 하나라는 것을 그때쯤 나는 알고 있었습니다.

이거 봐, 정말 봄이구나.

당신이 길고 흰 손가락들을 뻗어 올렸을 때, 결코 당신을 다치게 할 수 없을 만큼 여린 연둣빛 잎새를 보고 몰래 안도했던 것을 기억합니다.

그러니까 그 나무들입니다. 갓난아이처럼 연한 잎을 막 돋
워낸 저 나무들이 두렵다니, 당신도 이해하지 못하겠지요. 일
년 전이었다면 나도 이해하지 못했을 겁니다.

3

얼마 전 신문에서 이런 행동 유형에 대한 기사를 읽은 적이
있습니다.

옛 친구에게 갑자기 연락한다, 옛 은사를 찾는다, 성직자를
만난다, 갑자기 성격이 밝아진 것처럼 보인다.

자살을 앞둔 사람들의 공통적인 행동들이니 주의 깊게 관
찰하라는 설명이 붙어 있었습니다. 그것들 모두가 일 년 전 이
맘때 내가 한 일들이라는 것을 깨닫고 나는 조금 막막해졌습
니다. 기사와 한 가지 다른 점은, 자살을 앞둔 시점이 아니라
시도한 그날 오전부터 한 일들이었다는 것입니다.

십여 년 전부터 연도별로 보관하고 있던 수첩들을 모두 꺼
내 책상에 쌓아놓고 나는 전화를 걸기 시작했습니다. 일로
만 만나 별다른 교감이 없었던 사람들을 제외하고 초등학교
동창부터 예전의 이웃까지, 좋은 기억으로 남아 있는 사람과
뭔가 미진하게 할 말이 남은 사람들 모두에게 전화했습니다.
전화번호가 바뀌어 통화가 되지 않는 경우에는 알 만한 곳들
에 수소문해 알아내기도 했습니다.

통화 내용은 그저 안부 인사였습니다. 간혹 화들짝 반가워하며 만나자고 하는 사람이 있으면 약속을 잡고 달력에 적어 넣었습니다. 한 사람과의 통화가 끝나면 바로 전화기의 후크를 누르고 다음 사람의 전화번호 아래 손톱으로 줄을 긋는 내 동작에는 오래전 미술 잡지사에서 일할 무렵 급히 필자를 찾아 청탁 전화들을 돌리던 때와 같은 기민함이, 그리고 아마도 약간의 광기가 배어 있었던 것 같습니다.

창문으로는 오전의 햇살이 들어왔고, 책상에는 새벽에 둘둘 타래 지어 셔츠 앞주머니에 넣고 뒷산에 올랐던 각진 노끈이 놓여 있었습니다. 쓸데없이 경찰을 수고롭게 하고 싶지 않아 함께 넣었던 주민등록증도 나란히 놓여 있었습니다. 수화기 너머에서 다소 어리둥절해하는 상대에게 안부를 묻는 내 목소리가 평화로운 것을, 웃음이 밝고 쾌활한 것을 나는 들었습니다.

오십여 통의 전화를 모두 끝내고 나자 네 시간이 훌쩍 지나 있었습니다. 대체 그건 무엇을 위한 행동이었을까요. 필사적으로 사람들과 연결되고 싶었던 걸까요. 좋은 추억들을 되살리고 싶었던 걸까요. 그렇게 해서라도 그즈음의 일들을 겪지 않은 예전의 나를 불러내려 했던 걸까요. 받아들이기도, 지우기도 어려운 상황과 기억을 그런 식으로 희석시키려 했던 걸까요.

어찌 됐든 그 후의 한 달은 예기치 않았던 약속들로 채워졌습니다. 그들과의 만남은 대체로 즐거웠고, 심각한 이야기는 거의 오가지 않았습니다. 예외가 있다면 꼭 한 번, 대학 시절의 은사를 찾아뵈었을 때 던진 질문이었습니다.

……선생님은, 종교가 필요할 때가 없으세요?

글쎄, 종교적인 것과 종교는 다른 것이지. 그런데 왜, 요즘 관심이 있어?

그냥…… 인간적인 한계를 느껴서요.

지나가듯 선생님은 말했습니다.

싸워서 이겨야지, 그래야 그림이 되지.

그날 지하철역까지 선생님이 나를 배웅 나온 것이 본래 다정한 성품 때문이었는지, 부끄럽게도 나는 확신할 수 없었습니다.

4

그 일이 있은 지 두 달 뒤 이곳으로 이사했으니 아직 일 년이 채 되지 않았습니다. 그리 조용한 아파트는 아닙니다. 복도 첫 집이어서 발소리, 크게 부르는 소리 들이 밤까지 골목길처럼 부산합니다. 아침이면 멀리 경춘선 지나가는 소리, 철길 건널목에서 울리는 새된 경종 소리, 급히 뛰어 출근하는 소리 들이 겹쳐서 들려옵니다. 어쩐지 그 소리들이 싫지 않은 것은 나이를 먹었다는 증거일까요. 내 몸에서 죽어 있던 뭔가가 꿈틀거리고, 심장이 다시 살아나 뛰는 것 같은 느낌입니다.

하지만 지금처럼 새벽 세 시를 넘어가면 모든 것이 고요합니다. 키 큰 나무들 너머로 늘어선 고층 아파트들은 어둠에 잠겨 있습니다. 칸칸마다 죽은 듯 잠든 사람들을 가득 채운, 철근과 콘크리트로 지은 거대한 납골당 같기도 합니다.

가끔 당신의 집이 떠오릅니다. 당신의 손윗누이와 조카가 함께 살던, 집이란 이런 거란 생각을 하게 하던 그 아담한 집이요. 넓지 않은 마당에 감나무와 목련나무, 대추나무가 심겨 있고, 봄여름이면 모란이며 봉숭아가 피었던 걸 기억합니다. 단층집이었지만 출구가 따로 난 반지하 방이 있었고, 그곳이 당신의 작업실이었지요. 당신의 조카의 친구로 그 집을 드나들다가 처음 당신을 보았던 생각이 납니다. 당신은 감나무 아래 서서 하늘을 올려다보느라 우리가 다가간 것도 알지 못했지요.

뭘 봐, 외삼촌?

친구가 물었을 때 당신은 청년처럼 활짝 웃었습니다. 낡은 흰 티셔츠 여기저기에 먹물이 얼룩져 있는 게 보였습니다.

그냥, 하늘.

나는 고개를 뒤로 꺾고 하늘을 보았습니다. 바람이 별로 없는 날이었는데, 높은 곳의 기상은 이곳과는 다른 모양이었습니다. 뭉클뭉클한 흰 구름이 무척이나 빠르게 흘러가고 있었습니다. 당신은 친구에게 물었습니다.

고구마 삶아놓은 거 먹을래?

나는 친구를 따라 처음으로 작업실에 들어갔습니다. 당신은 조금 이상했습니다. 도무지 남자 같지 않았으니까요. 마치 이모처럼 접시에 고구마를 내오고 물을 갖다주고는, 온화한 미소를 띠고 친구와 나의 말에 귀를 기울였습니다. 전체적으로 말랐다 뿐 특별히 못생겼다고 할 것은 없는 생김새였는데, 낯선 남자와 함께 있으면 의식될 법한 조금의 설렘이나 긴장도 느껴지지 않았습니다.

이거, 다 아저씨가 그린 거예요?

내가 물었을 때 당신은 대답했습니다.

물이 그린 거지. 난 잘 흘러가게 터주고 막아주고 한 것밖에 없어. 식물 키우는 거랑 비슷한 거야.

나는 성운의 불길처럼 하얗게 타오르는 당신의 그림 가까이로 가 섰습니다. 당신은 삼투압과 모세관 현상의 원리를 간단히 설명해주고는, 콩알만 한 종이 죽 뭉치에 물을 흠뻑 적셔 그림에 붙이면 그 부분의 물의 밀도가 높아져 그쪽으로는 더 이상 물이 흐르지 않는다고 했습니다. 닥나무 껍질로 만든 한지에는 모세혈관들 같은 무수한 섬유질의 길들이 있는데, 그 길들을 따라 퍼져가는 먹의 모양을 그렇게 해서 잡아준다는 것이었습니다. 가끔은 당신의 몸에서 피가 흘러나와 종이의 핏줄들을 타고 흐르는 것같이 느껴진다고도 했지요.

일 밀리미터 두께도 안 되는 한지가 마치 끝없는 깊이를 가진 듯 물과 먹이 흐르는 공간이 된다니, 어쩐지 나에게는 아득하게 느껴졌습니다. 내가 당신의 그림을 너무 좋아했기 때문에 친구는 조금 놀란 것 같았습니다.

……또 와서 그림 봐도 돼요?

어렵게 내가 물었을 때 당신은 선선히 말했습니다.

조용히 와서 그림만 보고 가면 괜찮아. 말은 붙이지 말고.

부모님은 종일 가게에 나가 계셨으므로 내 행동은 비교적 자유로운 편이었습니다. 같은 동네였으니, 일주일에 한 번쯤 친구와 함께 학교에서 돌아와 당신의 집을 찾곤 했습니다. 작업실의 침묵이 답답하다며 친구는 자신의 방에 있으려 했고, 나는 약속대로 입을 다문 채 작업실 구석에 앉아 있었습니다. 조심스럽게 서가를 뒤져 화집을 보기도 하고, 당신의 그림을 보기도 하고, 작업에 몰두한 당신을 보기도 했습니다. 사실 당신의 작업이란 바닥의 담요 위에 펼쳐진, 검게 먹을 입힌 이합한지를 내려다보는 일이 대부분이었지만요. 워낙 물길이 번져가는 속도가 느려, 날씨가 습할 때면 일주일 만에 보아도 아무런 변화가 느껴지지 않을 정도였습니다. 그래도 당신은 유심히 그림을 들여다보고, 먹이 말라 물의 흐름이 멈추지 않도록 세심하게 정원용 스프레이를 뿌려주고, 종이 죽 덩어리를 붙여 모양을 만들었습니다. 습도가 중요했기 때문에 작업실은 대체로 눅눅했고, 창문을 이중으로 닫아 늘 형광등이 밝혀져 있었습니다. 공기 가득 배어 있던 먹냄새가 아직도 맡아지는 듯합니다.

내가 먼저 침묵을 깰 수는 없었지만 당신은 가끔 나에게 이런저런 말을 붙였습니다. 조용하고 짧은 대화가 오가고 나면 당신은 다시 작업을 했고 나는 화집이나 그림을 보았습니다. 당신이 작업에 열중해 있는 듯싶으면 나는 인사 없이 집으로 돌아가기도 했습니다. 내가 계속 그곳에 드나들 수 있었던 건, 아마도 침묵하겠다는 처음의 약속을 잘 지켰기 때문이겠지요.

어쨌든 그 드문드문한 대화를 통해 당신에 대해 꽤 많은 것을 알게 되었습니다. 당신은 서른일곱 살이었고―지금의 나와 동갑이지요―, 첫 개인전은 아마도 이 년쯤 뒤에 치를 예정이고, 결혼한 적은 없고, 무엇엔가 부딪히지 않아도 살갗에 푸르스름한 피멍이 들곤 했습니다. 위출혈은 생명에까지 지장을 줄 수 있으므로 늘 부드러운 음식만을 적당히 먹었고, 술 담배는 전혀 하지 않았습니다. 어떤 경우에도 충분히 수면을 취했고, 수영이나 자동차 운전은 하지 않았지요. 그렇게 몸에 밴 한결같은 조심스러움으로 당신은 모든 사람들을 대하는 듯했습니다.

그림을 그리고 싶은 마음이 있다면, 왜 바로 시작하지 않는 거지?

퍽 자존심이 강한 편이던 내가 당신에게 가정 형편을 털어놓을 수 있었던 건, 당신이 그토록 신중하고 섬세한 사람이었기 때문입니다. 당신은 아무렇지도 않은 듯, 예의 청년 같은 웃음을 지으며 말했습니다.

그럼, 여기서 시작해봐. 정리만 잘하고 가면 돼.

내가 살던 집에서 당신의 집으로 이어지는 골목은 나무 그늘에 덮여 늘 어두웠던 기억이 납니다. 소방 도로가 나지 않아, 사람 둘이 어깨를 나란히 하고 걷기에도 비좁은 길이었습니다. 오른쪽으로는 작은 절집이 있고, 점점 넓어지는 골목을 따라 계속 올라가면 버려진 땅이 나왔습니다. 수유리가 아직 시골 같던 시절이지요. 길도 없이 풀이 무성한 언덕을 넘으면 밭 사이로 작은 개울이 흘렀습니다. 친조카인 듯 당신을 삼촌이라고 부르며 때로는 친구와 셋이서, 때로는 당신과 둘이 함께 걸었던 길을 기억합니다. 얼굴을 태우던 여름 햇빛을, 매미가 고함쳐대던 무성한 나무 그늘을 기억합니다.

5

여자였으면 좋겠다고, 때로는 자신이 여자인지도 모른다는 생각이 든다고 당신은 나에게 말한 적이 있지요. 꽤 진지한 어조여서 나도 진지하게 물었습니다.

남자를 사랑해본 적 있어요?

싱크대에서 스프레이 통에 물을 채우던 당신의 얼굴에 웃음이 어렸습니다. 찬 물방울이 얼굴에 튀자 조금 얼굴을 찌푸리며 당신은 대답했습니다.

몇몇을 제외하곤, 남자랑은 친구도 잘 안 돼.

웃음 띤 얼굴로 수도꼭지를 잠그고는, 당신은 조금은 진지해진 표정으로 말을 이었습니다.

여자가 월경을 한다는 것, 피를 흘리며 아이를 낳는다는 걸

생각하면 경이로워. 그러니까, 생명은 언제나 핏속에서 시작
되는 모양이지.

초등학교 삼 학년 때 코피가 멈추지 않아 처음 응급실에 실
려 간 이후, 평생토록 피는 당신에게 특별한 강박관념이었지
요. 그때 문득 나는 당신의 병과 당신을 어디까지 분리할 수
있을까 하는 생각을 했었습니다. 당신의 성격, 당신의 말투,
당신의 걸음걸이…… 그러니까 당신의 모든 것은 당신의 병
과 이어져 있었습니다. 만일 당신이 아프지 않았다면, 하고 상
상하면 혼란스러웠습니다. 아픈 당신을 지워버린 뒤에 남는
당신의 정수, 그 위로 지층처럼 겹겹이 쌓여왔을 또 다른 당
신의 모습들은 내가 알던 당신과 얼마나 같고, 얼마나 달랐을
까요.

몇 해 전 아이를 낳았을 때, 생명은 핏속에서 시작되는 모양
이라던 당신의 말을 다시 떠올렸습니다. 그 말이 맞았습니다.
오십 일 가까이 그치지 않는 피를 가랑이로 흘리고서 나는 엄
마가 되었습니다. 당신이라면 아마 부러워했겠지요. 봄볕에
얼굴이 가무잡잡하게 그을린, 또래보다 키가 큰 편이고 유난
히 목소리가 짜랑짜랑한 여섯 살 난 아들은 지금 안방에서 담
요를 감고 잠들어 있습니다. 키에 비해 마르고 잔병치레를 하
는 편이어서 일 년 넘게 소아 천식 치료를 받고 있어요.

밤과 낮 들이 뒤엉켜 날짜도 확실하지 않은 지난해 그날, 파
르스름한 새벽이 점점 밝아지며 나무들이 연둣빛을 되찾는
찰나, 나는 노끈을 말아 쥔 채 산비탈에 서 있었습니다. 잎사

귀들의 색채가 그토록 명징하게 느껴질 수 있다는 것을 그 순간 처음 알았습니다. 여린 연둣빛이, 푸르러진 초록빛이, 수없는 겹의 그 색채들이 눈동자를 찌르는 것 같았습니다. 내 몸 구석구석을 멍들이며 시큰시큰하게 부딪쳐오는 것 같았습니다.

아이가 깨면 약을 줘야 한다는 생각이 퍼뜩 머리를 스친 건 그때였습니다. 갑자기 꿈에서 깨어난 듯 나는 돌아서서 아파트 쪽으로 걷기 시작했습니다. 한 걸음 디딜 때마다 땅과 머리가 심장 뛰듯 함께 흔들리며 울렸습니다.

1층 현관에 이르렀을 때, 돌아올 것이 아니었기 때문에 출입 카드를 가져오지 않았다는 것을 깨달았습니다. 현관 앞의 차가운 바닥에 쪼그려 앉아 나는 기다렸습니다. 무엇을 기다리는지 알 수 없었고, 방금 무엇을 저지르려고 했었는지도 알 수 없었습니다. 옷이 얇아 곧 몸이 떨려오기 시작했습니다. 얼마의 시간이 지났을까, 부삽을 들고 나오던 경비 아저씨가 나를 보고는 놀라며 문을 열어주었습니다.

고요한 엘리베이터를 타고 올라 5층에 내렸습니다. 잠그지 않고 나온 현관문을 당겨 열자 그 사람이 소파에 앉아 있는 모습이 보였습니다. 그 사람, 칠 년여의 시간을 함께 살았던 남자. 세 시간 전에 내 목을 조르다 말고 안방에 들어가 잠들었던 사람.

다시 현관문을 열고 나가야 하나, 생각할 때 아이가 깨서 기침하는 소리가 들렸습니다. 나는 신을 벗고 안방으로 들어가 아이를 안았습니다.

엄마 어디 갔었어?

울먹이며 아이가 물었습니다.

어디 안 갔어.

어디 갔었잖아, 다 알아.

아이의 기침이 깊어지기 시작했습니다. 기침이 수그러들 때까지, 나는 아이의 경련하는 몸을 껴안고 손바닥으로 등을 문질렀습니다.

왜 그 순간 선명하게 떠올랐던 걸까요. 작업실 바닥에 엎드려 있었다는, 오직 상상 속에서만 보았던 당신의 뒷모습이. 긴 듯하던 머리칼과 좁은 어깨, 늘 먹 자국이 번져 있던 낡은 면바지가.

당신의 뒤통수에 피가 고여 있었다고, 오천이 채 되지 않는 혈소판 수치 때문에 피를 뽑아내는 시술도 받지 못했다고, 사흘 만에 학교에 나타난 친구는 입술을 물었었습니다.

그래서, 라고 나는 친구에게 물었습니다. 정말로 알지 못했기 때문이었습니다.

그래서 어떻게 됐어?

너 바보야? 뒤통수에 피가 고여 있었대. 작은 우유 팩 하나만큼 고여 있었다구. 내가 저녁 먹으라고 부르러 갔을 때 이미……

친구의 충혈된 눈에서 눈물이 흘러내리는 것을 나는 멍하게 지켜보았습니다.

6

어쩌면 그랬는지도 모르겠습니다. 광기 어린 손놀림으로 전화번호들을 누르던 그 오전, 내가 정말 듣고 싶었던 것은 당신의 목소리였는지도.

내 이름을 부를 때 당신의 목소리는 언제나 낮고 부드러웠지요. 실은, 일부러 못 들은 척해 두 번 부르게 한 적도 여러 번이었습니다. 그 목소리에 처음 가슴이 두근거린 게 언제인지 잘 기억나지 않습니다. 처음 당신을 사랑하게 된 것이 언제인지도 구별할 수 없습니다. 언젠가부터 당신의 얼굴이 내 눈앞 어딘가에 어렴풋한 그림자처럼 자리했습니다. 아침에 눈을 뜨는 순간 이미 모든 사물 위로 아련히 어려 있고, 놀라 눈을 감으면 어두운 눈꺼풀 위로 더욱 선명해졌습니다. 그 느낌이 강한 슬픔과 닮아 있는 이유를 알 수 없었습니다.

처음 겪는 일이라 나는 당황했던 것 같습니다. 더 이상 견딜 수 없을 만큼 그 느낌이 강렬해진 늦봄, 나는 당분간 당신의 작업실에 가지 않기로 했습니다. 당신 앞에서 떨리는 손, 둘 데 없는 눈길, 시시로 달아오르는 뺨, 무엇보다 당신의 옆얼굴을 볼 때마다 날카로운 꼬챙이 같은 것에 꿰인 듯 가슴에 찔리는 통증을 견디기 어려웠습니다.

그러나 막상 당신에게 가지 않자, 깊기만 하던 가슴의 통증이 마치 넓게 도려내어진 듯 슴벅거려 더욱 견디기 어려웠습니다. 한 달 만에 다시 당신을 찾았을 때 나는 얼마간 체념한 채 당신의 얼굴을 똑바로 올려다보았습니다. 내 어둡고 고통스러운 시선을 들키는 한이 있더라도 확인하고 싶었기 때문이었습니다. 이 사람이 그토록 내 마음을 괴롭혔던 그 사람인지, 할 수 있다면 나를 단번에 실망시킬 구석을 찾아내 그 이상한 고통을 통째로 들어내고 싶었습니다.

그때 당신이 나에게 물었습니다.

어디가, 아팠니?

나도 모르게 떨리는 손이 가슴으로 올라왔습니다. 가슴뼈 사이 오목한 곳, 어떤 장기도 없는, 그렇게 아파보기 전에는 그런 장소가 몸에 있는지조차 몰랐던 곳이었습니다. 당신은 잠시 우두커니 서 있다가 손을 뻗어 내 손을 가볍게 쥐었습니다. 담담하게, 무언가를 위로하듯이.

격렬한 비참함과 환희가 동시에 치밀어 올라왔습니다. 그 혼란한 순간 내가 희미하게 깨달은 것은, 그 모든 고통이 아마도 당신을 통해서만 달래어질 수 있으리라는 것이었습니다.

그 후 한동안 다른 방식의 평화가 찾아왔습니다. 마음의 격동과 괴로움은 여전했지만 처음처럼 어둡지는 않았습니다. 무엇보다 당신이 아무렇지도 않게 대해주어서, 나도 아무렇지도 않은 듯 당신을 대할 수 있었습니다. 희망의 싹들은 어디에나 있었습니다. 내가 그림을 그리다 말고 고개를 들었을 때 나를 지켜보던 당신의 눈과 마주치거나, 새로 산 먹을 나에게 건네는 당신의 손이 조금 떨리는 것처럼 보이거나, 시험이나 어쩔 수 없는 이유로 오랜만에 당신을 찾았을 때 당신의 얼굴이 수척해진 것처럼 보이거나…… 그러나 그 모든 싹들은 너무나 흔연스러운 당신의 태도 속에 녹아 들어가, 단순히 잘못 보거나 잘못 느낀 거라는 생각으로 이어지곤 했습니다.

그러던 어느 날, 지루한 장마가 열흘 가까이 이어지던 초여름 오후였습니다. 나는 이듬해 지원하기로 마음먹은 대학에 재직 중인 화가의 화집을 펼치고 인물화 한 점을 모사해본 뒤 싱크대에서 붓을 씻고 있었습니다.

감자 쪄 먹을까?

반쯤 번져 나간 흰 불꽃의 형상을 내려다보며 멀찌감치서 있던 당신이 물었습니다. 나는 건성으로 고개를 끄덕였습니다.

위에 가서 네가 가져올래?

나는 고개를 저었습니다.

그럼 그냥 안 먹을래요.

두 사람의 입에서 동시에 웃음이 터져 나왔습니다.

언제 우산 쓰고, 언제 감자 가져다가……

내 말에 당신이 운을 맞췄습니다.

언제 씻어서, 언제 물 붓고……

나는 붓을 걸어놓고 선선히 말했습니다.

알았어요. 감자 가져오는 것까지만 할게요.

당신은 싱크대로 걸어와서 양은 냄비를 꺼내주었습니다.

몇 개나?

글쎄, 넌 출출하지 않니?

나는 냄비를 받아 들며 다시 웃었습니다. 그 웃음이 가신 것은, 갑자기 당신의 손이 내 이마에 얹혔기 때문이었습니다.

잠깐 머릿속에서 불이 꺼진 것 같았습니다. 모든 소리가 멈춘 것 같기도 했습니다. 나는 어떻게 해야 할지 몰랐습니다. 당신도 어떻게 해야 할지 모르는 것 같았습니다.

……이마가, 영특하게 생겨서.

당신이 말을 더듬는 것은 처음 보았습니다.

감자 가져올게요.

내가 막 돌아서려는 순간 당신은 내 어깨를 안았습니다. 어깨를 안고도 당신의 몸은 내 몸에 닿지 않았습니다. 금방이라도 부서질 물건을 만지는 듯, 당신의 팔에는 얇은 손바닥만큼의 무게도 실려 있지 않았습니다.

7

밤의 나무들은 여전히 검고 묵묵합니다.

얼마 안 있어 검푸른 새벽빛이 내리기 시작하면, 두렵도록 비밀스러운 저 내부가 소리 없이 열리며 나무들의 형상과 하나가 되겠지요. 그 짧은 시간을 건너 아침이 오겠지요. 어떤 비밀 따위도 애초에 없었다는 듯 태연히 서 있는 나무들이 남겠지요. 언젠가, 그 경계에 귀신처럼 서 있는 새벽 나무를 그리고 싶습니다.

이제 나는 예전에 당신에게 보여준 그림들처럼 보이는 대로의 형상을 그리지 않습니다. 그래도 내가 그릴 나무를 당신이 본다면, 나무가 너를 닮았구나, 하고 말할 거라는 생각이 듭니다. 하지만 당장 그것을 그릴 수는 없으리란 걸 알고 있습니다. 아직은 일 년을 돌아왔을 뿐이니까요.

각진 노끈을 서랍에서 꺼내 버린 지 얼마 되지 않았습니다. 진작 몇 번이고 버리려 했지만 만질 수 없어서 그 자리에 두었던 거였습니다. 일 년 가까이, 그건 내 방에 숨어 있는 사람 같았습니다. 내 모든 걸 알고 있는, 사실은 잔인한 사람. 처음 그것을 적당한 길이로 끊으며 생각했던 기억이 납니다. 모서리가 각이 져서, 살에 파고들 때 아프겠구나.

노끈은 물론이고, 비슷한 형태의 긴 끈들을 아직 견디기 어렵습니다. 선물을 포장하는 리본이나 줄자 같은 것을 어쩌다 아이가 가지고 노는 걸 보면 소스라치며 뺏어 높은 선반에 올려놓아버립니다.

왜 그래, 리본 체조 하는 거란 말이야.

엄마는 리본이 무서워서 그래.

되도록 밝게 내가 대답하면 아이는 깔깔 웃습니다.

호랑이가 제일 무서운 사람도 있고, 악어가 제일 무서운 사람도 있지. 엄마는 끈이 제일 무서워.

아이는 의기양양하게 나를 타이르듯 말합니다.

호랑이가 무섭지, 끈이 뭐가 무섭다고 그래…… 나는 하나도 안 무서운데.

그래도 끈의 기억은 괜찮습니다. 잠든 지 채 십 분이 되기 전에 목줄기에 느껴지는 손의 감촉, 따뜻한 첫 열기와 악력의 기억에 비하면 말입니다.

일 년을 돌아와 이만큼 희미해졌다면, 십 분씩의 선잠이 간신히 삼십 분씩으로 늘어왔다면, 기억을 등지고 나아가야 할 길은 얼마나 멀까요. 얼마만큼, 무엇을 넘어갈 수 있을까요. 넘어갈 수 있기는 한 걸까요.

그렇게 몸서리치며 깨고 나면 아이의 이불을 덮어주고, 덩어리져 스멀거리는 어둠의 틈과 마디 들을 헤아리며 잠을 청합니다. 그러다 가끔은 당신을 생각하기도 합니다. 문밖으로 빗소리가 추적추적 들려오던 그 오후, 두려워하는 두 입술이 만나던 순간을. 두 사람 모두 입술을 벌리지도 못한 채, 서로의 부드러움이 떠날 것이 두려워 뛰는 심장들을 맞붙이고 있었지요. 처음이자 마지막이 된 그 입맞춤 이후, 나는 어떤 남자에게서도 더 이상의 기쁨을 얻지 못했습니다. 어떤 흥분과도, 무아경의 희열과도 바꿀 수 없을 겁니다. 나이만 먹은 소년이었던 당신의 겁먹은 손이 숨죽이며 내 뺨에 머물렀던 순간을.

마침내 두 사람의 입술이 떨어지고, 우리는 손을 잡고 비스듬히 벽에 기대앉았습니다.

……아파서 힘들었던 적은 없어요? 화나지 않았어요? 하고 싶은 일도 많았을 텐데.

작은 피멍이 든 당신의 손등을 내 뺨에 가만히 쓸며 나는 물었습니다.

아니.

당신은 가볍게 웃었지요.

차라리 죽는 게 낫겠다고 생각한 적은 있지만.

당신의 장난스러운 얼굴을 향해 함께 웃어줘야 하는 건지 나는 잘 알 수 없었습니다.

너만 한 나이였어. 스테로이드 제제로 이 년 넘게 치료해도 듣지 않고, 부작용으로 온몸은 씨름 선수처럼 부풀어 올랐지. 그렇게 육중한 몸으로 상처를 내지 않으려고 절절매며 목숨을 부지하고 있다는 게⋯⋯

말을 아끼려는 듯 당신은 다시 웃었습니다.

그런 생각을 하던 어느 날 밤 꿈을 꿨어. 꿈에 보니 난 이미 죽어 있더라구. 얼마나 홀가분했는지 몰라. 햇볕을 받으면서 겅중겅중 개울가를 걸어갔지. 개울을 들여다봤더니 바닥이 투명하게 보일 만큼 물이 맑은데, 돌들이 보이더라구. 눈동자처럼 말갛게 씻긴, 동그란 조약돌들이었어. 정말 예뻤지. 그중에서도 파란빛 도는 돌이 가장 마음에 들어서 주우려고 손을 뻗었어.

당신은 반짝거리는 눈으로 벽에 걸린 당신의 그림을 바라보았습니다. 검은 우주 공간에서 방금 폭발했거나 새로 태어난 것 같은 별의 형상을. 그러니까, 당신의 얼굴을.

그때 갑자기 안 거야. 그걸 주우려면 살아야 한다는 걸. 다시 살아나야 한다는 걸.

빗소리가 추적추적 귀에 감기고, 여전히 당신은 섬약한 손을 나에게 맡긴 채 당신의 그림 너머 어딘가를 바라보고 있었습니다. 내가 용감하게 당신의 입술에 다시 내 입술을 포개었을 때, 당신은 내 등을 껴안고 잠시 떨었지요. 그리곤 가만히 내 몸을 밀어냈습니다.

……여기까지.

당신은 상기된 얼굴로 말했습니다. 내 뺨을 쓸어내리는 당신의 먹 묻은 손에 나는 한 번 더 입맞추었습니다.

어서어서 커.

당신이 웃으며 건넨 말에 우리는 함께 오래 웃었지요. 웃음 끝에 당신은 쾌활하게 말했습니다.

궁금해, 네가 어떻게 나이를 먹어갈지. 늙어가는 모습은 어떨지.

8

조금씩 무엇인가 몸속에서 깨어나는 것을 느낍니다. 하루 하루, 한 달 한 달, 한 계절 한 계절의 시간들이 차츰 나를 변화시키는 것을 느낍니다.

지난해 여름 이곳으로 이사한 뒤 처음으로 운동장을 달렸을 때는 한 바퀴도 다 뛰지 못했습니다. 허파와 심장이 모두 터져버릴 것 같아서요. 아이가 있을 때는 아이와 함께, 아이가 어린이집에 갔을 때는 혼자서 하루에 반 바퀴씩 늘려갔습니다. 다섯 바퀴를 쉬지 않고 뛰고 난 오후, 운동장을 빙 둘러 심어진 나무들을 세어보았습니다. 키 큰 자작나무들이 모두 스물두 그루였어요. 다 세고 나서 하늘을 올려다보니 뭉클뭉클한 흰 구름들이 빠르게 흘러가고 있었습니다.

당신의 그림들에 제목이 있느냐고 내가 물었을 때 당신은 하늘이라고 대답했지요. 두번째로 입원했던 열두 살 때, 너무 심심해 종일토록 하늘을 올려다보다가 그곳이 얼마나 가슴 뛰는 공간인지 알게 되었다고 했습니다. 평생토록 여행다운 여행 한번 해본 적 없지만, 하루에도 수없이 꿈틀거리며 변하는 형상과 색채 들이 경이롭다고 당신은 말했습니다. 그렇게 하늘을 보던 어느 순간, 영원과 무한 같은 것을 생각이나 느낌이 아닌 몸으로 알게 되었다고도 했습니다. 그것들이 뭔지 잘 모르겠다고 내가 말하자 당신은 심상하게 대답했지요.

그건 정말 아무렇지도 않은 거야.

그리고는 정말 아무렇지도 않은 듯, 눈가에 가득 잔주름을 만들며 웃었지요.

먹빛 하늘이 서서히 밝아집니다.

이렇게 푸른빛이 실핏줄처럼 어둠의 틈으로 스며들 때면, 내 몸속의 피도 다르게 흐르는 것처럼 느껴집니다. 내 의지, 내 기억, 아니, 나라는 것이 아무렇지도 않은 듯 지워집니다. 한차례 파도가 밀려 나간 사이 잠깐 드러난 부드러운 모래펄처럼, 우리가 여기 머무는 시간은 짧은 순간이라는 느낌이 들기도 합니다. 그럴 때면 문득 당신의 그림이 보고 싶어집니다.

어쩌면 시간이란 흐르는 게 아닌지도 모른다는 생각도 그때 함께 찾아옵니다. 그러니까, 그 시간으로 돌아가면 그 시간의 당신과 내가 빗소리를 듣고 있다구요. 당신은 어디로도 간 게 아니라구요. 사라지지도, 떠나지도 않았다구요. 언젠가부터, 당신과 동갑인 남자를 만날 때마다 세월이 변화시켰을 당신의 얼굴을 막막하게 그려보던 버릇을 버린 것은 그 때문입니다.

그러니 당신에게 물어도 되겠지요.

거긴 지낼 만한가요. 빗소리는 여전히 들을 만한가요. 영원히 가져오지 못하게 된 감자 생각은 잊었나요. 오래전 꾸었다는 꿈속의 당신, 부풀어 오른 팔로 파란 돌을 건지고 있나요. 물의 감촉이 느껴지나요. 햇빛이 느껴지나요. 살아 있다는 게 느껴지나요.

나도 여기서 느끼고 있어요.

왼손

1

그의 아침은 여느 때와 다름없이 시작됐다. 머리맡의 자명종을 눌러 끄며 몸을 일으켰고, 침대 옆의 책상을 더듬어 안경을 썼다. 검푸른 어둠에 눈이 익숙해지자 속옷 바람으로 서재 문을 열고 나갔다.

안방에서는 갓 세 돌을 넘긴 아이가 아내와 함께 요를 깔고 잠들어 있었다. 아이가 자다가 떨어질까 봐 침대를 서재로 옮긴 것은 이 년여 전이었고, 그 무렵부터 그는 혼자 자왔다. 직장이 멀어 새벽 여섯 시면 일어나야 하는데, 자명종을 멀찍이 거실에 둔다 해도 아이가 놀라 깨는 일이 잦았기 때문이었다.

그는 코를 심하게 골았다. 세 식구가 함께 안방에서 자던 때, 아내는 아이의 작은 뒤척임에도 눈을 떠 이불을 덮어주곤 했다. 그러곤 갑자기 그의 베개를 당겨 뺐다가 다시 밀어 넣거나, 그의 고개를 벽 쪽으로 돌려버리거나, 그의 몸을 흔들어서 완전히 돌아눕도록 했다. 잠결이었지만 그는 아내의 손길이 부드럽지 않다는 것을 느낄 수 있었다. 제발 잠들고 싶다는 아내의 정직한 갈망, 그것을 방해하는 육중하고 시끄러운 동물에 대한 분노가 느껴졌다. 아이가 태어나기 전에도 그는 코를 골았을 테지만 아내는 어떻게든 참아낸 모양이었다. 아내의 손길이 거칠어진 것은 그녀의 생활이 못 견디게 피곤해졌기 때문이리라. 그가 따로 자겠다고 말했을 때 아내는 다행스러워하는 기색을 애써 숨기지 않았다.

서재로 침대를 옮기고 난 첫 밤을 그는 가끔 기억했다. 다시 자취생 신분으로 돌아간 기분으로 홀가분하게 잠을 청하며 그는 약간의 행복마저 느꼈다. 그러나 한 달이 채 지나기 전에 행복감은 껌에서 단물이 빠지듯 사라졌다. 대신 그는 하루하루 잠이 얇아졌다. 자신의 코 고는 소리에 놀라 깨곤 했으며, 일단 깨고 나면 무수하게 만져지는 어둠의 겹, 예민한 수면의 마디들을 일일이 느끼며 몸을 뒤척였다. 야근이 잦은 편이고 출근 시간이 이른 그에게 숙면은 필수적이었다. 그는 서서히 체중이 빠졌고, 더욱 서서히 말수가 줄었다. 그 변화가 워낙 완만했기에 아내를 비롯한 그의 주변 사람들은 그것을 알아차리지 못했다.

거실 벽에 걸린 시계의 초침 소리뿐, 새벽의 아파트는 고요했다. 안방 문을 열면 모자의 숨소리가 고요히 교차되고 있을 것이다. 처음에는 그 숨소리들이 그리웠지만 이제는 꼭 그렇지도 않았다. 그는 욕실의 불을 켜고 문을 열었다. 강렬한 불빛이 그의 눈을 덮쳤다. 그는 반쯤 눈을 감고 변기 앞에 서서 오래 오줌을 누었다.

그는 수염 숱이 많고 억센 편이어서 주중에는 날 면도기를 사용했다. 말끔한 인상을 줘야 하는 직업 때문이었다. 뺨에 듬뿍 크림을 바르고 면도날을 움직이다가 그는 약간의 상처를 냈다. 붉은 핏방울이 크림을 분홍빛으로 물들였다. 세면대의 수도꼭지를 틀고 찬물로 거품을 씻어내는 동안 그는 처음으로 이상한 점을 발견했다. 그의 왼손이 상처 난 곳을 어루만지고 있는 것이었다. 그는 왼손의 감각을 뺨으로 느꼈고, 동시에 뺨의 감각을 왼손으로 느꼈다. 평소와 똑같은 정상적인 감각이었다. 이상한 것은 그의 왼손이 마치 나름의 의지를 가진 것처럼 뺨의 상처 주변을 떠나지 않는 것이었다.

그는 오른손으로 수도꼭지를 잠갔다. 허리를 펴고 거울을 보았다. 근시 때문에 윤곽이 흐릿해 보이긴 했지만 거울에 비친 그의 모습은 여느 때와 다름없었다. 부스스한 머리에 약간 꺼진 눈두덩. 물이 뚝뚝 흘러내리는, 천(川) 자가 엷게 새겨진 미간.

그는 오른손을 선반으로 뻗어 안경을 썼다. 이제 그의 모습이 정확하게 보였다. 흰 러닝셔츠는 군데군데 물방울에 젖었고, 왼손은 여전히 왼뺨의 상처 위에 가만히 놓여 있었다. 그는 숨을 깊게 들이쉰 뒤 왼손을 뺨에서 떼어냈다. 순순히 떼어졌다. 그 동작은 마지못해 그의 뜻을 따르는, 내키지 않아 하는 타인의 손과 닮은 데가 있었다.

이상하다.

그는 유심히 거울을 바라보았다. 이제 왼손은 얌전히 욕실 바닥을 향해 늘어뜨려져 있었다.

2

졸음을 쫓기 위해 그는 안경을 벗고 두 손으로 관자놀이를 눌렀다. 컴퓨터 모니터에 뜬 숫자들이 희부옇게 뭉개져 알아볼 수 없게 됐다. 전화벨이 울렸다.

예, 대부계 이성진입니다.

그는 다시 안경을 쓰고 억지로 눈을 치켜떴다.

지금 거주하고 계신 아파트인가요? 주소가 어떻게 되십니까?

그는 어깨로 수화기를 받쳤다. 그의 열 손가락이 키보드를 빠르게 두드렸다. 또 이상하다. 그는 눈살을 찌푸렸다. 왼손의 다섯 손가락들이 마치 자신들의 독자적인 리듬에 따라 율동하는 것 같은 이물감 때문이었다.

……담보 대출 가능한 금액은 시세의 50퍼센트까집니다. 시세 알아봐드릴까요?

그는 왼손으로 수화기를 잡고 오른손으로 마우스를 움직

였다.

잠시만 기다리시겠습니까? ……현재 3억 4천으로 나옵니다. 아, 잠깐만요. 2층이라고 하셨죠? 그럼 최대 3억으로 잡습니다. 그러니까 현재 대출 중이신 8천만 원에 추가해서 대출 가능한 금액은.

그가 채 말을 마치기 전에 그의 왼손이 소리 없이 움직여 수화기를 책상에 내려놓았다. 그는 놀라며 오른손으로 수화기를 쥐었다.

죄송합니다. 그러니까, 대출 가능한 금액은……

대출을 위해 필요한 서류들을 안내한 뒤 그는 수화기를 내려놓았다. 끊었던 담배를 갑자기 피운 것처럼 어지러웠다.

그는 왼손을 들어 올렸다. 아침 세면대 앞에서와 마찬가지로, 내키지 않아 하는 타인의 손처럼 그의 왼손은 그의 눈앞에 펼쳐져 있었다. 단추를 풀고 와이셔츠 소매를 걷어 올려보았다. 팔뚝에도 손목에도 이상한 점은 없었다.

이대리.

손을 살피는 데 몰두한 사이 그는 신부장이 부르는 소리를 듣지 못했다.

이대리!

신부장의 목소리가 높아졌다.

화가 나면 상대를 비인격적으로 대하는 상사는 어느 조직에나 있게 마련이다. 대부계로 발령받은 지 이 년째, 그는 신부장과 한 번의 마찰도 없이 지내온 유일한 행원이었다. 간혹 신부장이 입가에 흰 거품을 보이며 으르렁거릴 때 그는 말없이 이해하는 편이었다. 신부장은 당뇨기가 있다고 했잖아. 체력이 약하니 짜증이 자주 나는 것도 당연하지. 자식 자랑할 때 봐. 평범한 한 인간일 뿐이지.

네, 부장님.

그는 신부장의 책상 옆에 섰다.

W아파트 담보 대출 건 말이야. 임대차 계약 가부 확인서는 왜 빠졌나?

……아.

당황할 때면 늘 그렇듯 그의 오른손이 머리로 올라갔다.

제가 빠뜨렸습니다.

이대로 결재 올려서 어쩌겠다는 거야? 자네 대부계 온 게 언젠데 이런 실수를 하나?

죄송합니다. 바로 처리하겠습니다.

서류 다 제출하고 도장 찍고 간 사람 또 불러내면, 고객 불만은 누가 책임지나?

죄송합니다…… 책임지고 바로 처리하겠습니다.

머리가 나쁘면 메모라도 해서 착오 없이 처리해야 할 거 아니야. 내가 너 같은 놈이랑 실랑이하면서 흰머리가 늘어야겠어?

그의 실수였으니 질책을 듣는 것은 당연했다. 다만 신부장의 버릇은 이렇게 모든 지적이 끝난 시점에서 같은 질책을 되풀이하며, 사용하는 어휘에 점차 비속어가 늘어간다는 것이었다. 꼭 오 분만 듣고 있으면 제풀에 지쳐 끝나지만, 상대가 못 견디는 눈치를 보이면 십 분, 이십 분으로 연장되는 일종의 퍼포먼스였다.

그는 참았다. 고개를 수그리고 언제나처럼 구두코를 내려다보았다. 왼손이 가만가만 움직이기 시작한 것은 신부장의 장광설이 오 분짜리 약식 퍼포먼스에서 거의 마지막 지점에 이르렀을 때였다. 그의 왼손은 마치 안 보이는 가느다란 실로 끌어올려지듯 허공에 곡선을 그리며 올라와서는 그의 왼쪽 귀를 틀어막았다.

너 같은 놈을 가르쳐서 사람으로 만드느니 내가 차라리……

마른 입술가에 자잘한 흰 거품이 물린 신부장이 더욱 언성을 높이는 동안, 왼손은 오른쪽 귀로 옮겨갔다. 그는 당황해 손을 내리려 했다. 그러나 왼손은 그의 말을 듣지 않았다. 대신 팔꿈치를 활짝 펼치며 신부장을 향해 다가갔다.

……뭐야?

신부장이 말을 끊었다.

그의 생각은 왼팔을 자신의 옆구리에 붙이겠다는 것이었다. 그러나 소용없었다. 왼손은 확실한 목표를 정한 듯 신부장의 얼굴을 향해 계속해서 허공을 미끄러져 갔다. 그는 오른손을 들어 왼쪽 팔꿈치를 잡고 힘껏 안으로 당겼다.

뭐 하는 거야, 이거?

놀란 신부장이 의자에서 일어섰다. 행원들이 뒤를 돌아보았다. 그는 달아오른 얼굴로 주위를 살폈다. 창구의 고객들까지 고개를 빼고 그의 기이한 몸짓을 지켜보고 있었다. 신부장의 입에서 욕설이 터져 나왔다.

이 새끼가, 미쳤나 지금?

그의 왼손이 오른손을 뿌리치고 날아간 것은 그때였다. 주저 없이 그것은 신부장의 입을 틀어막았다.

음, 으으음!

입을 틀어막힌 채 신음하는 신부장의 벌게진 얼굴을 보며, 당황한 그는 왼손을 몸 쪽으로 끌어오기 위해 안간힘을 다했다.

이대리, 진정해!

입사 동기 최대리가 그의 허리를 뒤에서 끌어안고 신부장에게서 떼어냈다. 목표물을 놓친 그의 왼손이 허공으로 세차게 치켜 올라갔다. 어느 틈에 달려온 청원 경찰이 그의 왼팔을 붙잡더니 그의 몸을 메다꽂았다. 나동그라지는 순간 그는 자신의 왼손을 보았다. 언제 그랬냐는 듯, 왼손은 아무런 힘 없이 그와 함께 차가운 석조 바닥을 뒹굴고 있었다.

3

지하철역 앞 버스 정류장에서 그는 집으로 가는 버스를 기다렸다. 그의 얼굴은 해쓱했고, 미간의 천(川) 자는 여느 때보다 깊게 패었다.

제가 제정신이 아니었습니다. 죄송합니다.

반백의 머리, 관대한 인상을 주는 미소, 그러나 미심쩍고 차가운 눈빛으로 자신을 바라보는 지점장 앞에서 그가 할 수 있는 말은 그것뿐이었다.

충격을 가라앉히지 못한 신부장이 조퇴한 뒤, 그는 사람들의 시선을 고통스럽게 의식하며 긴 오후를 보냈다. 누구도 그에게 말을 붙이려 하지 않았고, 어쩔 수 없이 말해야 할 때는 시선을 피했다.

한잔하고 가겠어?

은행을 나서며 최대리가 물었을 때 그는 몸을 가누기 힘든 피로를 느끼고 있었다. 감사 때문에 지난달 내내 야근과 밤샘이 이어졌었는데 그때 몸이 축난 것 같았다. 어쩌면 아까의 일도 졸음 때문이었는지 몰랐다. 잠이 부족해서 머리 어딘가가 마비된 거야, 그는 생각했다. 잠 안 재우는 고문으로 의지를 마비시켜 자백을 받기도 한다잖아.

한잔 마시고 털어버리자구. 시간이 지나면 다들 잊어버릴 거야. 워낙 이대리가 순한 사람이어서 놀라긴 했지만. ……사실 신부장은 정신 좀 차려야 하잖아. 이젠 좀 조심하려나.

사람 좋은 최대리의 얼굴을 향해 그는 애써 웃음을 지어 보였다.

고맙긴 한데, 내가 잠이 부족해서. 좀 쉬어야겠어.

최대리는 그동안 한 번도 그에게 보인 적 없었던, 측은함과 꺼림칙함이 섞인 시선을 던지며 그의 어깨를 두드렸다.

그래, 좀 쉬어봐.

사월 중순의 밤바람은 소슬했다. 그가 기댄 나무등치는 차가웠고, 그의 마음은 무겁고 산란했다. 그는 이날 오후 수차례 몰래 들여다보았던 왼손을 눈높이로 들어 올렸다. 이해할 수 없었다. 언제나와 같은 손이었다. 잔주름이 많은 손금, 남자치고 가늘고 긴 손가락들, 바싹 깎인 손톱들. 기다리던 버스가 다가올 때까지 그는 왼손에서 눈을 뗄 수 없었다.

버스는 좀 전에 빠져나온 지하철만큼이나 붐볐다. 그는 사람들 틈에 그대로 주저앉아버리고 싶은 피로를 느꼈다. 숨을 제대로 쉬기 위해 빽빽한 어깨들을 밀치며 출구 어귀까지 들어갔다. 둥근 플라스틱 손잡이에 몸무게를 싣고 호흡을 가다듬었다.

차창 밖으로 흘러가는 밤거리는 비현실적으로 보였다. 색색의 간판들이 어지럽게 흔들렸고, 인도를 걷는 젊은 여자들의 옷차림은 여러 빛깔의 날개들처럼 화려했다. 꿈 같다고 그는 생각했다. 손잡이에 매달린 채 그는 눈을 감았다 떴고, 이 하루가 결코 꿈이 아니었다는 것을 깨닫고는 막막한 불안을 느끼며 창밖을 내다보았다. 꽃집인가? 가게 앞에 작은 화분들이 줄지어 놓여 있고, 흰 셔츠에 청바지 차림의 호리호리한 여자가 물뿌리개로 물을 주고 있었다. 지나가던 사람을 알아보고 웃으며 인사하는 여자의 옆얼굴이 낯익었다. 미처 그가 기억을 더듬기 전에, 왼손이 어느 틈에 하차벨을 향해 다가가는 것을 그는 보았다.

아니야.

그는 자신도 모르게 소리 내어 말했다. 집에 도착하려면 아직 멀었고, 그는 몹시 피곤했다. 여기서 내릴 이유가 없었다. 그러나 이미 왼손은 벨을 누르고 있었다. 버스가 멈춰 섰다. 앞문과 뒷문이 동시에 열렸다. 앞문 쪽에서부터 거칠게 밀려 들어오는 사람들에게 몸을 떠밀려, 그는 거의 넘어질 뻔하며 인도에 내려섰다.

늘 버스로 지나긴 했지만 처음 내려보는 거리였다. 그는 길을 잃은 사람처럼 멍하게 서서 도로를 달리는 차들을 바라보았다. 다음 버스를 기다려야 하나. 고개를 돌리자 멀리 화분들이 늘어선 가게가 보였다. 물뿌리개를 들고 행인과 여태 이야기를 나누고 있는 여자의 옆모습이 작게 보였다.

그는 망설이다가 그쪽으로 걷기 시작했다. 한 걸음 디딜 때마다 아니야, 집에 가야 해, 라는 말이 입술까지 치밀어 올라왔다. 집에 가야지. 배도 고파. 피곤해. 쉬고 싶어. 이젠 정말 자고 싶어. 그러나 여자의 모습이 가까워질수록 잠은 달아났고, 그의 허리는 긴장으로 꼿꼿이 세워졌다.

두어 걸음 앞까지 이르렀을 때, 그는 마침내 여자의 웃음 띤 옆얼굴을 향해 홀린 듯 입을 떼었다.

……선혜야.

여자가 화들짝 놀라며 중년 여인으로부터 고개를 돌렸다. 갑자기 눈웃음이 사라진 여자의 눈은 컸다. 그 눈에 빛이 어리더니 기분 좋은 메조소프라노의 목소리가 터져 나왔다.

이게 누구야, 성진이 아니야?

무거운 장바구니를 팔 바꿔 들어가며 여태 수다스런 대화를 나누던 중년 여인이 이제 가겠다며 여자에게 인사를 건넸다. 여자는 허리를 수그려 중년 여인에게 인사하고는 그를 향해 활짝 웃었다.

어쩐 일이야, 여기? 이 동네 사는 거야?

아니, 집은 여기서 버스 타고 십 분쯤 더 가야 하는데……

그녀 앞에서 언제나 그랬던 것처럼, 그는 말을 잘 이을 수 없어 허둥거렸다.

여기 볼일이 있었던 거구나?

그에게 언제나 그랬듯, 그녀는 서글서글하게 그의 끊어진 말을 이어주었다.

이게 얼마 만이야. 대학 졸업하고 처음이지? 아, 아니다. 너 군대 갔다 와서 나 일하던 회사에 잠깐 찾아왔었지. 그러니까 벌써 십 년이 지났네. 그런데 넌 별로 안 변했다.

응, 너도……

안 변하긴, 눈가에 잔주름이 얼마나 많은데.

과연 깊게 팬 주름을 눈가에 만들며 그녀는 웃었다.

난 여기 가게 차린 지 넉 달째야.

꽃집?

아니.

그녀는 생글생글 웃으며 말했다.

만들어 파는 건 주로 장신구들인데 화분도 갖다 놔봤어. 안 팔리면 내가 꽃구경한 셈 치려고.

그는 고개를 끄덕였다. 그가 그녀를 처음 만난 것은 단과대 연극 서클을 잠깐 기웃거리던 대학 이 학년 때였다. 같은 학년으로 통계학과에 다녔던 그녀는 공연 때 무대와 의상을 맡곤 했다. 그림을 그리고 싶었지만 집안 사정으로 그러지 못했던 아쉬움을 채워주는 작업이라고, 언젠가 그에게 지나가듯 말한 적이 있었다.

장사는, 잘돼?

글쎄, 아직은 시작이라⋯⋯ 이것저것 만드는 재미에 시작은 했는데, 월세 내기도 빠듯해. 들어와서 구경해볼래?

아니.

그는 찡그리듯 웃었다.

가봐야 돼.

그녀는 알겠다는 듯 한 발 뒤로 물러섰다.

결혼했지? 아이들은?

그는 얼굴이 상기된 채 고개를 비스듬히 기울였다. 뭔가 말하려는데 침 한 덩어리가 목구멍을 막는 사이 그녀가 놀라며 말했다.

정말? 안 했어? 나도 혼잔데⋯⋯ 집에서 기다리는 사람도 없는데 왜 그냥 가려구 그래. 나 만난 거 안 반가워?

뜨겁고 물컹한 액체 같은 것이 그의 가슴 가운데로 퍼졌다. 처음 만난 스물한 살 이후 줄곧 마음으로만 품었던 여자, 그의 마음을 모르는 채 두어 차례 남자 친구를 바꿔가며 늘 생글거리는 얼굴로 교정을 오가던 여자, 지나가는 옆모습이라도 보기 위해 경영학부 앞 벤치에 앉아 오전 내내 건성으로 전공 서적 책장을 넘기게 했던 여자가 지금 그의 눈앞에 서 있었다.

물론 반갑지…… 다음에, 지나가는 길에 또 들를게.

그는 웃으며 오른손을 내밀었다. 그녀도 오른손을 내밀었다. 그녀의 손은 여전히 작았다. 섬세한 뼈대가 만져졌고, 피부는 조금 거칠어진 것 같았다. 십 년 전 그녀의 사무실로 무작정 찾아갔을 때, 그는 마침내 그녀를 깨끗이 포기하기로 마음먹고 악수를 청했었다. 그때 처음이자 마지막으로 잡았던 손의 감각을 그는 잊지 않고 있었다. 그때와 꼭 같이, 그는 미지근한 미소를 머금은 채 오른손을 놓았다.

그의 왼손이 움직이기 시작한 것은 그가 막 돌아서려던 찰나였다. 몸 쪽으로 끌어당기고 말고 할 틈도 없이 왼손은 정확하고 기민하게 뻗어 나가 그녀의 뺨에 얹혔다. 매끄러운 뺨의 감촉이 그에게 전해졌다. 그녀의 얼굴에서 웃음이 가셨다. 커다랗게 치켜뜬 눈에 밤 불빛들이 술렁였다. 그의 왼손은 번지듯 뺨에서 미끄러져 그녀의 섬세한 콧날을, 이마를, 눈두덩을 어루만졌다. 얼어붙은 듯 꼼짝도 하지 않는 그녀의 부드러운 입술에 닿았을 때에야 그의 왼손은 짧게 떨며 멈췄다.

4

그가 눈을 뜨자마자 처음 본 것은 블라인드 사이로 새어 드는 햇빛이었다. 여기가 어딘가. 짙은 청록색 삼인용 소파 위에서 그는 자줏빛 캐시미어 담요를 감고 누워 있었다. 그는 몸을 일으켜 소파 옆의 테이블에 놓인 안경을 썼다. 뒤를 돌아보자 그녀가 보였다. 나지막한 작업대 위로 스탠드가 밝혀졌고, 붉고 푸른 구슬들이 여남은 개의 종이 상자들에 담겨 있었다. 그녀는 불빛을 받으며 흰 레이스 스카프에 구슬들을 꿰매 붙이는 데 몰두해 있었다.

……지금 며, 몇 시지?

일곱 시 조금 지났어. 출근이 언제야?

그를 향해 고개를 들며 그녀는 미소를 지었다. 그녀의 목소리는 평온했고, 시럽처럼 달콤한 친밀감이 촉촉하게 스며들어 있었다. 그는 담요를 걷고 소파에서 일어섰다. 속옷 바람이었다.

회사 늦었어?

그녀가 일을 중단하고 일어서며 물었다.

조금. ……괜찮아, 서두르면.

그는 변명하듯 말끝을 삼키고는 화장실로 가 얼굴을 씻었다. 여성용 면도기와 셰이빙 폼을 발견하고 아쉬운 대로 빠르게 면도를 했다. 수건으로 얼굴을 닦으며 나오자 그의 와이셔츠와 바지가 선반에 얹혀 있었다. 그것들을 꿰어 입고 넥타이를 매는 동안 그녀가 그의 가방을 건네주었다. 그것을 받아 들며 그는 황황히 말했다.

전화할게.

전화번호 모르잖아.

들를게.

언제?

곧.

그녀는 발꿈치를 치켜들고 그의 입술에 입 맞추었다. 방금 마셨는지 오렌지나 감귤 주스 냄새가 났다. 그는 엉거주춤 그녀의 머리칼을 쓸어주고는 그녀가 문을 열어주는 대로 가게를 빠져나왔다. 막 신호가 바뀌는 횡단보도를 한달음에 건넌 뒤 택시를 잡기 위해 팔을 치켜들었다.

어렵게 잡힌 택시에 실려 지하철역까지 가는 동안 그는 정신을 집중하려 애썼다. 결혼 생활 칠 년 만에 처음으로 연락 없이 외박을 했다. 아예 휴대폰을 꺼놓고 보낸 지난밤을 그 자신도 믿을 수 없었다.

그의 왼손이 그녀의 입술에서 떨며 떨어진 순간 그녀는 그의 팔을 잡았었다. 그녀의 손에 이끌린 것인지, 자신의 왼팔에 이끌린 것인지 모르게 그는 그녀의 가게로 들어갔다.

저녁은 먹었어?

긴장한 듯 작은 목소리로 묻는 그녀의 뺨에 홍조가 어려 있었다. 배가 몹시 고팠지만 그는 고개를 끄덕였다. 그녀는 가게에 딸린 주방 냉장고에서 맥주와 땅콩을 내왔다. 찬 맥주를 마시며 그들은 흐릿해진 기억 속의 이름들을 꺼내고, 맞춰보고, 오래 웃거나 오래 침묵했다.

그녀의 말대로 가게에는 손님이 많지 않았다. 대학생으로 보이는 여자 둘이 들어와 오랫동안 장신구를 고른 뒤 자연석으로 만든 펜던트와 머리핀 하나씩을 사 갔을 뿐이었다. 열 시가 되자 그녀는 문을 잠그고 블라인드를 내렸다.

와인 있는데, 마실래?

그의 대답을 듣기 전에 그녀는 반쯤 남은 와인 병을 꺼내왔다.

누구랑 같이 뭐 먹는 거 좋다.

그녀는 취기가 돌아 더 반짝이는 눈으로 생글생글 웃었다. 빈속에 마신 술로 그는 이미 입 주위가 마비될 만큼 취해 있었다.

그녀가 언제 불을 껐는지는 확실치 않았다. 어두워지자 누가 먼저랄 것 없이 그들의 몸이 바싹 다가섰다. 입술이 겹쳐지고 이가 부딪치는 사이 그의 눈이 어둠에 익숙해졌다. 두 사람의 손들이 서로의 윗옷 단추를 풀어 내렸다. 그의 왼손은 그녀의 머리칼과 목덜미와 어깨를 더듬어 내려와 쇄골 아래로 파고들었다. 가쁜 숨을 몰아쉬며 그녀가 그만, 이라고 말했다. 그녀는 몸을 외틀며 뒤로 물러서려 했지만 그의 왼손은 끈질기고 대담했다. 숨을 고르는 그녀의 입술에서 단내가 났다.

얼마의 시간이 지난 뒤 두 사람은 소파에 비스듬히 누웠다. 문밖의 찻소리 때문에 가게의 어둠과 정적은 오히려 견고하게 느껴졌다.

정적을 깨며 그녀는 말했다.

알고 있었어.

……뭘?

네가 날 좋아하는 거.

그런데 왜……

왜 줄곧 모르는 척했냐구?

그녀는 나직이 웃으며 말했다.

고백하지 않아도 괜찮을 만큼만 날 좋아한다고 생각했으니까.

그녀의 벗은 팔에 얹혀 있던 그의 왼손이 손톱을 세워 그녀의 미끄러운 살에 그림을 그렸다. 물방울과 잎사귀 따위의 의미 없는 무늬가 어둠 속에서 새겨졌다가 곧 지워졌다.

네가 군대 갔다 와서 내가 있던 회사에 찾아왔을 때, 난 네가 정말 고백을 할 줄 알았어.

……그러려고 가긴 했어.

그런데 왜?

그는 고개를 흔들었다. 그날 오후 그녀는 너무 바빠 보였고, 너무 어른스러웠고, 웃음은 형식적이었다고 말하고 싶지 않았다. 그날 그가 고백했다 해도 그녀에게는 언제나 그랬듯 애인이 있었을 것이고, 어떤 일도 일어나지 않았을 거라고 그는 생각해왔다.

가게 일은 재밌어? 그 회사는 왜 그만뒀어? 괜찮은 데였잖아.

　말을 돌리기 위해, 그는 문 쪽의 선반에 진열된 장신구들을 가리키며 건성으로 물었다.

　결혼하고 오 년이 되도록 아이가 안 생겨서…… 집에서 쉬면 가져질까 하고.

　그녀는 별로 망설이지 않고, 대단한 일도 아니라는 듯 대답했다.

　물론 지금은 후회해.

　그녀의 담담한 얼굴을 보며 그는 잠시 침묵했다. 무언가 단단한 것이 가슴 가운데를 가로막는 듯했다. 더 이상 던지기 어려운 질문들을 그는 잠자코 녹여서 삼켰다.

　침묵하는 그의 마음을 읽은 듯 그녀가 갑자기 몸을 일으켜 앉았다. 그녀는 벌거벗은 채 일어서서는 한 손을 허리에 짚은 채 잠깐 생각에 잠겼다. 곧고 깊게 파인 척추의 선이 서늘했다.

　혹시 그런 경험 해봤어? 내 안에, 전혀 모르는 사람이 들어 있는 것 같은 때.

　그녀는 탁자에 던져놓았던 옷을 주섬주섬 걸친 뒤 천천히 걸어가 작업대 위의 갓등을 켰다. 청바지만은 다시 입지 않았으므로, 희끗한 불빛에 다리가 드러났다. 그 부드러운 윤곽을 그는 멍한 눈으로 바라보았다. 이 상황을 믿을 수 없다고 그는 문득 생각했다.

　……한 손은 코트 주머니 속에서 과도를 잡고, 다른 한 손으

론 휴대폰을 들고 지하철을 탄 날이 있었어. 전화를 걸고, 걸고, 또 걸었지. 다섯 번 거니까 받더라.

그녀의 목소리가 낮게 가라앉아 있었으므로, 그는 숨을 죽이고 귀를 기울였다.

건대입구역이었어. 칠호선에서 이호선으로 바꿔 타려고 계단을 올라가고 있었는데, 연말이라 사람이 많았어. 어깨가 밀릴 정도였지. 난 휴대폰에 대고 계속해서 욕을 퍼부었어. 얼굴은 눈물범벅이 돼서.

그녀는 작업대에 걸터앉았다. 스탠드 불빛을 옆에서 받은 그녀의 그림자가 거대하게 확대되어 흰 천장과 맞은편 벽면까지 드리워졌다.

계단을 다 올라오니까 플랫폼엔 엄청나게 많은 사람들이 꾸역꾸역 기차를 기다리고, 뒤쪽에선 계속 사람들이 올라오고 있었어. 난 유난히 햇빛이 밝게 쏟아지는 커다란 창 아래서 울부짖었어. 널 죽이겠다고. 죽어도 용서 못 한다고. 죽은 다음에도 용서 않겠다고.

자신을 향한 것 같은 쓴웃음이 그녀의 입가에 머물렀다가 사라졌다.

지하철을 타고서도 계속 소리쳤어. 나쁜 새끼. 여자한테 손대는 자식. 내 손에 피를 묻혀서라도 복수할 거야. 한 칸에서 소리치고 나면 시선 때문에 머무를 수 없으니까, 덜컹거리는 통로를 지나 다음 칸 구석으로 가서 다시 악을 썼지. 손은 덜덜 떨리고, 눈물은 그치지 않고, 사람들이 연달아 놀라며 돌아보는 사이에 마지막 칸이 돼버렸어. 더 이상 옮길 칸도 없고, 더 악쓸 힘도 없었어. 전화를 끊고 노약자석에 주저앉아서, 무릎에 얼굴을 묻고 떨었지.

그는 다소 멍해져서 그녀의 말을 간신히 따라가고 있었다. 이 여자는 그가 알고 있던 그 여자인가? 조금 전의 갑작스러운 정사만큼이나 이상한 고백이라고 그는 생각했다. 그가 기억하는 한 그녀는 선이 곱고 친절한 여자였다. 어떤 경우에도 언성을 높이지 않았고, 모든 일을 순조롭게 처리했다. 살아가면서 본능적으로 적을 만들지 않는 성격의 사람이었다.

……그렇게 떨면서 내가 뭐라고 계속해서 중얼거렸는지 알아? 조금만 기다려, 난 널 죽인다, 반드시 죽여. 그러다 교대역이라는 안내 방송을 들었어. 문이 열리자마자 전철에서 뛰쳐나갔어. 미친 듯이 계단을 뛰어올라 지하철역을 빠져나가서, 몇 개월 전에 꼭 한 번 찾아갔던 부부 상담소 문을 두드렸어. 겁먹은 얼굴의 상담사에게 내 칼을 꺼내주곤, 그 선생이 말릴 틈도 없이 비상계단으로 뛰어내려왔어. 창문이 보였다면 뛰어내렸을지도 몰라. 내가 죽을 수 있었다면, 누군가를 죽일 수 있었다면 바로 그날이었을 거야.

그녀는 추운 듯 진저리를 쳤다. 그는 엉거주춤 일어나 그녀에게 다가갔다. 주저하며 그녀의 어깨 뒤로 팔을 둘렀다. 그녀의 몸은 차갑게 식어 있었다. 그녀는 조용히 그를 밀쳤다.

이불 가져올게.

그녀는 냉장고 옆으로 걸어가 철제 캐비닛에서 담요를 꺼내왔다.

혼자 자기에도 비좁은데, 그래도 같이 자줄래? 불 켜고 자
도 되지? 어두운 거 싫어서.

십 년이 더 지난 뒤에도, 그는 언제나 그랬던 것처럼 그녀의
말을 한마디도 거스를 수 없었다. 담요를 덮고 소파에 몸을 겹
쳐 누웠을 때 그는 숨죽여 물었다.

그게 언제 일이야?

……삼 년 전.

그녀는 눈을 감고 중얼거렸다. 그는 어쩐지 그녀가 막막하
게 두려웠는데, 그의 왼손은 그렇지 않은 것 같았다. 셔츠 속
그녀의 겨드랑이를 건너 오톨도톨한 젖꽃판을 가만가만 어루
만지기 시작했다.

그러고선 얼마 안 있어서 헤어지고, 연애도 해봤는데……
쉽지 않았어. 남자랑 잔 거 정말 오랜만이야. 다시는 안 자려
고 했지.

왜?

나 자신을 잃는 게 무서워서…… 그날 이후론.

불현듯 모로 누워 그를 보는 그녀의 눈이 어둠 속에서 검고
또렷했다.

섹스할 때, 나 자신을 어쩔 수 없어지는 순간. 그 순간이
싫어.

5

어두운 거실 가득 아이의 장난감들이 어질러져 있고, 소파에는 아내가 개키다 만 빨래 더미가 쌓여 있었다. 그는 신을 벗었다. 아내와 아이의 하루가 고스란히 흔적으로 남은 거실을 가로질러 걸었다.

그는 조심스럽게 안방 문을 열고 아내와 아이의 고요한 숨소리에 귀를 기울였다. 가방을 내려놓고 안으로 들어갔다. 허리를 구부리고 아이의 가느다란 머리칼을 만지려 손을 뻗다 말고 모로 누운 아내의 옆얼굴을 보았다.

오전에 집으로 전화했을 때, 일이 많아 밤샘했다는 그의 변명을 아내는 의심하지 않았다. 짧은 연애 시절 아내는 퍽 살갑고 밝은 성격이었는데, 언제부턴가 꼭 필요한 말 외에는 그에게 건네지 않았다. 아내가 살아가는 일상이 어떤 것인지 그는 잘 짐작할 수 없었다. 아마도 그의 일상만큼이나 고단한 것이리란 것을, 싱크대 앞에 서 있는 아내의 뒷모습을 보며 이따금 짐작할 뿐이었다. 때로 아내의 굳은 어깨는 어떤 강한 감정을 억제하고 있는 것처럼 보였지만, 돌아서는 얼굴에는 쓴 기운조차 없는 덤덤함만이 배어 있어 그의 추측을 무색하게 만들었다. 이날 오전 역시 아내는 감정 없는 목소리로 오늘은 일찍 오느냐고 물었고, 아마 그러지 못할 거라는 그의 대답에 알겠어, 하며 전화를 끊었을 뿐이었다.

……여보.

그는 조용히 불렀다. 대답은 들려오지 않았다. 아내의 잠든 옆얼굴과 아이의 옆얼굴이 크기만 달리 뽑은 사진들처럼 닮아 있는 것을 그는 보았다. 방은 무덤 속처럼 어둡고 고요했다. 몹시 피로했으므로, 그는 아내의 죽음 같은 잠을 동경했다.

안방 문을 소리 없이 닫고 나온 그는 옷을 벗고 샤워를 했다. 그녀의 체취가 남김없이 비누 거품에 씻겨 나가는 거라는 생각은 그에게 서운함과 안도감을 함께 주었다. 욕조에서 나와 몸의 물기를 닦다가 그는 고개를 들고 거울을 보았다. 뿌옇게 덮인 김을 수건으로 닦아내자 퀭한 눈두덩, 멍한 눈이 비쳤다. 옅게 멍이 든 왼쪽 팔뚝도 보였다. 그가 온 힘을 다해 오른손으로 움켜쥐어 생긴 상처였다.

오늘 그는 거의 아무 일도 처리하지 못했다. 그의 왼손은 그가 방금 어렵게 대출을 거절한 늦은 중년 남자의 축축한 손을 잡았고, 업무 얘기를 주고받던 후배 여직원의 블라우스 앞섶에 붙은 실밥을 떼어내 서로의 숨을 멈추게 했다. 유난히 반짝이는 은빛 새 동전을 끈질기게 그의 눈앞으로 들어 올렸고, 마치 소중한 물건인 듯 슬그머니 와이셔츠 앞주머니에 집어넣었다.

가장 나쁜 것은, 왼손이 스스로 움직이기 시작할 때 그것이 무슨 일을 하려 하는지 그가 전혀 예측할 수 없다는 것이었다. 어제와 같은, 아니, 어제보다 더한 일을 벌일 수도 있었다. 아무것도 확신할 수 없었으므로 일단 그는 오른손으로 왼팔뚝

을 붙들었다. 빠져나오려는 왼손 때문에 쩔쩔매는 사이 전화
벨이 울리고, 고객이 찾아왔다. 왼손을 책상 아래로 숨기기 위
해 그는 안간힘을 다했다. 단단한 끈으로라도 왼손을 묶고 싶
었다. 견디다 못한 그는 자리에서 일어나 아무도 없는 창 쪽으
로 도망치듯 걸어갔다.

보안상의 이유로 은행의 창문들은 열거나 닫을 수 없도록
개조돼 있었다. 햇빛이 불투명하게 투과되는 유리를 더듬더
듬 어루만지던 그의 왼손이 마치 틈을 찾는 듯 창과 창의 이음
새를 따라 간절히 뻗어 갔다. 알 수 없는 이유로 그것의 움직
임이 격해지려 하는 순간, 그는 재빨리 몸을 돌려 자리로 되돌
아왔다. 축축해진 등으로 와이셔츠가 달라붙었다.

시간은 숨 막히게 더디 흘렀다.

어디 아프세요?

괜찮아요?

혐오감과 두려움이 섞인 동료들과 고객들의 질문에 그는
애써 밝은 웃음으로 답했으나, 꿈틀거리는 왼손과 그것을 거
세게 붙든 오른손은 그 웃음에 대조돼 오히려 광인처럼 기이
해 보였다.

자네, 내일까지 좀 쉬어보지.

마침내 지점장이 그를 불러 말했을 때 그는 아닙니다, 라고
다급히 대답했다. 왼손을 여전히 오른손으로 붙든 채였다.

어제 일도 그렇고, 자네 한 사람 때문에 분위기가 좋지 않
아. 합병 앞두고 인사 조정 있는 거 알잖나? 아직 어린 아이도

있다고 들었는데……

죄송합니다. 다시는 이런 일 없을 겁니다.

필요하면 병원에 가봐. 어쨌든 목요일부턴 새 마음으로 시작해보라구. 그동안 성실하고 인화도 좋아서 눈여겨보고 있었는데…… 만회하는 자세로 임해봐요.

지점장의 갑작스런 존댓말이 마지막 경고이자 배려라는 것을 그는 알아들었다.

자리로 돌아와 가방을 챙기는 그에게 최대리가 다가와 낮은 목소리로 물었다.

괜찮겠어?

그가 애써 심상한 미소를 지어 보이려 한 순간, 두 사람의 얼굴이 동시에 굳었다. 그의 왼손이 아무렇지도 않게 최대리의 앞머리를 쓸었기 때문이었다. 황급히 왼손을 거두며 그는 말을 더듬었다.

희, 흰머리가 그새 꽤 늘었네. 새치 생겼다고 투덜거리던 게, 몇 달 되지도 않았는데.

최대리는 주춤 뒤로 물러섰다. 과연 듬성듬성 흰빛이 보이는 앞머리를 털듯이 흔들고는 중얼거렸다.

……병원에 가봐, 이대리.

밝은 시간에 퇴근하는 것은 입사한 뒤 처음 있는 일이었다. 바지 호주머니에 왼손을 찔러 넣고, 오른손으로 가방을 들고 그는 걸었다. 갈 데가 없어, 무작정 버스를 타고 가다가 강이 가까운 정류장에 내렸다. 강가의 벤치에 누워 잠을 청하려 했지만 쉽지 않았다.

아직 어린 아이도 있다고 들었는데.

깜빡 잠들려는 순간마다 지점장의 말이 귓속으로 파고들었다.

그는 지하철 순환선을 타고 돌다가 건대입구에 내려 칠호선을 타기 위해 걸어가보았고, 과연 넓은 창으로 햇빛이 눈부시게 쏟아져 들어오는 것을 보았다. 꾸역꾸역 환승 계단으로 밀려 나오는 사람들과 함께 다시 지하철에 올랐다. 덜컹대는 연결 통로들을 건너 마지막 칸에 이르렀다. 비어 있는 노약자석은 없었고, 허공을 바라보는 노인들의 얼굴은 어둡고 과묵했다.

퇴근 시간을 훌쩍 지나 집으로 돌아오는 길, 불 켜진 그녀의 가게를 버스가 지나칠 때 그는 경련하는 왼손을 으스러지게 붙잡았다. 버스가 두 정거장을 더 지난 뒤에야 왼손은 저항을 멈추었다.

이렇게 하면 되는 거야.

그는 고개를 주억거리며 입속으로 되뇌었다.

없었던 일로 하면 되는 거야. 그러면 되는 거야.

그는 힘없이 늘어진 왼손을 물끄러미 내려다보았다. 휴학과 과외와 학자금 대출로 고단하게 이어졌던 대학 생활, 그보다 더 고단했던 긴 직장 생활, 비를 맞으며 사다리차에 실려 내려가던 신혼의 세간살이가 조용히 그의 눈앞에 떠올랐다 사라졌다.

이젠 그만. 더 움직이지 마.

파랗게 솟아오른 왼손의 정맥들을 오른손으로 쓸어내리며, 그는 마치 잘 아는 사람에게 말하듯 낮게 중얼거렸다.

차창 밖으로 시선을 돌리자, 덩어리진 어둠이 가로등 사이를 빠르게 헤엄쳐 거꾸로 달리고 있었다. 번쩍이는 가로등의 전구들이 거대한 안구들 같다고, 그를 위협하듯 집요하게 노려보는 것 같다고 그는 느꼈다.

세면대 위의 거울이 다시 수증기로 흐려졌다. 그는 오른손으로 왼손을 잡아보았다. 어떤 저항도, 의지도 느껴지지 않았다. 그는 왼손을 들어 올려 심장 위에 얹어보았다. 규칙적인 박동이 느껴졌다. 지난밤 잠들기 직전, 그녀의 가슴에 얹힌 왼손으로 느꼈던 심장의 울림이 조용히 거기 겹쳐졌다. 문득 왼손이 들어 올려져 눈을 닦았을 때에야 그는 눈물이 고여 있었던 것을 알았다.

그는 욕실 밖으로 나와 서랍장에서 속옷을 찾아 입었다. 서재의 옷걸이에 걸린 트레이닝복을 입고 침대 모서리에 걸터앉았다.

너무 조용하다고 그는 생각했다.

그의 왼손이 방문 손잡이를 돌려 열었다.

목이 마르다고 그는 생각했다.

그는 부엌으로 걸어가 물 한 잔을 마셨다. 결명자를 넣고 끓인 물의 뒷맛이 썼다.

물잔을 내려놓은 뒤, 그의 왼손이 식탁에 놓인 현관 출입카드를 집어 들었다.

잠깐 걷고 오겠다고 그는 생각했다.

그는 신장에서 운동화를 꺼내 신고 현관문을 열고 나갔다. 엘리베이터의 단추를 누르고, 1층에서 9층까지 올라오는 승강기의 기계음을 들으며 초조하게 기다렸다. 밤거리를 속보로 사십여 분 걸은 그가 이마에 땀이 맺힌 채 그녀의 가게 문을 두드린 것은 자정이 막 지났을 때였다.

6

그의 왼손이 햇빛 속으로 뻗어 올라갔다. 갓 돋아난 연둣빛 갈참나무 잎사귀들이 그의 머리 위에서 반짝이고 있었다. 잎사귀들 중 하나에 왼손이 닿았다. 무엇인가 왼손 속으로 스며든 것 같은 감각에 그는 손을 끌어내려 들여다보았다. 아무것도 달라진 것은 없었다.

바람이었나.

당겼던 고무줄이 원래의 자리로 돌아가듯 왼손이 잎사귀들 속으로 떠올랐다. 잎사귀와 가지 들 틈으로 조용히 흔들리는 왼손은 마치 연푸른 물속을 유영하는 것 같았다.

아침에 산책하니까 좋다. 정말 오랜만이야.

앞장서서 걸어가던 그녀가 산수유나무 아래의 벤치에 앉았
다. 긴 갈색 치마 아래 조금 드러난 종아리가 흰 배춧속 같다
고 그는 생각했다. 점점이 핀 노란 꽃들 아래에서 그녀는 그를
향해 웃었다.

오늘 회사 월차라고 그랬지? 나도 가게 문 닫을까? 어디 먼
데라도 가게.

……먼 데?

그는 그녀의 곁에 앉으며 옆얼굴을 훔쳐보았다. 문득, 자신
을 통제할 수 없는 순간들 때문에 평생 섹스를 하지 않으려고
했다던 그녀의 말이 떠올랐고, 과연 자신을 어쩌지 못하고 신
음하던 몇 시간 전의 그녀가 이어 떠올랐다. 활처럼 팽팽하게
휜 그녀의 허리와 헝클어진 머리칼을 생각하자, 새삼 묵지근
해지는 육욕으로 그의 몸은 떨렸다.

잘 어울리네.

그가 입은 재색 티셔츠의 소매를 건드리며 그녀가 웃었다.
가게 벽에 진열되었던 이 옷을 그녀는 긴 막대로 내려 그에게
입게 했다. 티셔츠 가득 박힌 투명하고 동글납작한 구슬들이
새가 날아가는 모습을 그리고 있었다. 눈이 있을 자리에 박힌
모조 흑진주가 마치 젖은 듯 번들거렸다. 그녀가 입은 흰 티셔
츠에는 여자의 옆얼굴이 단순한 먹선으로 그려졌고, 그 위로
푸른 원석들을 점점이 붙여 만든 새가 오두마니 앉아 있었다.

회사 그만둔 거 후회한다고 했지만, 꼭 그렇지도 않아. 쉬는
날이면 온종일 남대문 시장 헤매서 예쁜 돌 사다가 이것저것

만들어 파는 일, 괜찮아. 가진 건 없지만 걱정도 안 되고, 생활이 단순하니까 마음도 편해. ……난 아마 나이를 거꾸로 먹나봐. 이십대엔 머릿속에 온통 그런 생각만 들어 있었거든. 직장, 저축, 집, 가족, 나이에 어울리게 가져야 하는 그런 거. 하지만 이젠 오히려 내 것이란 건 없다는 생각이 들어. 시간이며 돈이며 삶이며…… 다 누군가에게 잠깐 빌려다 쓰는 것 같아.

문득 그는 오래전 단과대 극회에서 조명 기구를 붙잡고 씨름하던 어느 날을 기억했다. 그는 꼭 한 학기 동안 그 극회에 몸담았는데, 아마도 일생을 통틀어 그가 거의 유일하게 경험한 사치였다. 방금 내리비친 푸른 새벽빛으로 확연히 느낌이 달라진 리허설 무대를 내려다보며 그는 잠시 이 세상을 벗어난 듯한 황홀함을 느꼈었다. 그 이전에도, 이후에도 다시 느껴보지 못한 이상한 기쁨이었다. 무대를 맡은 그녀는 그의 앞에 서 있었는데, 순간 그를 돌아보며 미소 지었다. 조명이 마음에 든다는 말을 웃음으로 대신한 것이었다. 그렇게 말없이 말하는 웃음, 군더더기 없이 마음을 전하는 웃음을 그는 처음 보았다. 그때 그녀의 손을 잡았어야 했다고, 그는 오랫동안 자신을 질책하며 후회했었다.

그의 왼손이 가만가만 움직이기 시작하더니 그녀의 목덜미 위에 얹혔다. 그녀의 손이 다정하게 그의 손등을 덮었다. 그녀의 목에서 어깨로 이어지는 부드러운 선을 따라 그의 왼손이 다시 움직였다.

간지러워.

그의 왼손이 움직일 때마다 그녀가 참지 못하고 웃음을 터뜨렸다. 그의 왼손은 그녀의 겨드랑이로 옮겨갔다. 그녀의 웃음소리가 더 커졌다.

야아, 그만, 그만하라니깐.

깔깔거리던 그녀가 그의 겨드랑이를 간지럽히기 시작했다. 그도 웃음을 터뜨렸다.

그만, 그마안!

눈에 눈물까지 밴 그녀는 그의 왼손을 피하려 애쓰며, 겨우 한 번씩 기회가 보일 때마다 그를 간지럽히며 숨이 넘어가게 웃어댔다.

그는 발작적으로 그녀의 웃는 얼굴을 끌어당겨 입 맞추었다. 그의 왼손이 그녀의 손을 움켜잡았다. 이 손을 잡고 어디까지든 가고 싶다고 그는 생각했다. 가장 햇빛 찬란한 오후에, 가장 번화한 거리를 걷고 싶다. 두 사람의 입술들이 수차례 고쳐 겹쳐졌다. 그의 왼손이 그녀의 티셔츠 밑단 속으로 가만가만 움직였다. 입술을 떼어내며 그녀가 속삭였다.

네 집으로 갈까?

그는 부신 듯 눈을 뜨고 그녀의 술렁이는 눈을 마주 보았다.

가게는 시끄럽고…… 네 집으로 가자.

아직 왼손이 그녀의 옷 속에 머무른 채, 그는 불에 덴 듯 벤치에서 몸을 일으켰다.

가, 가야 돼.

어디로?

그녀도 엉거주춤 벤치 등받이를 짚고 일어섰다.

……어딜 가야 하는 거야?

그는 그녀에게서 물러서려고 했다. 그러나 그의 왼손은 그녀의 옷 밖으로 나오는 대신 오히려 옷솔기를 느끼며 등 쪽으로 향했다. 깊고 곧게 팬 척추의 윤곽을 짚어 올라가는 왼손을 끌어당기며 그는 허둥지둥 말했다.

하, 할 말이 있어. 너한테, 얘기 안 한 게……

이 손 놓고 말해.

그녀가 단호하게 뒤로 물러서자 마침내 왼손이 그녀의 몸에서 떨어져 나왔다. 그는 재빨리 오른손으로 왼쪽 손목을 붙들었다. 한 마디씩 겨우 말을 이어갔다.

말하지 않으려고 한 건 아니었는데…… 단지, 나는……

커다랗게 치켜뜬 그녀의 두 눈을 더 이상 마주 볼 수 없다고 생각한 순간, 그의 왼손이 덮치듯 그의 입을 틀어막았다. 그가 오른손으로 왼팔을 끌어내리려 애쓰는 동안 그녀는 겁에 질려 뒤로 물러섰다.

성진아, 왜 그래. 지금 뭐 하는 거야?

달아나거나 누군가의 도움을 청하려는 듯 그녀는 다급히 뒤를 돌아보았다. 왼손을 간신히 입에서 떼어낸 그가 더듬으며 말했다.

미, 미안해, 이, 빌어먹을…… 손 때문에, 하지만 난, 너한테……

날카로운 타격이 그의 얼굴에 내질러진 것은 그때였다. 그녀의 비명 소리가 그의 귀를 찢었다. 흙바닥에 나동그라진 그의 코에서 선혈이 흘렀다. 그의 코뼈에 명중한 것은, 단단히 움켜쥔 그의 왼 주먹이었다.

7

의사의 책상 옆으로 흰 라이트 박스가 벽에 걸려 있고, 그의 얼굴을 찍은 뢴트겐 사진이 거기 꽂혀 있었다. 검푸른 사진 속에서 그의 흰 머리뼈는 바다 깊이 가라앉은 고대의 해골처럼 보였다.

그의 또래로 보이는 의사는 꽤 잘생긴 얼굴과 군살 없이 반듯한 몸을 갖고 있었다. 의사는 그의 코뼈에 이상이 없다고 말한 뒤 물리치료를 지시했고, 컴퓨터에 처방을 입력하며 물었다.

어떻게 다치신 거죠? 상해진단서는 필요 없습니까?

그는 망설이다가 사실을 털어놓았다.

실은…… 다른 사람이 그런 게 아니라, 제가 그런 겁니다. 아니, 이 왼손이 그랬습니다.

그는 오른손으로 왼손을 들어 의사에게 내밀어 보였다.

어제부터 자꾸만 제 말을 듣지 않습니다. 이것 때문에 모든 게 엉망이 되고 있어요. 어떻게든 움직이지 못하게 해야 합니다. 시간이 없습니다. 내일이면 출근인데, 이래가지곤 어떤 업무도 할 수가 없어요. 손목을 부러뜨려주시면 안 되겠습니까? 아니면, 왼손을 움직이는 데 필요한 근육을 못 쓰게 만들 수 있다면……

의사는 키보드를 두드리던 동작을 멈추고 그를 향해 돌아앉았다. 급히 말을 이어가던 그가 아아, 하고 낮은 탄성을 뱉었다.

이 위로 그냥 깁스를 해주세요. 그러면 되겠네요.

손깍지를 끼고 그의 말에 귀 기울이는 의사의 얼굴은 냉정하고 면밀했다.

박선생 잠깐 오라고 해요.

차트를 기다리며 서 있던, 다소 어리둥절한 얼굴의 간호사를 향해 의사가 말했다. 간호사는 진료실 밖으로 나가더니 좀 전에 그의 얼굴을 찍었던 이십대의 키 큰 방사선 기사와 함께 들어왔다.

의사가 자리에서 일어났다. 그도 엉거주춤 따라 일어섰다. 의사는 차분한 말씨로 그에게 말했다.

이성진 씨, 이 건물 5층에 신경정신과가 있습니다. 의사 선생님도 믿을 만한 분입니다. 한번 증상을 얘기해보시죠. 이분이 안내해줄 겁니다.

그의 몸에 힘이 풀렸다.

아니요, 정신과 치료 같은 건 필요 없습니다. 그냥 왼손에 깁스만 해주시면 됩니다. 어려운 일도 아니잖습니까?

초조한 손놀림으로 지갑을 꺼내 보이며 그는 말했다.

저는 정신 나간 사람이 아닙니다. 물론 그렇게 보이겠지만…… 진료비도 드릴 수 있습니다.

의사의 잘생긴 얼굴에 빈틈없이 차가운 미소가 어렸다.

일단 신경정신과 상담을 먼저 해보시죠. 그래도 꼭 깁스를 하고 싶으시다면 그때 다시 방문해주세요.

어머!

간호사가 낮은 비명을 질렀다. 그의 왼손이 고무공처럼 앞을 향해 뛰쳐나갔다. 의사는 날렵하게 몸을 비껴 피했다. 그가 중심을 잃고 고꾸라지는 사이, 방사선 기사의 손이 그의 왼팔을 잡았다. 무술 유단자인 듯 민첩한 동작으로 팔목을 뒤로 꺾었다.

아아, 아, 아파요. 미안합니다. 이 왼손이……

무릎을 바닥에 찧으며 그가 소리쳤다. 방사선 기사가 팔에 힘을 가해 그는 다음 말을 이을 수 없었다.

신음을 삼키고 납작하게 몸을 엎드는 동안 그는 알 수 없었다. 방사선 기사가 그의 왼팔을 잡기 전에, 왼손이 하려던 일은 뭐였을까. 의사의 빈틈없는 얼굴을 향해 주먹을 날리려던 거였을까. 멱살을 잡으려고 했을까. 아니면 의사의 어깨를 붙들고 흔들거나, 그저 의사의 냉정한 미소를 더 이상 보지 않기 위해 가리려고 했던 걸까.

횡단보도의 푸른 불이 켜지고, 그것이 깜박이다 꺼지며 붉은 불이 켜지는 것을 바라보며 그는 서 있었다. 커다란 새가 그려진 티셔츠에 검은 트레이닝복 바지 차림의 그는 넥타이를 맨 퇴근길의 직장인들 틈에 도드라져 보였다. 방사선 기사가 뒤로 꺾었던 왼쪽 팔목이 아직 아팠다. 오른손으로 왼팔을 주무르며 그는 젊은 방사선 기사의 미심쩍어하던 얼굴을 떠올렸다. 혼자 엘리베이터를 탈 수 있다며 연신 고개를 숙이는 그를 방사선 기사가 반쯤이라도 믿어준 것은 다행한 일이었다.

정말 죄송합니다. 다시는 이런 일 없을 겁니다.

그는 마지막으로 정중한 목례를 던진 뒤 혼자서 엘리베이터에 올랐다. 5층에 이르러 문이 열리자 비상계단으로 걸어 내려왔으며, 되도록 멀리 걸어 이 횡단보도 앞에 다다랐다.

어떻게 해야 하나, 그는 생각했다. 억지로라도 팔을 부러뜨린 다음 아무 병원에라도 가서 깁스를 해야 하나.

병원들이 곧 문을 닫을 시간이니 서둘러야 했다. 어쨌든 지금 부러뜨려야 해. 아니면 미친 사람 취급만 받을 뿐이야. 그렇다면 뭘로 부러뜨리지. 생각을 이어가는 와중에도 그는 이 상황을 믿을 수 없었다. 어떻게 이런 일이 나에게 생길 수 있나.

그는 두 블록쯤 앞의 빌딩 꼭대기에 설치된 대형 할인 마트 간판을 보았다. 길을 건너는 대신 그쪽으로 걷기로 마음먹었다. 공구 코너에서 망치를 사서 부러뜨리는 거다. 그 길뿐이다.

바지 호주머니에서 휴대폰의 진동이 느껴졌다. 그는 발신자를 확인했다. 최대리였다.

여보세요.

마트를 향해 큰 보폭으로 걸으며 그는 말했다.

이대리, 병원엔 가봤어?

지금 갔다 오는 길이야.

뭐래?

괜찮다는데. 아마 잠이 부족해서 그런 것 같아…… 회사는?

나 지금 잠깐 화장실에 나와서 전화하는 거야. 이대리 안 나온 사이에 신부장이 점장 만나서 뭐라고 했는지…… 느낌이 안 좋아. 오전에 점장이 이대리 책상에 왔다 갔는데, 조금 전에 날 불러서 갔더니 이대리 서랍에 있는 파일을 나한테 전부 챙기라고 하더라구.

그는 멈춰 섰다. 잠깐 머릿속에서 불이 나간 듯 그의 시야가 캄캄해졌다.

씨팔, 이래도 되는 거야? 우리 입사하고 지금까지 제대로 쉬어본 적이나 있어? 이렇게 모가지라니, 저 빌어먹을 신부장은 도대체……

그가 무엇인가 대답하기 전에 그의 왼손이 휴대폰 폴더를 접었다. 다시 휴대폰이 울리자 왼손은 그것을 보도블록에 내려놓았다. 그는 보일 듯 말 듯 체머리를 흔들며 휴대폰 앞에 쪼그려 앉았다. 오른손으로 주울 생각을 하지 못한 채, 이리저리 떨며 움직이는 휴대폰을 내려다보았다. 익숙한 현기증이 밀려왔다. 눈을 감자 눈꺼풀 안쪽은 어두웠다. 아뜩하게 몸이 회전하는 것처럼 느껴졌다.

잠을 너무 못 잤어. 더구나 어젯밤부터 아무것도 제대로 먹지 못했잖아.

그는 눈을 떴다. 마른침을 삼키며 그는 생각했다.

커피를 마셔야 해. 아니, 뭔가를 먹어야 해. 아니, 잠깐이라도 눈을 붙여야 해. 정신 차리고 생각, 생각을 해야 해.

휴대폰의 진동이 멈췄다. 부재중 전화라는 푸른 활자가 액정에 찍혀 있었다. 그는 떨리는 오른손을 뻗어 휴대폰을 집어 들고는 오랫동안 그 검은 화면을 들여다보았다. 폴더를 열고 잠시 망설이다가, 도로 접어 움켜쥔 뒤 몸을 일으켰다.

8

마지막 화분을 가게에 들인 뒤 그녀는 문을 잠갔다. 쇼윈도의 블라인드를 내리려는 순간 불쑥 나타난 그의 얼굴을 보고 그녀는 들리지 않는 비명을 질렀다. 그는 뒷짐을 지고 문 앞에 서서 초조하게 기다렸다. 열어주면 들어갈 것이고 아니면 돌아서서 갈 것이다. 문으로 향하려는 왼손을 오른손으로 움켜쥐며 그는 다짐했다.

문이 열렸다. 턱진 계단에 서서인지 그녀의 호리호리한 키가 더 커 보였다. 그의 얼굴을 일별한 뒤 그녀는 가게 안으로 성큼성큼 들어갔다. 그도 뒤따라 들어갔다.

그녀는 작업대에 기대어 비스듬히 그를 향해 섰다. 직접 만든 것으로 보이는, 구슬과 납작한 알루미늄 조각들로 장식한 회색 주름치마가 풍성했다. 작업대에는 그녀가 입은 것과 같으나 색깔만 좀더 진한 치마가 아직 장식이 다 달리지 않은 채 놓여 있었다.

나, 여기서 잠깐만 자고 가도 될까?

마른 입술을 축이며 그가 물었다.

잠이 너무 부족해서 아무 생각도 나지 않아. 여기서 말곤 잠을 깊이 자본 적이 없어. 생각이 제대로 되지 않아. 마트에서 캔 커피를 세 개나 마셨는데…… 차라리 커피를 마시지 말고 여기 와서 잠을 잤다면 좋았을 텐데. 사려던 물건은 막상 사지도 못했어. 도무지 생각이 제대로 되지 않는 거…… 그게 가장 큰 문제야.

그는 빠르게 지껄인 말들이 모조리 허공으로 휘발되는 것 같다고 느꼈다. 그녀가 과연 그의 말을 들은 것인지도 확실치 않았다. 너무 작게 말했거나 너무 크게 말한 걸까. 그녀는 작업대에 기대어 선 자세 그대로 아무 대답도 하지 않았다.

정말 미안해. 삼십 분만, 딱 삼십 분만 눈 붙이고 갈게.

얼어붙은 것 같은 그녀의 얼굴을 보고 있자니 그의 숨이 가빠왔다. 그는 숨을 몰아쉬며 말했다.

알겠어. 그냥 갈게.

뒤로 오른손을 뻗어 문을 열려는 그에게 그녀가 말했다.

……뭐가 문제야?

그녀의 얼굴은 어두웠고, 목소리는 낮고 착잡했다.

나한테 말하려던 게 뭐야. 아침의 그 행동은 뭐야.

그녀는 눈짓으로 그의 멍든 코를 가리켰다.

아마 이해하지 못할 거야.

그는 한 발 한 발 망설이며 그녀에게 다가갔다. 그녀의 이마
에 흩어진 머리카락을 향해 왼손이 뻗어나갔다. 그가 오른손
으로 제지하지 않자 왼손은 그녀의 머리카락을 동그란 귀 뒤
로 쓸어 넘겨주었다. 그녀는 조용히, 그러나 완고하게 고개를
틀어 그의 왼손이 그녀의 얼굴에서 떨어지게 했다. 심장이 오
그라 붙는 것 같은 통증으로 그의 얼굴이 일그러졌다.

……미안해.

그는 간신히 말하고는 한 걸음 뒤로 물러섰다.

뭐가 미안하다는 거야?

모든 게 이 손 때문이야.

그는 자신의 왼손을 움켜잡으며 말했다. 그녀의 얼굴로 되
돌아가려는 것인지, 그의 왼손은 몸을 뒤틀며 오른손아귀에
서 벗어나려 애쓰고 있었다.

왼손이 말을 듣지 않아. 이것 때문에 다 엉망이 됐어. 직장
도 잘렸어. 이게 아니었으면, 그날 여기로 들어오지도 않았을
거고……

역시 그녀는 그의 말을 이해하지 못했다. 잠시 그의 얼굴을
응시하더니 그녀는 물었다.

그러니까, 그날 여기로 들어오고 싶지 않았다는 거야?

아니, 꼭 그런 건 아니었지만, 아마 보통 때였다면 결코······

결코 나와 자지 않았을 거라는 거지.

그는 대답하지 않았다. 맹렬한 추위 같은 것이 느껴져 그는 진저리를 쳤다.

혼자 사는 건 사실이야?

그는 대답하지 않았다.

아이도 있어?

그는 여전히 대답하지 않았다.

내가 사람을 잘못 봤구나.

그녀의 입가에 쓴웃음이 물려졌다. 웃음이 가신 얼굴로 그녀는 오래 침묵했다. 그렇게 차가운 표정이 되자 그녀는 퍽 나이 들어 보였다. 입을 열었을 때, 그녀의 속눈썹이 보일 듯 말 듯 흔들리는 것을 그는 보았다.

······성진이 너, 자면서 코 골더라. 사실은 몇 번이나 깨서 네 얼굴을 들여다봤어. 내 옆에서 누군가 세상 없이 코를 골며 잠들어 있다는 게 신기해서.

몸부림치는 왼손을 붙잡으며 그는 좀 전의 말을 둔하게 반복했다.

미안해.

결혼했다는 건 괜찮아. 그런데 왜 말하지 않았던 거야?

그녀는 다소 어색하게 밝은 어조로 물었다.

말하려고 했어. 그런데······

잘 되지 않았어?

그녀는 손윗누이처럼 선선히 그의 말을 이어주었다. 그는 왠지 모를 두려움을 느끼며 그녀의 얼굴을 바라보았다. 무엇을 생각하고 있는지 알 수 없는, 십 년쯤 더 나이를 먹은 여자처럼 건조한 표정이었다.

그때 얘기했던 그날…… 내가 죽이러 갔던 사람은, 그 무렵 만난 여자와 지금까지 잘 살고 있어.

그녀는 힘주어 손깍지를 지었다가 풀어버리고는, 자신의 무릎께를 한동안 망연히 내려다보았다.

난 정말 바보였어. 왜 그렇게 목숨을 걸었는지, 되지 않는 관계를 회복하려고 억지를 썼는지 몰라. 사실 결혼 생활을 좋아한 것도 아니었는데 말이야. 오히려 견딜 수 없다고 느낄 때가 많았는걸. 온 세상이 나를 그물로 잡아 새장에 가두고, 단 한 발짝만 걸어 나와도 보이지 않는 수많은 방아쇠들이 사방에서 당겨질 것 같은 기분이었는데도.

그녀는 예의 쓴웃음을 입가에 머금었다.

사실 난, 남자가 싫어. 아니, 남자랑 맺는 관계가 싫어. 지난 삼 년은, 칠 년간의 결혼 생활 동안 구부러지고, 부러지고, 나중엔 거의 부서져버린 몸이 다시 제 형태를 찾는 것 같은 시간이었어. 여러 번 다짐했어. 이제 외로움만 잘 참으면…… 어리석은 연애 따위에만 휘말리지 않으면 모든 걸 다시 그르칠 일은 없다고.

그녀의 눈은 마치 누군가의 얼굴을 그의 얼굴 위로 겹쳐 보는 듯 강한 감정을 담고 번쩍였다.

……새장 밖으로 한번 나온 새한테 가장 무서운 건 새장일 거야. 그런 새를 붙잡으려면 발톱이며 부리에 찢길 수밖에 없 겠지. 설령 새장에 다시 넣는 데 성공한다 해도 아마 새는 제 풀에 죽고 말 거야. 네가 날 붙잡을 거란 얘기가 아니라, 만에 하나 붙잡았다 해도 너한테 득이 될 거 없었을 거란 얘기야. 그러니까 잘 생각한 거야. 미안해할 것 없어.

……미안해.

그 말 이제 그만하고 가.

그의 왼손이 먼저, 그의 몸이 뒤따라 그녀를 안으려 했다. 그녀는 그를 뿌리치며 일어서더니 작업대를 돌아가 의자에 앉았다. 차갑게 가라앉아 있던 어조와 달리 그녀의 동작은 격 렬했다. 그녀의 목소리가 떨리며 높아졌다.

내가 가라고 했지. 내가 이래서 연애 따위 다시 안 하려고 하는 거야. 열에 들뜬 생각, 눈물, 나답지 않은 행동, 복잡한 것, 바닥까지 보고 또 보여주는 것…… 싫고 지겨워. 이쯤에서 그냥 가.

그는 그녀의 곁으로 다가가 엉거주춤 한쪽 무릎을 꿇었다.

선혜야, 내 말 들어봐.

그의 왼손이 그녀의 머리카락을 어루만졌다. 물기에 젖은 채 번쩍이는 그녀의 눈이 아름답다고 그는 생각했다. 그녀의 입술이 떨리며 열렸을 때, 그는 무작정 입술을 포개며 그녀를 안았다.

너 정말 못 알아듣는구나. 이거 봐.

그녀는 힘차게 그를 뿌리쳤다. 그녀가 진지하게 그를 거부하고 있다는 것을 그는 똑똑히 느꼈다. 그는 그녀에게서 떨어져 나왔으나, 그의 왼손은 아직 그녀의 목덜미에 머물러 있었다.

미안해 정말, 이 손 때문에……

그는 뒷걸음질을 치려 했다. 그의 왼손이 그녀의 빗장뼈를 더듬으며 가슴으로 파고들었다. 아찔한 부드러움에 그는 질끈 눈을 감았다.

놓으라고 했지!

그녀가 의자에서 일어서려다 비명을 지르며 바닥에 주저앉았다. 그의 왼손이 그녀의 풍성한 치마 속으로 뻗어 들어간 것이다.

미쳤어! 이거 놓으라니까?

그녀가 소스라치며 물러서는 동안 그의 왼손은 필사적으로 그녀의 둥근 무릎을, 허벅지를 거슬러 올라갔다. 그녀의 얼굴이 일그러졌다.

제발, 왜 이래! 이러지 마!

그녀의 목소리가 갈라지며 날카로운 비명으로 뻗어졌다. 왼손을 끌어당기려 몸부림치는 그의 눈에서 눈물이 흘러내렸다.

미안해, 미안해, 난……

그녀의 몸에서 가장 따뜻한 곳에 왼손이 닿은 순간, 예리한 불꽃같은 감각이 그의 왼쪽 어깨에 꽂혔다. 그는 사방으로 흩튀는 피를 보았고, 그녀의 떨리는 손에 들린 작업용 커터 칼을 보았다.

9

사람이 다니지 않는 어두운 골목을 택해 그는 집으로 걸었다. 피 흘리는 왼쪽 어깨를 티셔츠로 처맸으므로 그는 러닝셔츠 바람이었다. 통증과 추위로 얼굴은 검푸르게 질렸고, 걸음은 술에 취한 듯 비틀거렸다. 추운데도 타는 듯 목이 마르다는 것이 이상했다. 잠이, 무덤 같은 잠만이 필요했다. 눈에 보이는 모든 사물들의 표면이 금방이라도 파삭파삭한 가루가 되어 부서져 내릴 것 같았다. 회사원으로 보이는 이십대 여자 하나가 멀리서 그를 보자마자 뒤돌아 골목을 도망쳐 나갔다. 충혈된 눈을 부릅뜬 채 그는 안간힘을 다해 계속 걸었다.

다행히 아파트 1층 현관과 엘리베이터에서 누구와도 마주치지 않았다. 그는 9층에서 내려 현관 번호키의 비밀번호를 눌렀다. 전자음과 함께 자물쇠가 열렸다. 현관문을 당겨 연 순간 집이 환해 그는 놀랐다. 아내는 대체로 열 시가 되기 전에 아이와 함께 잠들었으므로, 자정 가까운 시각에 거실에 불이 켜져 있는 경우는 거의 없었다.

그는 신을 벗고 들어갔다. 이상하게 고요했다. 거실도, 부엌도 싸늘하고 적막했다.

얼마 안 있어 그는 집이 너무 깨끗하기 때문에 그렇게 느껴진다는 사실을 깨달았다. 장난감 하나, 과자 부스러기 하나 보이지 않았다. 그는 현관을 돌아보았다. 아내의 구두뿐, 아이의 운동화가 없었다. 그는 다리를 가누려 애쓰며 안방 문을 열었다. 아무도 없었다. 그는 더 걸어 들어가 서재 문을 열었다. 어둠 속에서 침대에 걸터앉아 있는 사람의 형체가 보였다.

……어, 어떻게 된 거야. 동호는.

그는 서재의 불을 켰다.

아내는 외출복 차림으로 어깨에 가방을 멘 채 앉아 있었다. 그를 보고는 소스라치게 놀라며 물었다.

당신, 다친 거야?

……그렇게 됐어. 그런데 동호는.

오늘 오빠네에 맡겼어. 그런데 어떻게 된 거야? 팔은. 또 얼굴은.

일산에? 거긴 왜.

그의 말에 대답하는 대신 아내는 자신의 눈을 믿을 수 없는 듯 계속해서 그의 행색을 살폈다.

회사에서 오는 길 아니야? 양복은 왜 안 입고 갔어? 병원엔 간 거야?

그는 막막한 비현실감이 밀려오는 것을 느꼈다.

당신부터 얘기해봐.

아니, 당신부터.

전체적으로 요철이 없고 동글납작한 아내의 얼굴은 오늘따라 창백하게 질려 있었다. 너무 창백해 낯설어 보였다. 그가 대답하기 전에 입을 열 것 같지 않았다. 그는 되는대로 중요한 부분들을 삭제하고 거짓을 섞어 이야기했다.

회사에서 잘렸어. 어제 일이야. 오늘은 제정신이 아니었어. 상처는 별거 아니야.

……잘렸어? 왜?

설명하자면 길어.

아내는 멍해져서 그를 바라보았다. 여전히 가방을 어깨에 멘 채였다.

이제 당신 얘길 해봐.

순간, 아내 역시 중요한 부분을 삭제하고 거짓을 섞어 이야기해주기를 그는 빌었다. 그러나 아내는 그렇게 약은 사람이 아니었다.

좋아…… 얘기할게. 난 당신이 며칠을 연락도 없이 들어오지 않아서, 이게 한계라고, 더 이상 견디는 건 무의미하다고 생각했어.

아내는 긴장한 듯 성마른 목소리로, 눈에는 여전히 의심과 혼란을 담은 채 말을 이어갔다.

……일밖에 모르는 당신과 함께 사는 거 불행했어. 당신은 아이도 사랑하지 않고, 주말에 형식적으로 놀아주는 한두 시간 동안에도 소파에 누워 텔레비전만 보잖아. 지난 몇 년간 나한테 당신은 현금 지급기 같은 거였고, 난 당신한테 아이 키우

고 살림하는 기계 같은 거였지. ……아직 늦지 않았다면 다시 시작하고 싶었어.

뭘, 어떻게 시작한다는 거야?

마른침을 삼킨 뒤 그는 숨을 참으며 물었다.

죽은 듯이…… 내 감정 따윈 없는 셈 치고, 아이를 위해서라도 이 상태를 유지하려고도 했어. 하지만 오늘 아침 깨달았어. 당신이 허물처럼 벗어놓고 간, 향수 냄새 밴 옷가지들을 안고 세탁기로 걸어가면서, 더 이상은 버티고 싶지 않다고.

아내의 떨리는 목소리가 생경하다고 그는 생각했다. 지난 칠 년간 그와 함께 살아온 그 여자의 목소리가 맞나. 온 힘을 다해 그는 귀를 기울였다.

이 집, 싸게 내놓으면 곧 나갈 거야. 은행 빚 갚고 나머지 나누면 각자 살 집 전세금은 나올 거야. 그때까지만 오빠네에서 신세지려고.

순간 그의 왼손이 그의 입을 틀어막았다.

당신 지금, 우는 거야?

아내는 가방을 멘 채 그를 향해 다가왔다. 그는 고개를 저으며 뒤로 물러섰다.

회사 일은 뜻밖이야. 나도 지금 혼란스러워. ……그 상처는 정말, 병원에 안 가도 되는 거야?

그의 입에서 왼손이 떨어져 나온 순간, 그는 아내를 피해 뒷걸음질 쳤다. 무엇을 하려는지 알 수 없는 왼손을 결사적으로 붙잡았다. 왼손이 거칠게 움직이려 할 때마다 어깨에 찢어지는 듯한 통증이 느껴졌다.

가까이 오지 마. 어서 가.

놀라 눈을 치뜬 아내를 향해 그는 소리쳤다.

가, 빨리 가라구!

아내의 얼굴이 공포로 얼어붙는 것을 그는 보았다.

그는 발버둥 치는 왼손을 붙들며 열려 있는 욕실로 들어갔
다. 오른손으로 문을 잠그고 비어 있는 욕조로 뛰어들었다. 왼
어깨의 상처를 오른 주먹으로 힘껏 내리쳤다. 비명을 삼키며
그는 욕조 안을 뒹굴었다. 그가 숨을 고르는 사이 현관문이 열
리는 소리가 났다. 그의 거친 숨소리와 신음 저편으로, 자물쇠
가 잠기는 전자음이 들렸다.

10

신장 서랍에서 찾아낸 공구용 망치를 들고 그는 떨며 욕실
의 거울 앞에 섰다. 왼팔을 부러뜨리면 왼손은 더 이상 움직일
수 없게 된다. 내일 아침엔 언제나처럼 출근할 것이고, 어떻게
해서든 그의 자리를 지켜낼 것이다. 아내와 아이도 되찾아올
것이다. 그의 어깨에 칼을 꽂은 그녀는 잊을 것이다. 흔들리지
않고 무너지지 않을 것이다. 잠 못 이루지도, 의심하지도 않을
것이다.

아이의 가느다란 머리카락의 감촉이 떠오른 순간 그는 가

쁜 숨을 몰아쉬었다.

……용서 못해.

일그러진 얼굴로 그는 망치를 치켜들었다. 늘어뜨려져 있던 왼손이 오른손을 붙든 것은 그때였다. 그는 신음을 뱉으며 왼손을 뿌리치려 했다.

가만히 있으라고 했지…… 다시는 꿈틀거리지 말라고 했지!

왼 어깨의 상처가 벌어지면서 붉은 피가 뭉게뭉게 번져 나왔다. 왼손이 오른 손목을 비틀었다. 오른 주먹이 놓친 망치가 그의 발등으로 떨어졌다. 그는 목쉰 비명을 질렀다.

죽일 거야…… 죽이고 말겠어.

입술을 비틀며 그는 헐떡였다. 절름절름 걸음을 떼다 욕실 문턱에 걸려 엎어졌다. 그는 오른손을 뒤로 뻗어 망치를 집었다. 망치를 쥔 주먹으로 바닥을 짚으며 어두운 부엌까지 배를 밀고 기어갔다. 망치를 놓고 앉아 더듬더듬 싱크대 문을 열었다. 칼집에 꽂힌 과도를 뽑아냈다.

가만있어, 그렇게.

움직임을 멈춘 왼손을 향해 그는 악문 잇사이로 내뱉었다.

난 널 잘라버릴 수도 있어…… 알겠어? 뼈만 부러뜨리는 걸 다행으로 알아.

그는 오른손을 뻗으면 바로 닿도록 칼을 두고 망치를 집었다. 눈을 빛내며 망치를 치켜 올렸다. 벼락같이 왼손이 따라 올라와 망치를 잡아챘다. 이번에는 그의 오른손이 왼 손목을 비틀었다. 망치가 바닥으로 떨어졌다. 왼 손목의 통증에 그의 미간이 조여졌다.

경고했지, 널 죽여버리겠어!

그의 오른손이 과도를 움켜쥐었다. 순간 뱀처럼 솟구쳐 오른 왼손이 오른 손목을 거머쥐었다.

놔…… 이거 놔.

그의 얼굴 근육들이 뒤틀렸다. 이마의 핏줄들이 꿈틀대며 일어섰다. 아슬아슬하게 버티던 오른 손목이 돌연 부러지듯 뒤로 꺾였다. 왼손이 과도를 낚아챘다.

그거 내려놔, 어서.

땀인지 눈물인지 모르게 그의 얼굴은 흠뻑 젖어 번들거렸다. 그의 오른손이 왼손을 덮쳐잡았다. 숨찬 목소리로 그가 외쳤다.

……어서, 이리 내지 못해!

두 마리 짐승 같은 팔들이 온 힘으로 엎치락뒤치락하던 한순간, 울부짖는 비명이 아파트의 정적을 찢었다.

어둡고 차가운 부엌 바닥에 그의 몸은 길게 쓰러져 누웠다. 겹결에 칼이 꽂힌 가슴이 흐느끼듯 한차례 떨었다. 열린 욕실 문으로 흘러나온 희끗한 불빛이 그의 얼굴을 적셨다. 충혈된 눈가의 끈적이는 얼룩을, 피 묻은 왼손이 어루만져 붉게 물들였다.

노랑무늬영원

1

잔멸치 떼를 만난 적이 있다. 무수한 은빛의 점들이 일제히 반짝이며 배 밑을 헤엄쳐 갔다. 빠른 속력으로 그것들이 사라지고 나자, 헛것을 보았던 것 같았다. 한순간의 빛, 떨림, 들이마신 숨, 물의 정적이 내 안에 남아 있다.

그게 전부다.

2

뭘 찾아?

시계.

시계?

손목시계, 그리고 지갑도.

시계며 지갑은 갑자기 왜, 외출이라도 할 건가?

나는 책상 앞에 앉은 채, 방금 남편이 내 뒷모습을 향해 던진 말의 여운을 곱씹어본다. 외출이라도 할 건가. 그 행간에 배어 있는 것은 인내와 짜증, 자제된 적개심이다. 약간의 경멸감도 들어 있었던 것 같다. 나는 대답 대신 숨을 들이마신다. 계속해서 서랍을 뒤적인다.

첫번째 서랍은 통장들과 인감도장, 열쇠만 넣어두는 곳이니 열었다가 곧 닫고, 두번째 서랍을 훑어가는 중이다. 이 년 전의 영수증, 카드 명세서, 몇몇 상점들의 적립 카드들이 나온다. 유효 기간이 지나 쓸모없어진 쿠폰들, 흐릿한 인상만 남은 이름이 박힌 명함들이 무원칙하게 섞여 있다.

나는 일어서서 거실로 나간다. 남편은 욕실 문을 열어놓고 턱에 셰이빙 폼을 바르고 있다.

……작업실에 가보려고.

나는 뒤늦은 대답을 한다.

그는 거울을 통해 나와 눈을 맞춘다. 좀 난처한 표정이다.

참, 내가 말 안 했었군.

뭘?

며칠 전에 거기 주인이 전세금을 올려달라고 하길래, 작업실을 바로 빼겠다고 했어.

잠시 나는 말을 잃는다.

어떻게……

나는 조금 말을 더듬는다.

어떻게 나와 한마디 상의도 없이.

이 년 전에 그렇게 해야 했어. 지금 당신 상태로 작업을 할 수도 없잖아. 그동안 당신 치료비 때문에 은행 잔고가 거의 제로여서 불안했어. 늦은 감이 있지만, 그렇게 하자.

그의 말에 설득된 것이 아니라, 다만 망연해진 상태로 나는 고개를 끄덕인다. 그리고 같은 말을 되풀이한다.

하지만 어떻게 한마디 상의도 없이.

그건 당신 말이 맞아. 겨우 며칠 전 일이니까, 정 취소하고 싶으면 직접 주인한테 전화해.

남편의 얼굴은 딱딱하게 굳어 있다. 그렇게 진지한 얼굴에 흰 거품을 잔뜩 묻혀놓고 있으니 희극적으로 보인다.

그의 시야에서 빠져나오기 위해 나는 주방으로 걸어간다. 빈 식탁 앞에 걸터앉는다. 이 오전의 조용한 대화에 새겨진 어떤 날카로운 것의 이물감을 묵묵히 어루만진다. 설명하는 절차조차 피곤하다는 듯 빠르게 말을 이어가는 그의 얼굴. 그 턱 위로 피어오른 흰 거품. 말하는 동시에 감정을 감추는, 두 사람의 낮고 공식적인 목소리.

내가 의자에 앉아 있는 동안 그는 면도를 마친다. 욕실의 불을 끄고 나와 옷을 차려입는다. 현관 옆의 거울을 보며 넥타이를 맨다. 길이를 조정하기 위해 두 번 풀었다가 다시 맨다.

마침내 가방을 들고 나서는 그를 배웅하기 위해 나는 현관으로 걸어 나간다.

무슨 일 있으면 전화해.

그의 말에 배어 있는 무관심, 의무, 조용한 위선을 나는 듣는다.

잘 다녀와.

나는 웃는다.

문을 잠그고 신장 위의 거울을 본다. 내가 방금, 웃었던가?

천천히 걸음을 옮겨 책상 앞으로 돌아간다. 대학 시절부터 받은 편지와 엽서, 카드 따위가 담긴 세번째 서랍을 열었다가 곧 닫는다.

이제 가방들을 살필 차례다. 여남은 개의 가방들이 책상과 벽 사이에 쌓여 있다. 치장이나 쇼핑을 좋아해본 적 없는 나에게 유일한 예외가 있었다면 바로 가방 사기였다. 배낭, 숄더백, 작은 여행 가방, 천으로 된 것, 비닐로 만든 것, 가죽 제품까지, 저마다 형태를 잃고 구겨진 채 먼지를 이고 있다.

가장 아껴 들고 다녔던 청색 숄더백부터 열어본다. 시계와 지갑은 보이지 않는다. 지퍼가 달린 안쪽 주머니에서 오백 원짜리 동전과 지하철 패스가 나온다.

이거, 요즘도 만 원씩 하나.

나는 패스를 오른손에 쥐어본다.

얼마의 돈이 이 안에 남아 있을까.

계단을 밟아 내려가, 매표구를 지나 패스를 통과시킨다, 날름 튀어나온 패스를 꺼내 들고 표지판을 따라 걸어간다, 에스컬레이터를 타고 내려가 안전선 앞에 선다, 금속성의 벨 소리에 이어, 쌀쌀한 여자 목소리의 안내 멘트를 듣는다, 지금, 열차가 들어오고 있습니다.

거기 서서 열차를 기다렸던 사람은, 정말 나였던가?

나는 뜻 없이 엄지손톱을 세워, 패스 중앙의 마그네틱 선을 따라 수직의 금을 내리긋는다.

3

그 개는 지금 살아 있을까. 죽었어야 할 그 개는. 내 차 바퀴 아래 형체 없이 으스러졌어야 했을 그 개는.

이 년 전의 이른 봄날, 일요일 새벽, 잠든 남편을 깨우지 않은 채 나는 집을 나섰다. 고요한 아파트 주차장으로 걸어 나가, 쌀쌀한 바깥 공기 탓에 따스하고 쾌적하게 느껴지는 소형차에 올라탔다. 언제나처럼 지름길을 택해 작업실로 달렸다. 신도시 외곽의 들길에 들어섰을 때, 좋은 공기를 마시기 위해 양쪽 창문을 내렸다.

커다란 검정개가 차 앞으로 뛰어든 것은 그때였다. 나는 왼편의 개울 쪽으로 급회전했고, 개울에 빠지기 직전 다시 급회전했다. 바퀴들이 허공에 떴다. 한 번 더 급회전하자 차체가 뒤집어졌다.

다시 같은 상황이 닥친다면 나는 급브레이크만을 밟을 것이다. 개를 피해 미친 듯이 좌우로 급회전하지 않을 것이다.

내 차를 전복시키고, 왼손을 으스러뜨리고, 척추에 금이 가게 하지 않을 것이다.

모든 일에는 교훈이 있다. 어린 시절부터 나는 그런 자세로 살아왔다. 서른세 살이 될 때까지 악운이나 과오 앞에서 언제나 침착할 수 있었던 것은, 무엇이든 통찰하고 교훈을 얻으려는 그 습관 덕분이었다. 병원에서 눈을 떠, 목의 늘어난 인대나 금 간 척추는 어떻게든 회복 가능하나 왼손만은 완전히 으스러져버린 것을, 신경까지 손상돼 재활이 불가능하게 된 것을 알았을 때, 버릇대로 나는 통찰했다. 점점 크게 요동치는 자동차를 멈추게 하기 위해, 열린 차창 밖으로 왼손을 뻗어 올려 차체를 붙잡았던 나의 과오를.

난 언제나 그렇게, 내 힘으로 감당할 수 없는 것들을 감당해내려 하는 어리석음이 단점이었어. 순간적인 판단력도 부족했어. 항시 냉철하여, 때로는 잔인할 수도 있어야 하는데.

교훈이란 얼마나 우스꽝스러운 것인지 나는 그때 알았다. 인생은 학교가 아니다. 반복되는 시험도 아니다. 내 왼손은 으스러져버렸고, 그게 끝이었다. 배울 것도 반성할 것도 없었다. 어떤 의미도 없었다. 다시 그런 일이 생긴다면 그 개를 피하지 않겠지만, 이를 악물고 치어버리겠지만…… 대체 그런 일이 언제 다시 생긴다는 말인가?

첫 불운은 조용히 다른 불운을 불러왔다. 피를 많이 흘려 쇠약해진 데다 매사에 오른손에만 무리한 힘을 준 탓에, 퇴원한 뒤 얼마 되지 않아 오른손의 관절들이 망가지기 시작했다. 악화될 때는 냄비나 주전자, 심지어 머그컵조차 혼자 다룰 수 없어 일일이 남편을 불러야 했다.

무의미한 반성들은 그 과정에도 뒤따라왔다. 재활 치료에 지나치게 열심이었던 것, 빠른 회복에 집착했던 것, 그래서 마치 완전히 회복된 사람처럼 행동했던 것. 개선되어야 할 내 습성은, 때로 균형을 잃을 만큼 맹목적인 의욕. 하나의 과제가 주어지면 세 개는 해내야 마음이 편해지는 모범생 기질. 폐 끼치는 것을 정도 이상 싫어하는 결벽성.

일 년 가까운 통원 물리치료를 끝낸 늦은 겨울, 나는 두 손을 제대로 쓸 수 없는 사람이 되어 있었다. 왼손은 완전히 으스러졌고, 오른손으로는 그야말로 최소한의 생활만을 억지로 꾸려갈 수 있을 뿐이었다.

'앞으로 일 년만 두고 봅시다'라고 의사는 말했다. 그동안 오른손을 쉬어주라는 것이었다. 최대한 가사를 쉬고, 그림은 말할 것도 없으며, 무거운 것을 들거나 힘을 주거나 손목을 뒤로 꺾는 자세를 취하지 말라고 했다. 충분한 영양을 섭취하고 스트레스를 피하라는 말도 덧붙였다. 인체의 자연 치유력을 믿어보자는 것이었다.

회복된 뒤에라도, 손에 무리가 가는 일은 되도록 삼가는 것이 좋습니다.

의사가 당부한 일 년이 지났지만, 오른손은 회복되지 않았다. 그는 좋은 의사였다. 젊었고, 권위적이지 않았고, 환자들을 배려할 줄 알았다. 그런 의사를 만날 수 있었던 것은 행운이었다. 말하자면, 지난 이 년간 내가 만난 유일한 행운이었던 셈이다.

4

물속에 들어가 있는 것 같은 기분일 때가 있다. 내 몸의 미세한 움직임, 숨의 들락거림, 시간의 유동까지 느껴지는 상태. 이를테면, 시간의 뒤편으로 들어간 것 같은 상태. 너무나 멍해져서, 전화가 와도 의식하지 못하다가 벨 소리가 끊기기 직전에야 알아차린다. 알아차린다 해도, 일어서야 한다거나, '전화를 놓쳤구나' 하는 다급한 느낌을 갖게 되는 것은 아니다. 다만 모든 것들이, 그토록 이상하게 만져지는 시간의 흐름 속에서 저대로 존재하고 있을 뿐.

그럴 때의 내 모습은 귀신처럼, 혹은 유체 이탈을 경험하는 요기처럼 보일지도 모른다. 며칠 전 남편은 자신의 방에서 나오다가, 거실 바닥에 그런 상태로 앉아 있던 내 모습을 발견하고 소스라쳤다.

얼마나 놀랐는지 알아?

그의 얼굴은 굳어 있었다.

사고를 당하기 전에, 나는 그런 적이 없었다. 어릴 때부터 내성적이긴 했지만 내면은 충일했고 활기찼다. 아침마다 아파트 옆의 초등학교 운동장을 여덟 바퀴씩 달렸고, 요리책을 뒤적여 매일 다른 음식을 만들어 먹었다. 아홉 시간씩 쉬지 않고 작업을 해도 지치지 않는 체력이 있었다.

머리를 다쳐서 그런 거야? 대체 뭐가 잘못된 거야. 당신, 얼마나 이상해졌는지 알고 있어?

언젠가 남편이 나에게 고함을 질렀을 때, 그의 목소리는 마치 물 밖에서 들리는 소리처럼 굴절돼 내 머리에 부딪쳐 왔다. 내 몸이 어항 안에 들어 있는 것 같았다. 나를 감싸고 있는 물과, 물이 담긴 커다란 유리벽 바깥에 그가 서 있는 것 같았다. 그의 손이 내 어깨를 흔들었을 때, 거칠게는 아니었지만 벽 쪽으로 떠밀었을 때에도 나는 저항할 수 없었다. 그가 몹시 화나 있구나, 고통스러워하는구나, 하고 문득 알아차렸을 뿐이다.

5

그렇게 망연한 상태로, 나는 작업대 위에 놓인 한 장의 널빤지를 들여다보고 있다. 실은, 바라보고 있었다는 것을 한참 만에야 알아차린다.

나는 고개를 든다. 의자 등받이에 상체를 기댄다. 창밖의 울창한 플라타너스가 가운뎃부분만 보인다. 천장이 낮은 이 일곱 평의 공간에는 작은 창문 한 개가 뚫려 있고, 사방의 벽을 둘러 그림들이 겹겹이 세워져 있다. 입구 쪽 구석에는 낡은 널빤지들이 천장까지 쌓여 있다.

이곳에 오기까지 이 년 남짓의 시간이 걸렸다. 그 이른 봄 날, 청명한 공기를 가르며 힘차게 개울가를 달렸던 새벽으로 부터. 지하철과 버스를 갈아타 마침내 도착한 이곳은 별로 변한 것이 없었다. 작은 상가 건물은 여전히 더러웠고 인적이 드물었다.

빛이 들지 않는 계단을 천천히 올라와 자물쇠에 열쇠를 꽂았다. 오른 손목의 통증을 느끼며 문고리를 돌렸다. 열린 문 안으로 펼쳐진 것은, 내가 기억하고 있었던 작업실의 모습이 아니었다. 모든 것이 그대로였지만, 모든 것이 달라져 있었다.

먼지가 앉고 더러 거미줄이 쳐진, 밀폐된 더운 공기가 꽉 차 있는 이 공간으로 나는 천천히 걸어 들어왔다. 작업대 앞의 삼 발이 의자에 엉거주춤 걸터앉았다. 이 년 전, 사고 전날 밤 내가 작업하다 만 낡은 널빤지를 보았다. 두었던 모양 그대로 널 빤지는 비스듬히 놓여 있었다. 곧 돌아오리라 생각했기에, 탁자 가득 물감 튜브들이 아무렇게나 널려 있었다.

이상하게도 종이보다 나를 매혹했던 재료가 나무였다. 뭐랄까, 그 속에 생명이 깃들인 것 같았다. 인간보다 오래된 영혼, 숨결 같은 것—그 형언할 수 없는 느낌을 가시화하고 싶었다. 내 그림을, 마치 다른 누군가에 의해 수백 년 전쯤 그려진 것처럼 보이게 하는 데 나는 가장 많은 공을 들였다. 세월에 바랜 것 같은 색을 칠했고, 대두와 잣의 누르스름한 기름을 먹였다.

그렇게 해서 작업대 위의 널빤지에 그려진 것은 어떤 여자의 옆얼굴이다. 젊은 여자의 얼굴이지만, 결코 젊어 보이지 않는 여자. 머리칼을 뒤로 올린 데다 얼굴선이 흐릿하게 뭉개어져, 마치 지난 세기부터 늙어온 것 같은 여자. 셀 수 없이 반복하고 변형해 그렸던 여자의 얼굴이다. 사람들은 나에게 묻곤 했다.

이건 누구죠? 어머니의 이미지인가? 아니면 자신의 내면인가요?

나와는 닮지 않은 여자의 얼굴을 나는 그렸다. 어머니는 물론 아니며, 내가 아는 누구와도 닮지 않은 여자. 어떤 영원한 여자. 여성 이상의 여성. 세월의 뒤편에서 낡아가는 사람. 그랬다. 어떤 영원한 사람. 귀신처럼 어른거리는 사람. 흔적인 사람. 그림자인 사람. 혹은, 오래된 집의 마룻바닥에 스민 누대의 일생들의 자취……

그런데, 이제야 나는 깨닫는다. 이 여자의 어딘가가 나와 닮았다는 것을. 과거 속의 내가 나를 기다리고 있었다. 이 여자는, 이 년 전의 내 갈망이었다. 시간의 뒤편으로 들어가고 싶어 했던 나. 낡은 마룻바닥 속으로 희미하게 스며들고 싶었던 나. 천천히 세월에 지워지고 싶었던, 눈비와 들쥐들과 바람 속에 폐가처럼 무너져 내려앉고 싶었던 나.

창문을 열었지만 실내는 몹시 덥다. 이마의 땀을 손바닥으로 닦으며 나는 일어선다. 벽 쪽으로 걸어간다. 더러는 비닐을 뒤집어쓰고, 더러는 먼지로 부예진 작품들을 둘러본다. 육송 널빤지를 일정한 폭으로 자르고, 못질을 해 붙이고, 사포질을 하고, 아교를 포수했었다. 벽돌을 곱게 가루 내어 분채와 섞어 색을 내고, 늙은 세월의 느낌을 입혀줄 대두 기름과 잣기름을 직접 짜서 만들었다. 어깨를 결려가며, 손가락에 상처를 내가며 두 손, 두 팔로 이것들을 다룰 수 있었을 때, 며칠 밤을 새워 작업에 몰입할 수 있었을 때 나는 행복했다. 그 행복만이 내가 가진 전부였다.

전부라고 믿었던 것을 잃고도 살아갈 수 있다. 이 년 동안 나는 그림 그리는 사람이 아니었다. 환자. 한 남자의 골칫덩어리. 때로 오른손이 악화되면 자신이 쓴 물컵 하나 선반에 뒤집어놓을 수 없는, 철저히 쓸모없는 존재.

나는 그림들로부터 등을 돌려, 여자의 옆얼굴이 그려지다 만 널빤지 앞으로 돌아와 앉는다. 이 얼굴의 이미지를 왜 그렇게 사랑했을까. 마치 종교에 몰입한 사람처럼 나는 진정으로 매달렸었다. 이렇게 고요하게, 나는 침잠하고 싶었던 걸까.

나는 이런 것을 더 이상 좋아하지 않는다. 오른손이 과연 아물 수 있을지, 작업을 다시 할 수 있을지조차 확실치 않지만, 다시 그린다면 나는 이런 고요 대신 울부짖고 싶다. 머리를 헝클어뜨리고 발을 구르고 싶다. 이를 악물고 동맥을 끊어, 솟구치는 피를 보고 싶다. 이 그림의 놀라운 고요, 헤아릴 수 없는 세월의 느낌으로 고여 있는 평화가 나를 구역질 나게 한다. 이 평화는 내 것이 아니다. 나는 이제 다른 사람이 되었다. 오히려 죽음 같은 공허, 황무지의 참혹함―그편이 나에게는 진실로 느껴진다.

천천히, 그러나 단호히 오른손을 뻗어, 나는 그 낡은 널빤지를 뒤집어버린다.

6

부동산 중개소는 상가 건물의 오른쪽 끝에 있다. 활짝 열려 있는 문 안으로 들어서자, 전체적인 몸매가 럭비공 모양을 이룬 중년의 남자가 선풍기 앞에서 양팔을 벌리고 있다. 내 기척을 듣고 남자는 살찐 고개를 돌린다.

······뭐 좀 여쭤보려고 왔는데요.

앉으시죠, 그는 화통한 말씨로 소리치듯 말한다. 끈적끈적한 인조 가죽 소파 한쪽에 나는 비스듬히 걸터앉는다.

주인이 방을 내놨다던데, 보러 오는 사람들이 있나요?

나는 남자에게 작업실의 층과 호수를 일러준다. 셔츠 위쪽이 숫제 땀으로 젖은 남자가 플라스틱 부채를 펄럭이며 내 맞은편에 앉는다. 더위를 몹시 타는 사람이다.

삼복더위잖아요. 한낮에는 개미 새끼 한 마리 안 보이는걸요. 요새 같으면 참, 먹고살기 힘듭니다.

남자는 검은 표지의 장부를 펼쳐 뒤적이는 시늉을 하다가 이내 덮어버린다.

저는 사실······

망설이다가 나는 말한다.

사실, 방을 내놓고 싶지 않아요.

남자는 안경을 추어올리며 눈을 껌벅거린다. 땀으로 미끄
러워 보이는 그의 콧잔등 위에서 은테 안경이 간신히 제자리
를 잡고 있다.

그래요? 계약 만료가 언제죠?

시월 말경이에요. 주인이 전세금을 올려달라고 해서, 남편
이 바로 내놓겠다고 한 모양인데…… 저는 시월까지는 있고
싶어요.

남자는 나에게 정확한 전세금을 묻고는, 속으로 뭔가를 셈
해본 뒤 대답한다.

주인이랑 다시 상의해보는 수밖에 없겠네. 그동안 전세가
소폭 오르긴 했는데, 주인이 야박하네. 원래 재계약할 땐 좀
헐하게 하는 법인데.

직업적인 느긋한 웃음을 머금은 그의 얼굴을 향해 나는 반
쯤 웃는다.

그런데, 그 바람도 안 통하는 방이 뭐가 좋다구요? 이 상가
말고 가격이 좋은 데를 좀 찾아봐드릴까?

내가 그래달라고 하자, 남자는 흔쾌히 검은 표지의 장부를
펼친다. 내 이름과 집 전화번호를 적어놓는다.

많진 않아두 더러 나오는 물건이 있으니까, 시간을 두고 기
다려봐요.

나는 찜통 같은 중개소 사무실을 걸어 나온다. 마침 바깥에

는 바람이 멎어, 실내와 다름없는 열기가 코를 틀어막는다. 손 차양으로 햇빛을 가리고 나는 천천히 걷는다. 작업실로 통하는 어둡고 후덥지근한 층계로 들어선 찰나, 발을 멈춘다.

잔멸치 떼 때문이다.

꿈도 아니고 생시도 아니다. 잠결에만 보는 형상도 아니다. 잠깐 눈을 감았다 뜨는 순간, 두 눈을 멀게 할 듯한 빛의 덩어리가 얼굴을 덮친다. 무수한 은빛의 점들이 회오리쳐 지나간다. 아침에 눈을 떠, 간밤까지의 내 상황이 고스란히 거기 있어 반복될 것임을 확인할 때, 그래서 굳이 어서 일어나 움직이고 싶지 않을 때, 멍한 눈앞으로 지나가기도 한다. 눈을 휩쓸고, 머리를 휩쓸고, 몸을 휩쓴다. 오래전 여름, 한순간에 보았던 잔멸치 떼가, 믿기지 않는 생생함으로.

더워지기 시작하면서 예고 없이 밤과 낮을 가로질러 덮쳐오곤 한 그것들이 아니었다면, 나는 이 년 만에 이곳으로 돌아오지 않았을 것이다. 무엇엔가 집요하게 쫓기듯 옷을 꺼내 입고 집을 나서, 지하철과 버스를 갈아타가며 저 먼지투성이의 작업실을 보러 오지 않았을 것이다.

나는 눈을 부릅뜨고 층계참의 우중충한 화장실 문을 쏘아본다. 다시 걸음을 내딛는다. 내 낮은 발소리와 함께 멸치 떼의 잔상이 흐릿해지는 것을, 의식의 어둠 뒤쪽으로 캄캄하게 사라져가는 것을 지켜본다.

지난봄의 어느 저녁, 남편은 나에게 말했다.

보통은…… 글쎄, 겪어보지 못한 사람으로서 할 말은 아니지만, 이런 일을 겪고 나면 감사하게 되잖아. 죽음 가까이 갔던 사람들이라면 누구나, 새로 태어난 것처럼 삶을 찬미하곤 하잖아? 그게 성숙한 사람의 태도 아니야?

그때 나는 그에게 설명할 수 없었다. 내 몸이 그 전복된 차 속에서 만신창이가 되었을 때, 무엇인가가 내 안에서 튀어나와버렸다는 것을. 아니, 거꾸로 나라는 존재가 무엇인가로부터 튀어나와버렸다는 것을.

예전에 그림을 그리면서 나는 삶으로부터 자유롭다고 느꼈었지만, 오히려 그때의 내가 삶의 한가운데 있었다는 것을, 나는 사고 후에야 비로소 깨달을 수 있었다.

내가 천구백몇년생이라든가, 어느 도시에서 태어났다든가, 부모가 누구이며 어떤 유년 시절을 보냈고 이러저러한 심리적 외상들을 겪으며 성장했다든가 하는 따위의 것들—말하자면 나의 모든 과거가 하나의 껍데기가 되어 있었다. 그때까지 나는 객석에 앉아 있었고, 무대에 올려진 한 편의 연극에 한창 몰입해 있다 말고 갑자기 극장의 불이 켜져버린 것이다.

한번 불이 켜지고 나자, 예전으로 돌아간다는 것은 불가능했다. 나는 이상한 강을—그때까지 한 번도 건너본 적 없는—건넌 것이다. 그 연극 속에서 울고 웃고 마음 졸였던 나는 이미 내가 아니었다. 예전에 미워했던 것들을 더 이상 미워할 수 없었으며, 그보다 나쁜 것은 예전에 사랑했던 사람들을 더 이상 사랑할 수 없다는 것이었다. 남편도, 형제들도, 심지어 어머니까지도.

매 순간 나는 삶과 자신 사이에 생겨난 거리를 느꼈다. 처음 경험하는 헐거움이었다. 애잔히 찰랑거리는 감정, 사랑, 연민 따위…… 환상과 주관성, 소위 정이라 불리는 것을 필요로 하는 모든 감정들이 증발되었다. 이를테면, 어머니를 보면 객관적인 그 여자의 실체가 보였다. 설령 그녀가 죽는다 해도 나는 크게 슬플 것 같지 않았다. 이미 나는 그녀의 자식이라는 생각조차 들지 않았다. 처음으로, 나는 이 삶에서 진짜 고아가 되었다.

아마 무서웠을지도 모른다. 그러나 무섭다는 생각조차 들지 않았다.

입원 두 달째에 접어들었을 때, 워낙 인내심이 부족한 여인이었던 어머니는 종종 짜증을 냈다. 마침내 '돈은 보태줄게, 간병인을 써라. 난 정말 병원 체질이 아닌 모양이다' 하며 화장 진한 얼굴로 떠난 어머니를, 사고 전이었다면 버림받은 아이의 심정으로 그리워했을 것이다. 오히려 그런 면이 어머니의 솔직하고 시원스러운 점이라며 부러워했을지도 모른다. 그것이 삼십 년간 일관돼온 내 성격이었다.

그러나 그 두 달 동안, 밝은 조명 아래 찬란히 드러난 어머니의 성품을 나는 똑똑히 보았다. 경솔함, 허영, 배려의 부족,

이기심. 삼십 년 동안 내가 그녀를 오해하며 살아왔음을 나는 깨달았다. 그렇다고 환멸만을 느꼈던 것은 아니다. 오히려 내 감정의 반응은 빛바랜 연민에 가까웠다. 마치 모든 인간적인 감정들이 내 몸을 타고 흘러서 연민이라는 깔때기를 타고 몸 밖으로 떨어져 내린 뒤 돌아오지 않는 것과 같은 씁쓸한 경험이었다.

모든 것이 지나치게 선명하게 보였지만, 그 이면까지 말갛게 비쳐 보였지만, 그것이 어떤 것도 의미하지 않았다. 병실과 복도의 조도, 유리잔에 새겨진 빗금의 각도, 낯선 얼굴들의 주름 하나하나, 입술과 눈의 미세한 움직임, 목소리의 강약과 떨림, 거기 감춰진 감정의 흐름과 멈춤, 역하거나 부드럽거나 내밀한 냄새와 감촉 들이 고스란히 내 안에 새겨졌지만, 허공에 쓴 글씨처럼 곧 자취 없이 지워졌다. 내 생각, 내 느낌이라는 것을 알 수 없게 되었으므로. 심지어 내가 나라는 것조차, 그 경계와 영역을 실감할 수 없었으므로.

간병인을 쓸 여유가 없었으므로 나는 대부분의 시간을 혼자 지냈다. 사인용 병실의 옆 침대들은 수시로 주인이 바뀌었다. 안면을 채 익히기 전에 옆 환자의 보호자들에게 신세를 져야 했다. 화장실에 드나들기 위해 낯선 남자들의 손을 빌리며, 나는 젊은 여자로서의 수치심을 모두 버렸다. 내 몸은 이미 내 것이 아니었다. 침대에 진열된 실험용의 육체처럼 나는 거기 드러누워 있었다. 회진을 받고, 하루 두 번 물리치료를 받고, 근육 이완을 위한 링거 주사를 맞고, 꼬박꼬박 약을 삼켰다.

언제나처럼 바빴던 남편은 일요일에만 병실에 찾아왔고, 내 침대 머리맡에 엎드려 잠을 보충하는 것으로 대부분의 시간을 보낸 뒤 돌아가곤 했다. 나는 외롭지 않았다. 수많은 환상들로 이루어졌던 내 삶을 돌아보고, 그것이 흰 벽에 비추어진 홀로그램과 같은 것이었다는 느낌을 매 순간 확인하는 동안 두 달이 더 지나갔다. 허리가 아물어 마침내 병원을 떠날 수 있었을 때, 나는 정오의 서울 거리에 가득한 사람들의 모습을 보았다. 그때의 내 반응은 비현실감, 저토록 많은 홀로그램들이 육체의 옷을 입고 활보하고 있다는 경이로움, 그리고 무관심이었다.

8

점심때가 지났다. 일어나서 뭔가를 사 먹으러 가든가 집으로 돌아가야 하는데, 나는 무더운 작업실의 삼발이 의자에 우두커니 앉아 있다. 배가 고픈가? 배고프기보다는 허기진다는 느낌이다. 나는 엉거주춤 일어서서 허리를 길게 구부린다. 작업대 끝에 놓인 전화기를 향해 손을 뻗는다. 예전의 습관대로 간단한 중국 음식이라도 시켜 먹을 생각에서다. 그러나 수화기를 귀에 대자마자, 오래전에 전화가 끊겼다는 것을 알게 된다. 내 통장의 잔고가 빈 지 오래인 것이다. 나는 다시 허리를 길게 구부린다. 팔을 뻗어 먹통의 수화기를 전화기의 원래 자리에 올려놓으려다가, 굳이 그럴 필요가 없음을 깨닫는다. 탁자의 가까운 자리에 아무렇게나 엎어놓는다.

다시 의자에 앉아, 나는 스스로에게 묻는다. 삼 개월 동안이 작업실을 더 갖고 있겠다는 것, 혹은 더 헐한 작업실로 옮긴다는 것. 그건 뭘 의미하는 건가. 모든 애착이 사라졌다고 생각했는데, 작업실에 대한 애착만은 남아 있다는 사실이 나를 놀라게 한다.

탁자 위에 내 두 손을 올려놓는다. 오랫동안 그것들을 내려다본다. 그것들의 외관은 괜찮아 보인다. 피부는 희며 뼈대는 섬세하다. 손가락의 마디들은 굵은 편이고, 바싹 깎인 손톱들은 분홍빛이다. 얼마든지 일할 수 있을 것 같다. 펄펄 살아 부지런히 움직일 수 있을 것 같다.

사고에서 깨어났을 때, 살아난 것을 불행 중의 가장 큰 다행으로 여기며, 회복되고 나면 가장 하고 싶었던 것은 작업이었다. 세상의 어떤 즐거운 일들보다 그것만이 간절했다. 무척 좋아한다고 생각했던 여행조차 나에게 극히 부수적인 것이었음을 그때 알았다. 내가 마음으로 작업을 포기한 것은, 퇴원하고도 한참 뒤, 오른손마저 망가졌음을 알았을 때였다.

그때까지 나는 나름대로 잘 지내려고 노력했다. 보이고 들리며 기억되는 모든 것들이 나에게 충격적인 이물감을 준 것은 사실이지만, 살아 있다는 것에 대한 안도감이 늘 밑그림으로 함께했던 것을 결코 부인할 수 없다. 옆 환자의 보호자가 아침에 커튼을 걷을 때마다 쏟아져 들어오던 햇살, 알루미늄

쟁반에 실려 오던 한 그릇의 소복한 쌀밥마저 감동적으로 받아들인 순간들도 있었다.

이젠 두 손 다 틀렸어, 라고 중얼거린 순간이, 나에게는 그 이른 봄날의 교통사고보다 더 결정적인—더 무서운—순간으로 기억된다. 그것은 연극이 갑자기 막을 내린 데 이어, 객석에서조차 추방된 것과 같았다. 놀라운 일은 그 직후부터 시작됐다. 가까스로 유예되고 있었던, 격렬하고 부정적인, 가장 원초적인 감정들이 밀려오기 시작한 것이다. 공포, 후회, 수치, 분노, 원망, 증오, 억울함, 비참함, 살의. 그리고 혼자라는 것. 철저히, 당연히, 언제까지든 혼자라는 것.

그 상태가 오래 지속됐다. 가장 나쁜 것은 그때 내가 퇴원한 상태였다는 것, 그래서 대부분의 시간 동안 혼자 있거나 남편과만 지냈다는 것이다. 격렬한 감정들의 파고를 타고 나는 점점 더 내려갔다. 인간의 밑바닥을 향해, 무서운 속력으로 곤두박질쳤다. 가장 낮은 지점, 동물적인 지점까지 내려갔다고 기억한다. 치매 노인의 정신세계가 이런 것일까 짐작될 만큼, 종종 나는 먹고 배설하고 잠을 잘 뿐인, 그야말로 본능과 무의식으로만 남은 존재였다.

깊은 밤, 잠에서 깨어 세면대에 딸린 거울을 보면, 숱한 동물적 감정들로 출렁거리는 내 내면이 간신히 한 겹의 피부로 봉합되어 있는 것 같았다. 믿기지 않는 것은, 동안(童顔)의 섬세한 그 얼굴이 예전에 비하여 별로 변하지 않은 것처럼 보였다는 것이다. 도리언 그레이의 초상처럼, 어느 어둠 속의 창고에서 내 얼굴이 추악하게 일그러지고 있었을까. 퇴행과 은밀한 발광의 흔적을 고스란히 이목구비에 새겨가고 있었을까.

가자.

나는 입 밖으로 소리 내어 중얼거린다. 의자 옆에 두었던 가방을 오른쪽 어깨에 멘다. 숨 막히게 고요한 작업실을 나선다. 손목을 비틀어 문을 잠그고, 어두운 계단을 내려간다. 칠월의 뙤약볕이 기다리고 있는 바깥으로 몸을 떠민다.

집으로 가자.

그러자 어떤 딱딱한 덩어리가 가슴 가운데에서 느껴진다.

그곳은 내 집이 아니다. 나에게는 집이 없다. 이 삶은 나의 삶이 아니다. 어떤 정서적 유대도 느낄 수 없다. 어떤 장소, 어떤 기억, 어떤 미래에 대해서도.

뙤약볕을 간신히 가려주는 중간 키의 나무 아래에서 나는 오래 좌석버스를 기다린다. 내 얼굴에 흐르는 땀, 쇠약해진 다리의 비척거리는 느낌, 늘어뜨려진 두 손—몸의 작은 감각 하나하나에 집중한다. 나는 살아 있다. 이 순간 나는 살아 있다. 보고 듣고 숨 쉰다. 분명한 것은 그것뿐이다. 그것만이 나에게 남았다.

9

집으로 돌아가기 전에, 3동 출입구 옆에 남편의 차가 서 있는 것을 본다. 월요일에는 교통량이 많으므로 그는 차를 놓고 나간 것이다. 대개 승용차에는 주인의 취향이 배어 있게 마련인데, 그의 차에는 개성이 없다. 작은 장식도, 의자 커버나 방석조차 없다. 갓 출고된 모습 그대로, 주유소에서 받은 곽휴지며 물휴지 따위가 조수석에 널려 있다. 그의 성격이 유난히 털털해서가 아니다. 내가 우리의 차를 형체 없이 일그러뜨렸기 때문에 그는 새 차를 할부로 구입해야 했고, 그 후 지금까지 한 치의 여유도 없이 지내온 것이다.

알고 있다. 지난 이 년은 나에게만 특별한 체험이었던 것이 아니다. 만일 내 인생이 끝장났다면, 그의 인생도 끝장난 것이다. 한때 완전한 타인이었던 두 사람의 운명이 이렇게 얽혀버렸다는 것은 이상한 일이다.

남편을 처음 만난 것은 육 년 전이었다. 일 년간의 연애 뒤 우리는 결혼했다. 특별히 열렬한 관계였다고 보기는 어렵지만, 사고가 있기 직전까지 두 사람은 서로를 아끼며 지냈다. 서로 다정하게 말을 건넸고, 다정히 들어줬다. 목소리를 높이는 일은 흔치 않았다. 특별히 다정했을 때는 헤어진다는 것이 싫어서, 유일하게 헤어지는 이유는 죽음뿐일 테니까, 죽음을 두려워했던 적도 있다. 죽으면 두 사람 모두 화장해서 뼛가루를 섞어버리자고도 했다—농담을 섞어서—. 다시 태어나서 그를 만날 수 없을지도 모른다는 가정이 고통스러웠던 적도 있다. 얼굴도 목소리도 모두 달라졌을 텐데, 그라는 것을 어떻게 알아볼까.

모든 상황에는 조건이 있다. 우리의 평화는 내 건강을 전제한 것이었다. 조건이 달라지면 상황도 달라진다. 그것은 자연스러운 과정이다. 만일 내가 그 사고로 죽었다면 우리의 다정함이 더럽혀지지 않았을 테지만, 나는 살아남았다. 나는 지겹도록 아팠고, 내가 지겨운 만큼 그도 지겨워했다. 나를 지겨워하는 그가 나도 지겨웠다. 서로의 얼굴이 지겨워서 종종, 암묵적으로 서로의 눈길을 피했다.

그 과정에는 어떤 부도덕도, 죄악도 없었다. 당연한 일일 뿐이었다. 나도 예전의 내가 아니며, 그도 그때의 그가 아닌 것뿐이었다. 모든 것이 지나가버렸을 따름이었다. 외딴섬에 단둘이 표류된 사람들처럼, 우리는 서서히 서로를 질식시켰다. 그렇게 다시 건널 수 없는 강을 만들어갔다. 서로에 대한 배려, 이타적 관계, 우정, 동료의식 들은 강 저편에 남았다. 애초에 완전한 타인이었다는 것—그 한 가지 명료한 사실만이 이편의 강가에 남았다.

그즈음부터 나는 더 깊은 물속으로 들어갔다. 멍멍하게 귀에 울리는 그의 목소리를 들으며, 어항 밖의 굴절된 세상을 바라봤다. 당신 얼굴만 보면 미쳐버리겠어. 뭐야, 나는 힘들지 않다고 생각하는 거야? 무슨 죄로 내가 이런 일들을 겪어야 하는 거지?

알잖아. 나에게는 손이 없어. 예전 같으면 내가 먼저 당신을 사랑했겠지만. 어깨를 주물러주고, 발이며 겨드랑이를 간질이며 웃었겠지만. 그러고 나면 모든 불화가 멈추었겠지만. 좋아하는 콩나물밥을 함께 해 먹고, 야, 양념장이 정말 맛있어, 라고 당신이 말하면 그만이었겠지만. 누가 먼저랄 것 없이 손을 간절히 뻗어, 밤늦도록 사랑을 나누면 그만이었겠지만.

그가 돌아오지 않는 밤이면, 오른손이 악화되어 물 한 주전자 끓여 먹을 수 없어 수도꼭지에 입술을 대고 들이켜고 난 밤이면, 멍하게 거실 바닥에 앉아 텔레비전을 보았다. 예능 프로와 가요 프로, 숱한 드라마와 뉴스를 보았다. 지치지 않고 배달되는 홈쇼핑 카탈로그들을, 마치 숙제를 해치우는 아이처럼 마지막 페이지까지, 한 글자도 놓치지 않고 읽었다.

할 수 있다면 종교를 가졌다면 좋았을 것이다. 누군가 나에게 종교적인 태도를 보였다면 그를 의지했을지도 모른다. 위선이라도 좋으니 누군가 나를 사랑해줬다면. 그렇게 망가진 나를 사랑하는 척해줬다면. 그러나 삶을 이루는 모든 행위와 감정 들이 한갓 환각이 되어버린 그때, 나에게는 어떤 가능성도 실재하지 않았다.

뭔가가 잘못되어 있다는 느낌, 삼십 년 동안 잘못 살아왔다는—거짓으로 살아왔다는—느낌만이 강렬한 진실로 만져졌으나, 그렇다면 이제 어떻게 살아야 하는가에 대해 나는 아무것도 알고 있지 못했다. 아니, 과연 계속 가고 싶기는 한 것인지조차 분명치 않았다.

어떻게 살고 싶은가, 어떤 변화를 원하는 건가. 과연 뭘 하겠다는 건가, 나는. 이 부서진 두 손으로.

10

전화 벨이 두 번 울리기 전에 나는 수화기를 든다. 한 시간째 전화기를 내려다보며 거실의 소파에 앉아 있었기 때문이다. 집에 들어오자마자 나는 작업실 주인에게 전화를 걸었고, 오래 기다렸지만 주인의 휴대폰은 연결되지 않았다. 발신자 번호를 보고 전화하겠지. 샤워도 하지 않고, 손도 씻지 않고, 등과 겨드랑이의 흥건한 땀이 천천히 식도록 내버려둔 채 나는 기다렸다. 마침내, 전화를 기다리고 있다는 생각조차 잊었을 때 전화벨이 울렸다.

여보세요.

저어, 현영이……

전화를 걸어온 사람은 주인이 아니다. 젊은 여자의 목소리가 귀에 익다.

현영이 맞지?

그 음성이 누구의 것인지 기억해내기 위해 나는 침묵한다. 다행히 상대는 '나, 누군지 정말 모르겠어?' 하는 산란한 시험에 들게 하지 않는다.

나야, 소진이야.

내 몸에서 조용히 긴장이 풀린다.

……소진아.

네 목소리가 좀 낯설게 들려서 긴가민가했어. 이게 얼마 만이니.

얼마간 당혹하여, 오랫동안 잊고 있었던 친밀함의 습관을 더듬어, 나는 그녀에게 안부 인사로 답한다. 정말 오랜만이구나, 어떻게 지내니. 내가 먼저 연락했어야 하는데.

큰애가 일곱 살, 둘째가 십팔 개월이야. 둘째 임신했을 때 학교는 그만뒀구. 남자애 둘 키우기가 하도 힘들어서 얼마 전에 이사했어, 친정 옆으로. 전에 학교 다닐 땐 시어머니가 큰애를 봐줬었는데 이제는 건강이 안 좋으시거든.

언제나 그랬던 것처럼 소진의 태도는 서글서글하다. 헝클어지는 법이 없던 그녀의 다정함과 성실함을, 나는 그 말씨와 목소리만으로 기억해낸다.

……그랬구나.

뭐라 대꾸할 말을 찾을 수 없어, 나는 막연하게 대답한다.

너는 아기 안 가지니?

글쎄, 좀 나중에.

애는, 여전하구나. 너네도 결혼한 지 꽤 됐잖아. 그럼, 그럼만 그리고 사니?

역시 대답할 길이 없어, 나는 다시 침묵한다.

그건 그렇구, 너한테 전화한 건 말야.

소진은 잠시 말을 끊는다.

글쎄, 우리 동네 사진관에 네 사진이 있다?

그녀의 말을 얼른 알아듣지 못해, 나는 잠자코 귀를 기울인다.

이사 오고 처음으로 필름 맡기러 갔는데, 글쎄 사진관 벽에 네 사진이 걸려 있는 거야. 얼마나 놀랍고 반갑던지. 마침 작은애가 감기에 걸려서 며칠 씨름하느라고 미루다가, 오늘 생각난 김에 너한테 전화한 거야. 집을 옮기기라도 한 건 아닌지 조마조마했는데, 전화번호가 그대로라 다행이야.

소진의 붙임성 있는 목소리가 귀를 통해 내 머릿속으로 고스란히 흘러들어 오고 있지만, 그 내용만은 잘 이해되지 않는다.

내…… 사진?

나는 어눌하게 되묻는다.

응, 어디 산에서 찍은 사진 같던데. 너, 이 동네 산 적 없었잖니, 구기동?

……없었지.

그럼, 이쪽에 사는 사람 누구 알아? 산에 같이 갔던 일행이 맡긴 거 아닌가?

사진이라니. 난데없이, 구기동이라니. 산이라니. 그녀가 부려놓는 모든 말들이 비현실적으로 느껴진다. 어떤 진공 상태와 같은 혼돈을 느끼며, 나는 간신히 생각의 맥락을 더듬는다. 그녀에게 묻는다.

그거, 언제쯤 사진 같아?

왜 너 한동안 말총머리 길러서 묶었었잖아. 볼살이 아직 남아 있는 게, 대학 졸업할 때쯤?

나에게는 전혀 짚이는 데가 없다.

궁금하면 우리 동네 놀러 와. 이 기회에 얼굴이라도 보게, 응?

나는 소진의 동그란 얼굴을 떠올린다. 두 볼에 깊이 팬 여드름 자국이 있었고, 웃으면 눈이 실처럼 가늘어졌다. 그림이 좋았는데, 뜻밖에도 이른 결혼과 교직 생활을 병행하며 붓을 놓았던 그녀다. 아이가 하나 있고, 아직 미술 교사로 일하던 때 만난 것이 마지막이었다.

그녀의 바뀐 전화번호를 받아 적은 뒤 나는 수화기를 내려놓는다. 아직 나에게 친절한 사람이 있다는 것이 이상하게 느껴진다. 아직 예전의 나를 기억하고, 그때의 관성으로 나에게 말을 걸어오는 사람이 있다.

나는 소파에 등을 기대고, 내 몸 어딘가에서 일깨워진 낯선 감각에 곰곰이 집중한다. 따뜻함, 반가움, 기쁨―그 일련의 감정들을 낳는 미세한 씨앗 같은 것. 나는 조금 놀란다. 잠시 후 놀라움이 가시자, 허리를 둥글게 말고 소파에 모로 눕는다. 소진의 전화를 받기 전보다 강한 피로가 밀려온다.

11

사고와 긴 회복기를 겪으면서 나는 상당한 양의 기억을 잃었다. 기억상실증 따위는 아니지만, 익히 알고 있었던 사물들이나 사람들의 이름, 단어들을 잊어 길게 말을 이을 수 없을 때가 잦았다. 그것으로 미루어, 잃어버린 사건들의 기억도 많을 것이라고 추측된다. 잃어버렸다는 사실조차 알 수 없도록 완전히 잃어버린 사소한 기억들—그 속에 그 사진과 연관된 것들이 들어 있을까. 길에서 우연히 마주친 낯선 여자가 반갑게 내 이름을 부르며 고등학교 동창이라고 말할 때와 같은 당혹감을 나는 느낀다.

오늘은 손을 너무 쓴다. 가방들을 모두 뒤져도 소득이 없자, 안방의 화장대 서랍을 살피고 있다. 결혼할 때 받은 얼마간의 패물과 장신구 들, 망가졌는데도 버리지 않은 머리핀들과 고장 난 헤어드라이어 따위를 일일이 들추어가며 확인했지만 시계와 지갑은 없다. 사고가 있던 날 아침, 분명히 나는 그것들을 가져가지 않았다. 전날 밤 마무리하지 못한 작업만 끝내면 바로 돌아올 참이었다. 시계 찾고 지갑 찾고 할 틈 없이, 밤새 꿈에까지 들락거렸던 그림의 이미지에 나는 몰입해 있었다.

오래전 인도 여행에서 돌아온 선배가 선물했던 알록달록한 무늬의 가죽 장지갑이 눈에 선하다. 소진이 전화로 말한 사진을 내 눈으로 확인할 겸, 내일이나 모레쯤 그녀의 집에 가야겠다고 마음먹으니 그 지갑을 찾아야겠다는 생각이 더 강해졌다.

문득 나는 손을 멈춘다. 예전의 지갑이나 시계가 없다고 외출을 못 할 이유가 없다. 오늘도 주머니에 지폐 두 장만 넣고 나가 작업실에 다녀오지 않았던가. 이렇게 손에 무리를 가하면서까지 집착할 필요가 없다. 다시 내 행동의 방식—맹목적이며, 열중하면 앞뒤를 가리지 않는—이 튀어나오고 있는 것이다. 그것을 깨달았으므로, 나는 화장대 앞에 주저앉아버린다. 어리석기 짝이 없다. 그 모든 것을 겪은 뒤에도 여전히 스스로를 통제하지 못한다.

남편의 방에 있는 창고가 생각난 것은, 그만두자, 하고 일어나 부엌 쪽으로 한 발을 내디뎠을 때다. 잠시 망설이다가, 나는 결국 남편의 방으로 들어가고 만다. 육십 센티미터 폭으로 설계된 조그만 붙박이 창고를 열자, 캄캄한 내부에 잡동사니들이 가득 차 있다. 뜻밖에도 나는 거기서 내 옷가지들을 찾아낸다. 되는대로 둘둘 말려 있는, 세탁도 되지 않은 카디건과 면바지 따위다. 사고 직전에 입었던 봄가을 평상복들이라는 것을 나는 기억해낸다. 내가 입원해 있는 동안, 안방에 널려 있던 내 옷가지들을 누군가 거기 집어넣고 다시 꺼내는 것을 잊은 모양이다. 남편이 그랬을 것이다. 갑작스럽게 손님이 방문해서였는지도 모른다.

옷가지들을 끌어내자 그 아래에서 검은 헝겊 가방이 나온다. 완전하게 잊혀졌던 기억이, 그때에야 깊은 우물 아래에서 길어 올려진다. 사고 이틀 전쯤 나는 시내에 나갔었다. 평창동의 미술관에서 우연히 은사를 만나 차를 마셨다. 이야기를 나누는 동안, 손목시계를 답답해하는 나는 습관적으로 풀어서 이 가방 어디쯤에 넣었을 것이다.

채광이 좋지 않아, 나는 일어서서 방의 불부터 켠다. 가방의 지퍼를 열자 휴대용 티슈 아래 지갑이 보인다. 내 손때로 나달나달하게 낡은 그것을 집어 올린다. 지갑을 열자, 이 년 전까지 사용했던 신용카드 두 장과 버스카드, 동전들과 지폐 몇 장이 거기 있다.

이번에는 가방의 안쪽 주머니를 더듬어본다. 그 튀어나온 모양으로 미루어, 안에 든 것이 시계임을 안다. 그것을 꺼내 손바닥에 올려놓는다. 남편과 함께 남대문시장에서 골랐던 중저가의, 소박한 디자인의 예물 시계다. 뜻밖에도 그것은 죽지 않았다. 두 개의 바늘이 하오 다섯 시를 가리키는 가운데, 조용히 초침이 회전하고 있다. 이 년의 시간 동안 어두운 붙박이장 안에서, 이 캄캄한 가방 속에서 시곗바늘들은 멈추지 않고 돌아가고 있었다.

나는 가방을 거꾸로 해 남은 내용물을 모두 토해내도록 한다. 자주 트는 입술에 발랐던 립글로스, 휴대용 가그린이 바닥에 나동그라진다. 희고 작은 종이 한 장이 팔락 뒤집어지며 방바닥에 내려앉는다. 나는 그것을 집어, 내가 그날 보았던 전시회의 티켓임을 안다.

12

찾았어.

뭘?

시계. 그리고 지갑도.

오른손에는 숟가락을 쥐고 왼손으로 신문을 뒤적이던 남편의 동작이 멈춘다.

어딜 가려고? 작업실에?

작업실엔 어제 갔었어.

그의 눈과 내 눈이 허공에서 만난다. 피하고 싶다. 그러나 피하지 않고, 나는 그의 눈에 드러난 감정들을 읽는다. 읽고 싶지 않지만 읽힌다. 그의 등 뒤에 버티고 선 식기세척기쯤으로 나는 눈을 돌린다. 손을 쓰지 않기 위해, 최대한 가사에 그의 힘을 빌리지 않기 위해 구입한 물건이다. 작은 그릇들은 식기세척기로 씻고, 다림질은 세탁소에 맡기고, 걸레는 여러 장 만들어 세탁기로 빨며, 김치와 밑반찬들은 주문해 먹는다. 그래도 남편에게 남겨지는 일들은 많다. 청소기를 돌리고 걸레로 바닥 닦기, 밥솥이나 프라이팬, 큰 냄비 닦기, 생수통에서 주전자로 물 붓기, 밥솥에 물 붓기, 열리지 않는 뚜껑들 열기, 이불 털어 말리기까지. 일상 속의 사소한 의무들에 남편은 지쳤다. 자신 없이 돌아가지 않는 가사, 자신 없이 생존할 수 없는 여자, 뚜렷한 희망을 보장받을 수 없는 희생에 지쳤다.

그런데, 작업실을 빼지 않겠다니. 나에게 이렇게 짐을 지우고 있으면서, 그림 그릴 욕심은 남아 있다는 거야. 서늘하게 식은 눈으로, 그는 나에게 그렇게 말하고 있다.

그래서, 어떻게 하기로 한 거지?

그의 차가운 질문에, 나는 주저하며 대답한다.

어차피 삼 개월만 있으면 계약 만료니까, 그동안만 여유를 달라고 했어.

주인하고 통화했어?

어젯밤 늦게 통화가 됐어.

남편은 소리 내어 숟가락을 내려놓는다.

이젠 병원비가 안 나가니까 여유가 좀 생긴 셈이잖아. 당장 그 전세금 없이 못 사는 형편도 아니고. 언제라도 급한 일이 생기면 방을 내놓을게, 하지만 당장은.

알았어. 그만둬.

그가 신문을 털고 일어나는 서슬에, 좀 전 딱 소리를 내며 내려놓은 숟가락이 바닥으로 떨어진다. 밥풀과 고춧가루가 묻은 숟가락이다. 나는 무릎을 꿇고 그것을 주워 식탁 위로 올려놓는다. 그가 남긴 밥과, 내가 아직 첫술을 뜨지 않은 밥을 모두 전기밥솥 안에 털어 넣는다. 밥을 먹고 살 필요가 없다면 이 모든 일들이 없어도 되겠지. 접시의 반찬을 찬통에 옮기고, 더러워진 접시와 공기, 대접 들을 흐르는 물에 헹군 뒤 식기 세척기에 넣고, 몇 개의 그릇들에는 랩을 씌운다. 가스 밸브를 잠갔을 때, 거세게 현관문이 닫히는 소리가 들린다.

저 사람은 이런 사람이 아니었다. 기본적으로 심성이 여리고 다정했었다. 그러나 닳아간다. 타이어가 닳는 것처럼, 이런 저런 일들을 몸으로 겪으면서. 그와 나만 그런 것은 아닐 것이다. 누구나 그렇게 조금씩, 닳아간다는 것을 의식 못 하면서 조금씩, 바퀴가 미끄러워진다. 미끄러워지고, 미끄러워져서, 어느 날 아침 갑자기 브레이크가 듣지 않는다.

13

퇴원한 지 한 달쯤 지났을 때, 남편과 함께 밥을 먹으러 가까운 대학가로 나간 적이 있다. 휴일 점심 무렵이었다. 복숭아색 민소매 원피스를 입은 여자가 흰 팔을 드러낸 채 앞으로 걸어갔다. 특별히 유혹적일 것은 없는, 그러나 신선한 아름다움을 가진 몸이었다. 아니, 신선하기보다는, 그저 너무나 평범한 젊음의 활기, 살아 움직이는 건강한 사람의 흔한 활기였다.

남편의 쓸쓸한 시선이 오래 그녀에게 머물러 있는 것을 나는 보았다. 그때 나는 아직 건강이 회복되지 않아 긴소매 점퍼를 걸치고 있었다. 우중충한 빛깔의, 헐렁해져 자꾸만 흘러내리는 청바지에 운동화를 신었다. 더벅더벅 길어난 머리는 검은 고무줄로 질끈 묶었다. 그때 나는 화장품이나 향수를 전혀 사용하지 않았고, 머리도 비누로 감았다. 실용성 외의 어떤 가치도 존재하지 않았다. 색깔을 맞춰 옷을 입는다는 것은 상상할 수 없는 일이었다. 그러나 그 모든 차림새보다 먼저, 흙빛의 내 얼굴이 우리의 특수한 상황을 모두에게 폭로하고 있었을 것이다.

그때 이미 알고 있었다. 나는 사랑받기 어려운 사람이었다. 그렇다고 끊임없이 솟아나는 사랑의 샘물을 가져 타인에게 퍼부을 수 있는 사람도 아니었다. 한때 나에게 그 물이 약간이나마 고여 있었다면, 이제는 마른 흙바닥만 남아 있었다.

알고 있다. 거기에는 내 책임이 있다는 것을. 아니, 내 책임이 전부라는 것을. 사고를 당한 것은 불운이었지만, 그 후의 내 감정, 내 행동은 모두 선택된 것이었다는 것을. 삶과 나 사이의 거리가 들떴을 때, 잇몸과 이가 들뜨듯이 무엇도 씹기 어려워 괴로웠을 때, 나는 오히려 자유로운 사람이 될 수도 있었다. 모든 것을 초월할 수도 있었다. 그것은 어쩌면 좋은 기회였을 것이다. 남편의 말대로 막대한 사랑과 감사, 기쁨을 발견할 수 있었을 것이다.

그러나 나는 그럴 수 없었다. 억지로 그럴 수 없었다. 억지로 배를 쥐고 웃을 수 없는 것과 같이, 사랑할 수 없었다. 오히려 내가 한 일은, 모든 사랑을 잃은 뒤 다시 찾으려 하지 않은 것이다. 끌어안고 있던 짐을 물살에 떠밀리는 동안 놓쳐버리고 만 것처럼, 매우 쉽게.

그런 나를 자책하지 않는다. 눈에 보이는 대로의 진실이 가리키는 길로 가볼 수밖에 없다. 어디까지 갈 수 있는지 볼 것이다. 뜬 눈으로—설령 훗날 돌이켜보아 감은 눈이었다는 것을 알게 되더라도—뜬 눈으로 가볼 수밖에 없다.

다른 길이 없다. 자기기만은 더 이상 통하지 않는다. 속임수 없는 희망이 아니라면 소용없다. 어떤 속임수도 나에게 먹히지 않는다. 여태껏 한 번도 가져보지 못한 투명함이 나에게 생겼기 때문이다. 전에는, 이렇게 자신을 잘 들여다볼 수 없었다. 이제는 마치 내가 한 마리 빙어가 된 것처럼, 뼈마디 하나하나까지 들여다보인다. 아무것도 자신에게 속일 수가 없다.

14

정말 오려고? 언제?

소진의 목소리가 화들짝 놀라며 나를 반긴다.

오늘 가도 괜찮겠니?

좋지. 몇 시쯤?

오후에, 서너 시쯤 도착할게.

잘됐다. 네 시면 둘째도 낮잠 자고 일어날 시간이야.

나는 그녀의 집으로 가는 방법을 상세히 묻는다. 전화를 끊고 메모지와 지갑을 가방에 담는다. 손목시계도 함께 넣는다. 잠시 망설이다가, 책상 위에 놓인 이 년 전의 전시회 티켓을 집어 든다.

재일 교포 일 세대 화가 Q의 유작전이었다. 그녀는 구십삼세에 죽었고, 죽기 직전까지 붓을 놓지 않았다. 젊은 시절 세번의 결혼과 이혼을 겪고 두 아이를 낳아 기른 그녀는 철과 알루미늄, 금이 간 유리로 캔버스를 대체하고, 그 위에 여자의 절규하는 몸 연작을 그려 주목받기 시작했다. 재료와 형태, 색채에 대해 대담한 탐구를 거친 그녀는 육십 세를 전후해서부터는 제작 방법을 급선회하여, 일본 한지에 수채화 물감으로 무수한 빛깔의 점을 찍은 비구상화들을 제작했다. 그녀에게 국제적인 명성을 가져다준 것은 그 점들이었다. 미술관에서 우연히 만났던 은사는 함께 차를 마시며 말했었다. 그 사람 생전에 일본에 갔었지. 만날 뻔했었는데 못 만났어. 작업실에 꼭 가보고 싶었는데 말이야. 참 대단한 할머니 아냐?

도록의 표지에 Q의 흑백 사진이 인쇄돼 있었던 것을 기억한다. 하얗게 센 머리, 쪼글쪼글한 얼굴, 작아진 눈, 이가 없는 입, 왜소하게 오그라든 노구로 그녀는 붓을 들고 화폭 앞에 서 있었다. 그때 나는 자신에게 물었다. 만일 내가 오래 살 수 있다면, 죽기 직전까지 이렇게 그림을 그릴 수 있을까. 망설이지 않고, 나는 그렇다고 답했다. 그림 말고 다른 것을 가져본 적 없으며, 가져보려 한 적도 없는 사람의 맹목과 자부심으로. 지금 생각하면 그것은 자만이었다. 내가 사랑하는 일을 죽을 때까지 할 수 있으리라 믿었던 자만. 내 생에서 중요한 것들은 아무것도 변하지 않으리라 생각했던 자만.

Q의 도록이 있을 만한 데를 살펴보았지만 찾지 못한 것으로 미루어, 작업실에 있는 모양이다. 아직 오전이니, 소진에게 가기 전까지 시간이 충분하다. 운동화를 구겨 신고, 나는 침묵에 잠긴 집을 나선다.

15

좌석 버스의 선팅 된 차창 밖으로 무성한 플라타너스들이 흘러간다. 작업실까지 질러가려면 도시 외곽의 들을 지나지만, 버스 노선은 최대한 개발된 구역으로만 연결돼 있다. 커다란 간판들 아래로 양산을 들고, 손수건으로 땀을 닦으며 지나가는 사람들의 모습을 나는 내다본다.

배낭을 메고 버스에 올라타는 사람이 보인다. 야무진 얼굴의 젊은 여자다. 여행을 가는 건가, 나는 생각한다. 이 버스의 종착역은 시외버스 터미널이다.

한때 나는 여행을 좋아했다. 이동하는 순간에 가장 생생하게 살아 있다고 느꼈다. 어떤 장소, 어떤 사람, 어떤 습관의 영향도 받지 않는 나의 자유, 나의 추진력을 사랑했다. 자유와 건강과 영감―그것들이 서로서로 탄력을 주며 내 생활을 힘차게 이끌어갔다.

바로 그와 같은 힘이 지금 저 여자를 이끌고 있을 것이다. 자신만이 아는 수호신을 가진 사람처럼, 여자에게는 두려움이 없을 것이다. 여자가 뒷좌석으로 걸어 들어가기 위해 내 옆을 스쳐 지나갈 때, 나는 얼굴을 창 쪽으로 돌린다.

버스가 터널 속으로 들어서자 차창에 비친 내 얼굴이 보인다. 앞머리에 돋아난 새치 몇 올이 눈에 띈다. 사고 후 갑자기 늘어난 흰머리다. 밝은 곳에서 거울을 볼 때면, 내 피부가 늙기 시작했다는 것을 깨닫는다. 이 년이란 시간 동안 얼마나 많

은 것이 달라질 수 있는지에 대해 나는 더 이상 놀라지 않는
다. 짧은 터널이 끝나고, 팔월의 강렬한 햇볕이 내 얼굴에 묻
어 있던 어둠을 휘발시킨다.

눈을 감은 순간, 갑자기 소름이 돋는다. 접혀 있었던 기억의
귀퉁이가 활짝 펼쳐진다. 그 사진이 무슨 사진인지, 갑자기 알
것 같다.

16

작업대 옆에 놓인 컬러박스에서 어렵지 않게 찾아낸 Q의
유작전 도록을 펼친다. 한지에 찍힌 수백 개의 점들은 비슷한
맑은 톤인데, 절묘하게도 마치 그림 뒤에서 빛이 새어 나오는
듯한 인상을 주고 있다. 어두운 색의 점 뒤로 찍힌 밝은 노랑
색 계열의 점들 때문이다. 도록의 뒤쪽에 실린, 그녀와 친분이
있었다는 국내 시인의 글을 나는 읽는다.

빛이 화면 뒤에서 비쳐 나온다. 구원의─떠오르는─잠잠한─
승화된 눈물의 빛. 서로 다른 빛깔의 동그라미들이 겹쳐져 더 진
해지고 어두워져야 할 바로 그 자리에 떠오른, 물을 섞은 유채꽃
빛깔의 노랑. 간혹 그보다 강렬한 주황. 멀리서 보면 이 그림들은
결코 위력적이지 않다. 가까이 갈수록 착시처럼 더 밝아지는, 실
제로 튀어나오며 확장되는, 눈과 혼을 홀리는 노란 빛방울들.

무엇이 그녀로 하여금 이 빛을 내면에서 보고, 그것을 나에게 다시 보게 했는지. 빛의 지문(指紋)과 같은 이 점들을 찍으며, 사랑하며, 어루만지고 빨려들고 바라보며, 그녀는 자신의 영혼을 불어넣었고, 나는 거기에 다시 내 영혼을 내려놓은 건가?

그 아래로 휘갈겨 쓴 내 필체의, 그러나 전혀 기억나지 않는 짤막한 메모가 눈에 띈다. *가슴으로 생의, 우주의, 한없이 깊고 밝고 가벼운 빛이 물처럼.*

나는 도록의 앞부분으로 돌아가 다시 한 장씩 넘긴다. 작은 도판들이지만, 잠자고 있던 기억을 불러내기에는 충분하다. 그때 내가 커다란—미술관의 벽 하나를 차지한—그림을 통해 느꼈던 충격이 조용히 되살아오는 것을 느낀다.

시간이 얼마나 흘러갔는지 모르는 채, 나는 그림들을 보고 있다. 문득 생각한다. 이런 거라면 나도 할 수 있을지 모르겠다. 하루에 열 개씩만 한지에 점을 찍는 거라면. 말년의 마티스처럼 가위로 색지를 오리는 것보다도 이편이 손에 무리가 덜하겠다.

나는 자신에게 묻는다. 지금 이와 같은 것을 하고 싶은가.

그렇지 않다, 라고 나는 대답한다.

이 세계는, 이 감동적인 세계는 나에게 억지와 같다. 나는 이렇게 억지로 초월할 수 없다. 아름다워질 수 없다. 소리 없이, 내가 입술을 물고 울기 시작한 것을 깨닫는다.

나는, 그릴 수 없다.

내가 기억할 수 있는 한, 아주 어린 시절부터 내 존재의 대부분을 차지하고 있던 것이 그림이었다. 그림 그리는 사람 외에 다른 것이 되어보고 싶었던 적이 없었다. 나는 원래 나약하고 혼란스러운, 의지력이 없으며 미성숙한 인간이었지만, 그림이 모든 것을 이기고 나를 끌고 다녔다. 만병통치약처럼, 모든 인간적 약점의 처방으로서 그림은 나를 살렸다. 거짓, 나태함, 자기중심성, 비굴함, 천박함으로부터 나를 끌어올렸다. 그래서 그것을 포기했을 때, 나는 곧장 낮은 지점, 가장 동물적인 지점으로 내려갔던 것이다. 먹고 배설하고 잠을 자는, 본능만으로 남은 존재가 되었던 것이다.

그림 없이 존재의 균형을 잡는다는 것이 얼마나 어려운 일인지, 나는 예전에 미처 알고 있지 못했다. 내 모든 에너지는 그림을 위해 삶에서 유보되었고 저축되었다. 오로지 작업을 위해 모든 것이 유보된 상태, 그것이 자연인으로서의 내 삶이었다. 다시 말해, 나는 살아보았던 적이 없다. 나는 사는 법을 모른다.

이렇게 비어 있을 수가. 내 지나온 모든 시간이, 완벽하게, 고스란히 비어 있을 수가. 텅 빈 어두운 방을 들여다보는 것 같다.

17

나는 내가 그렇게 울었던 것을 몰랐다. 일어섰을 때, 이미 작업실이 어둑어둑해졌고, 얼굴이 부어 있었고, 극도로 힘이 빠져 있는 것을 느꼈다. 펼쳐놓은 도록 가운데 Q의 빛점들이 내 눈물로 올록볼록하게 부풀어 있었다.

나는 황급히 전화기를 본다. 며칠 전 내가 끌어다 놓은 그대로 수화기는 탁자 가장자리에 몸을 엎드리고 있다. 나는 가방을 챙겨 일어난다. 어두운 계단을 밟아 내려가는 마음이 무겁다. 최소한 나는 무책임한 사람이 되고 싶지 않다. 나는 한 번도 그렇게 살아보지 않았다. 나는 상가 내 슈퍼의 공중전화를 찾아낸다. 소진아 미안하다, 오늘 못 갈 것 같아. 그래? 얼마나 기다렸는데, 미리 전화해주지 그랬어. 미안해, 내일 갈게. 그래도 되겠니?

소진의 실망한 목소리가 쌀쌀하다. 이제 차가운 건 지겹다. 서늘한 실망, 숨겨진 분노. 그녀의 마지못한 승낙을 듣고, 전화를 끊고, 나는 여름 저녁의 남아 있는 열기 속으로 걸어 나간다. 생각해보니 작업실 문을 잠그지 않았지만, 다시 돌아갈 생각은 없다.

울음의 끝은 차라리 개운하다. 몸 안에 배어 있던 모든 물기가 빠져나간 것 같다. 나는 버스 정류장으로 걸어간다. 집으로 간다. 밥을 먹고 잠을 자러 간다.

18

어둡지만 사물을 식별할 수 없을 정도는 아니다. 비명을 질렀다고 생각했는데, 신음을 조금 냈을 뿐인가 보다. 침대 밑을 내려다보자 남편이 가늘게 코를 골며 자고 있다. 오래전부터 두 사람은 이렇게 따로, 편하게 잔다.

꿈은 반복되는 두 개의 패턴 중의 하나다. 안개 낀 새벽길을 달리다가 자동차 앞으로 검은 개가 뛰어든다. 나는 힘껏 핸들을 감아 급회전을 하고 만다. 아니야, 브레이크를 밟았어야지. 차와 함께 개울로 곤두박질치며 눈을 뜨거나, 더 나쁘게는 피투성이의 내 몸을 허공에서 내려다보다가 깨어난다. 다른 하나의 패턴은 손과 관련된 것이다. 누군가가 나를 총이나 흉기로 위협해서, 커다란 짐 꾸러미 따위를 두 손으로 들라고 명령한다. 안 돼,라고 소리치지 못해 나는 떤다. 이래서는 안 돼. 밥도 내 손으로 못 먹게 될지도 몰라. 오른손만이라도 아물게 놔둬. 이가 부딪치는 추위에 깨어보면, 이불을 목까지 덮은 채 온몸이 식은땀으로 젖어 있다.

좀 전에 꾼 꿈은 후자였다. 전자보다 뒤끝이 불쾌한 꿈이다. 나는 얼굴의 땀을 닦으며 일어선다. 캄캄한 부엌으로 나간다. 식탁 앞의 의자에 걸터앉는다.

하루 중 가장 기온이 낮은 새벽이다. 열린 뒷베란다 창문으로 바람이 들어온다. 서서 보면 어두운 나무들의 칠흑 같은 머리채가 보이지만, 식탁 앞에 앉으면 끝부분의 이파리들의 윤곽만 볼 수 있다. 바람이 소슬해, 드러난 팔 위로 소름이 돋는다.

저녁부터 집중했지만, 그 사진을 찍은 사람의 정확한 이목구비는 아직 떠오르지 않았다. 십 년 전 단 하루, 몇 시간의 기억뿐인 사람이다. 아무래도 완전하게 되살려낼 수 없을 것이다. 인상, 입고 있던 옷의 색깔, 등의 체온, 내 몸을 받쳤던 팔의 감촉, 낮았던 목소리…… 그뿐이다. 아니, 그것들마저도 흐릿하게 이지러져 있다.

19

대학을 졸업하던 해의 사월이었다. 그러니까 첫 단체전도 치르기 전이고, 남편을 만나기보다는 훨씬 전의 일이다. 건강했고, 아무것에도 물들지 않았던 때였다. 미술 학원의 아르바이트 외에는 혼자 그리는 그림이 생활의 전부였고, 그것만으로 부족함이 없었다. 남자를 사귀는 데 서투른 편이었던 나는 연애에도 물들지 않아, 드물게도 입맞춤 한번 해본 적 없는 스물네 살이었다.

걸어서 바로 북한산에 오를 수 있는 수유리에 살았으므로, 나는 일요일 오후마다 산에 올랐다. 혼자 걷는 것을 좋아했고, 체력도 기르고 싶었기 때문이다. 정상인 백운대까지 왕복하는 시간이 두 시간 사십 분이 될 때까지 나는 꾸준히 다리 힘을 길러나갔다. 등산화 끈을 단단히 매고 일단 매표소를 통과하면, 걸음의 완급은 두더라도 대동문까지 한 차례도 쉬지 않고 오를 수 있었다.

그날의 산길은, 전날 밤에 때아닌 봄눈이 내려 그다지 좋지 않았다. 날이 맑아지며 추위가 누그러졌는데, 덕분에 녹은 눈으로 등산화가 푹푹 빠질 만큼 질척질척했고, 응달진 데는 아직 덜 녹은 눈으로 미끄러웠다.

무리 지어 등산하는 팀들이 간혹 눈에 띄었지만 전체적으로 일요일치고는 사람이 많지 않았다. 가다 보니, 언젠가부터 한 남자와 앞서거니 뒤서거니 하고 있다는 것을 알게 되었다. 중간쯤 갔을 때 회사원들로 보이는 한 무리의 사람들이 나에게 사진을 찍어줄 것을 청했다. 내가 셔터를 누르는 동안, 그 남자는 뷰파인더를 가로막지 않기 위해 언덕길 뒤편에서 기다리고 있었다. 회사원들의 감사 인사를 받으며 카메라를 돌려주었을 때 그 남자와 눈이 마주쳤다.

그다음부터는 꽤 가파른 경사면이었다. 뒤처져 있던 남자는 큰 보폭으로 나를 앞질러 갔는데, 등산이 서투른지 연신 숨을 몰아쉬고 있었다. 내 앞으로 힘겹게, 나무뿌리 따위를 잡아가며 오르던 그는 문득 아래를 내려다보며 혼자서 헛웃음을 쳤다. 내 시선을 의식하고 있는 것 같았다.

대동문까지 올라가자 시원한 바람이 불어왔다. 이 코스에서 내가 가장 좋아하는 곳이었다. 매표소를 통과한 후 처음으로, 나는 대동문 위의 긴 의자에 걸터앉아 잠시 쉬었다. 남자의 모습이 보였다. 커다란 고무 대야에 이온 음료며 캔 커피 따위를 담아놓고 웃돈을 얹어 파는 아낙에게서 음료수 두 병을 사고 있었다. 남자는 내 옆으로 와 긴 의자 끝에 앉았다.

이거 마실래요?

괜찮아요.

마셔요.

고마워요.

나는 목례를 하고 캔 커피를 받아 들었다. 목이 말랐으므로 커피는 달고 시원했다. 동네 산보하는 기분으로 나올 만큼 그 코스에 익숙해진 터라 생수병 하나 안 들고 다니던 나였다.

백운대로 가세요?

예.

어느 쪽으로 내려가실 건가요?

왔던 길로요. 집이 저 아래거든요.

아, 하고 남자는 고개를 끄덕였다.

그래서 짐이 없군요.

잠시 뒤 남자는 말을 이었다.

저는 여기서 곧장 정릉 쪽으로 내려갈까 해요. 집이 구기동이거든요. 정릉에서 버스를 타면 더 가깝죠.

……네.

사실은 저 산에 별로 안 다녀봤어요. 그런데 그쪽이 하도 잘 가길래, 열심히 따라와본 거예요. 쉬지도 못하고.

그제야 나는 유심히 남자의 모습을 살펴보았다. 흰 얼굴에 안경은 쓰지 않았고, 키는 중간에서 약간 작았고, 체구는 중간에서 약간 보기 좋게 마른 정도였다. 전문직을 가지고 있으리라 짐작되며, 인문계나 예술 계통을 전공한 사람은 아닐 것 같은 담백함이 있었던 걸로 기억한다.

저도 동네가 여기다 보니까 일요일마다 올라오는 것뿐이에요. 별로 잘 타는 것도 아녜요. 산도 여기밖에 모르는걸요.

그의 말씨를 흉내 내어, 내 말투도 간결하고 겸손해졌다. 만난 지 얼마 되지 않았지만 그의 성격이 마음에 들었다. 언제나 나는, 과장이나 거짓이 없는 내성적인 남자를 좋아했다.

사진 좀 찍어주실래요?

그는 밝은 빨강색 사파리 점퍼 안주머니에서 자동카메라를 꺼냈다. 나에게 카메라를 건네는 그의 손이 떨렸다. 그것도 내 마음에 들었다.

나는 일어서서 두어 걸음 물러나, 긴 의자에 걸터앉아 수줍게 웃고 있는 그를 찍었다. 앵글을 달리해서 한 컷 더 찍고 그에게 건넨 뒤 다시 긴 의자에 앉았다. 남은 커피를 마시고 있는데, 그가 의자에서 일어섰다. 좀 전에 내가 섰던 자리로 가더니 나를 향해 카메라를 들었다. 찍지 마세요, 라고 손을 흔드는데 셔터를 눌렀고, 내가 웃음을 터뜨렸을 때 다시 셔터를 눌렀으며, 어색하여 눈을 돌려 백운대 쪽을 바라보았을 때 다시 셔터 소리가 들렸다.

그는 자리에 돌아와 카메라를 점퍼 안주머니에 넣었다. 자신의 커피 캔을 만지작거리며 말했다.

사실 오늘부터 사흘쯤 지리산 종주라는 걸 해보려고 했는데, 어제 갑자기 눈이 내리는 바람에……

직장인이라고 생각했는데, 평일에 산을 탈 만큼 시간이 많은 사람인가. 그러나 나는 그에게 묻지 못했다. 워낙 사교성도, 말주변도 없는 나지만 더더욱 말수가 없던 시절이었다. 오분쯤, 두 사람은 말없이 눈앞에 펼쳐진 이른 봄 산의 풍경에 눈을 주고 앉아 있었다.

여기서 백운대까지 올라가려면, 좀 험하죠?

지리산 종주를 하겠다는 사람의 질문 같지 않아 나는 웃었다.

좀 미끄럽긴 하겠지만, 밧줄이 잘돼 있으니까요.

그럼, 저도 한번 같이 올라가볼까요? 기왕 여기까지 왔는데……

그와 나는 자리에서 일어나, 긴 의자 옆의 커다란 비닐봉지에 캔들을 버린 뒤 백운대로 향했다. 그가 앞장섰다. 미끄러운 바닥에 발을 디디는 둥 마는 둥 하고, 밧줄을 붙든 손의 힘에만 의지해 마침내 정상에 이르렀을 때, 손바닥은 새빨갛게 달아올랐고 어깻죽지가 아팠다. 그의 얼굴도 상기돼 있었다.

이렇게 높은 곳에 다리가 있네요.

숨을 고르며 그가 말했다.

……저 바위와 바위 사이를 건너던 아들이 떨어져 죽어서, 그 부모가 놓은 다리라고 들었어요.

나는 말했다.

건너가보실래요?

그와 나는 그 작은 철제 다리를 건너가, 의정부 쪽으로 뻗어나간 들을, 비늘처럼 번쩍이는 먼 강을 내려다보았다.

여기, 진작 와볼걸 그랬어요.

그가 말했다. 진심으로 하는 후회 같았다. 그 얼굴과 음성에서 무엇인가가 느껴졌다. 꼬집어 말할 수 없으나, 오랫동안 어떤 중심에서 비껴 서서 살아온 사람의 얼굴, 자신의 목소리를 들으며 말하는 사람의 목소리였다.

20

지하철역에서 오백 미터쯤 걷자 삼거리가 나온다. 횡단보도 앞에 서자 소진이 알려줬던 대로 자그마한 아파트 단지의 모습이 눈에 들어온다. 카센터와 거울집, 가구점을 지나 골목으로 꺾어 올라간다. 아파트 정문에 이르러서 나는 손목시계를 확인한다. 소진의 작은아이가 오후 네 시쯤 낮잠에서 깬다고 했는데, 아직 두 시 삼십 분도 되지 않았다. 나는 주위를 살핀다. 과일을 들고 가려면 무거우니, 아이들이 먹을 빵이라도 골라볼 생각이다.

상가에서 제과점이 눈에 띄지 않아, 차량이 다닐 만큼 널찍한 옆 골목으로 들어선다. 지하철역으로 통하는 지름길인 모양인데, 그쪽으로 대여섯 개의 점포가 있다. 그중 제과점을 발견해 걸어가다가 문득 사진관 앞에서 멈춰 선다.

이 아파트에 사는 소진이 사진을 맡겼다면 이곳이지 않을까. 바깥쪽으로 진열된 사진들을 나는 본다. 돌 사진과 졸업 사진, 가족사진 들이 금박을 입히거나 광택을 낸 액자들 안에 담겨 있다.

열려 있는 문으로 들어간다. 카운터에는 아무도 없고, 안채로 통하는 문이 열려 있다. 바람이 통해, 어둡지만 답답하지 않은 공간이다. 뙤약볕이 내리쬐는 바깥보다 시원하다.

다섯 평쯤 되는 공간의 대부분을 차지하고 있는 것은 사진 촬영의 배경으로 설치된 하늘색 롤 스크린, 그 앞에 놓인 고풍스런 의자, 조명 시설과 원판 사진기다. 뷰파인더에 잡히지 않을 바깥에 쌓인 잡동사니들과 대조를 이루어, 그것들은 인형극이 열리는 작은 무대를 연상시킨다.

나는 고개를 돌려가며 벽에 붙은 사진들을 본다. 출입문 바로 옆으로는 텅 빈 원형 체육관의 관중석에 나란히 앉은 중년의 부부가 역광으로 찍혀 있고, 맞은편 벽에는 큼직한 백두산 천지 사진이 걸렸다. 설경을 배경으로 한, 진지한 얼굴의 소년의 독사진 옆에서 나는 눈을 멈춘다.

내 얼굴이 거기 있다.

대학 노트 두 개 크기의 액자 속에서, 이른 봄의 푸릇푸릇한 나무들을 배경으로 나는 활짝 웃고 있다. 내 짐작이 맞았다. 그 무렵의 사진이다. 저 옷, 보풀이 너무 많아져 결혼 전에 버렸던 고동색 스웨터. 봄가을이면 저 옷을 입고 산에 다니곤

했다.

어떻게 오셨죠?

안채 쪽에서 러닝셔츠 바람의 남자가 톱을 들고 나온다. 다른 손에는 나무 액자가 들려 있다. 어렸을 때 소아마비를 앓았는지 눈에 띄게 다리를 절고 있다.

안경을 쓴 미소 띤 얼굴이 눈에 익다. 조금 후에 나는, 그가 사진 속의 원형 체육관에 앉아 있던 바로 그 남자라는 것을 깨닫는다. 나는 고개를 돌려 다시 그 사진을 본다. 그의 얼굴도 그의 아내의 얼굴도 고등학교 교사처럼 보이는 반듯한 구석을 갖고 있다. 드물게도, 오랫동안 아껴주며 늙어가는 중년 부부의 모습이다.

나는 내 사진을 가리킨다.

……저 사진.

아아, 주인 남자는 쾌활하게 웃는다.

어디서 뵌 분이다 했더니.

저 사진, 언제부터 여기 있었나요?

글쎄요.

그는 머리를 흔든다.

우리가 여기 들어온 게 십 년 좀 더 됐거든요. 아무튼 들어오고 얼마 안 돼 걸었던 거니까요. 그런데 살이 많이 빠지셨네. 얼른 봐선 같은 사람인지 모르겠어요.

……나이가 들었으니까요.

그는 다시 쾌활한 음성으로 웃는다.

그런데 저 사진, 누가 맡겼는지 혹시 기억하세요?

그는 좀 어리둥절한 기색이다.

댁이 맡긴 거 아니었어요?

나는 좀 다르게 물어본다.

맡긴 사람이 부탁해서 저렇게 확대한 거였나요?

아니죠. 그냥 내가 보고, 벽이 허전하니까…… 웃는 얼굴이 환해 보여서 그냥. 아, 맞다. 가만.

그는 기억을 되살리려는 듯 눈살을 모은다.

오래 안 찾아가는 사진들 중에서 골랐던 거 같네. 가만, 우리가 봄에 들어왔었는데, 가을쯤에나 저걸 걸었던 거 같애. 이제 기억나네요.

왜요, 하고 그는 안경을 추켜올리며 묻는다.

무슨 사연이라도 있어요?

아니요, 나는 웃음을 지어 보인다. 잠시 입을 다물고 있다가 묻는다.

아무도 찾아가지 않은 사진들은 어떻게 하세요? 버리나요?

다른 사람들은 버리기도 하던데…… 나는 원체 뭘 잘 버리지 못하는 사람이라 다 어디다 쌓아놨어요. 그런데 하두 오래전 일이라.

그의 얼굴에 귀찮은 기색이 어린다. 액자와 톱을 아예 카운터에 내려놓고 팔짱을 끼고 있다.

저, 폐를 끼치고 싶지는 않은데요.

나는 말한다.

보관해놓으신 장소만 알려주시면, 제가 최대한 헝클어뜨리지 않고 찾아볼게요.

그걸 찾아서 뭐하려구? 버렸을지도 모르는걸, 기껏 뒤져봤자 헛수고만 할지도 모르잖아요. 그렇게 중요한 사진이에요?

중요한가. 사실은, 전혀 그렇지 않다.

얼른 대답하지 못하는 내 얼굴이 진지하여, 오히려 주인의 마음이 움직인 모양이다. 한숨을 쉬며 일어서더니, 다시 안채 쪽으로 나간다.

……조금만 기다려봐요. 내가 한번 가볼게.

21

고개를 들어 벽시계를 본다. 세 시 사십오 분. 두번째 상자를 반도 뒤지지 못했으니, 네 시 안에 다 훑는 것은 불가능하다. 현상과 인화를 맡긴 시간적 순서와 완전히 무관하게 배열된 봉투들 속에서 나는 지쳐가고 있다. 봉투에 날짜는 씌어져 있지만 연도가 없기 때문에, 사월과 오월이 걸리면 열어보는 식으로 진행하고 있다. 오른손으로만 뒤져가려니 점점 무리가 와, 자주 손을 쉬고 스트레칭을 해준다. 손목이나 팔의 힘이 함께 들어가는 큰 동작보다 오히려 손가락 관절들을 지치게 하는 것이 이와 같은 작은 동작들이다.

십 년 동안 찾아가지 않은 필름들의 양은 상상외로 방대하다. 가족사진도 있고 다정해 보이는 연인들의 사진도 있다. 졸업 사진, 증명 사진들도 눈에 띈다. 다들 나름의 특별한 사정이 있었을 테고, 개중에는 단순히 찾는 것을 잊은 이들도 있을 것이다. 대충 넘겨본 뒤 아닌 듯한 것은 다시 넣어두고, 나무나 산의 풍경이 한 장이라도 나오면 주의 깊게 살핀다. 그러다 보니, 찾아놓고 다시 넣어버린 게 아닌지 하는 의심으로 더욱 맥이 풀린다.

거의 네 시가 되어갈 무렵이다. 나는 거의 자포자기한 상태에서 봉투를 열고 사진들을 꺼낸다. 푸릇푸릇한 나무들, 막 돋아난 진달래꽃들의 모습이 보여 손가락의 속도를 늦춘다. 딱히 솜씨가 좋다고는 할 수 없는, 자동카메라로 찍은 풍경 사진들이다. 올려다보고 찍은 나무들, 얼음이 끼어 있는 바위틈의 연둣빛 싹. 중간쯤에서 나는 한 남자의 얼굴을 본다. 유순해 보이는 낯선 얼굴이다. 혹시나 싶어 다음 장을 넘기고, 거기서 한 여자의 뒷모습을 발견한다.

나는 허리를 곧추세운다.

그것은 내 뒷모습이다. 머리를 질끈 동여 묶고, 고동색 스웨터와 청바지를 입고, 한 손으로 바위를 짚으며 산을 타고 있다. 다음은 벤치에 앉은 내 상반신, 다음은 줌 인으로 끌어당긴 스물네 살의 내 옆얼굴이다. 콧잔등에 여드름이 빨갛게 익어 있고, 잇몸까지 드러낸 채 활짝 웃고 있다. 아직 망가져보지 않은 사람의 얼굴이다. 악몽을 꾸고 축축한 이불을 걷으며 일어나본 적 없는 얼굴이다. 그때마다 마주하는, 마치 잿더미와 같은, 싸늘하게 식은 절망감을 모르는 얼굴이다.

다음은 다시 남자의 얼굴이다. 내가 찍은 것일까. 외꺼풀 눈에 낯빛이 희고, 인중이 또렷하다. 기억 속의 희미한 얼굴이 조용히 초점을 찾는다. 선한 인상, 무겁지 않은 고요, 담백한 태도. 어떤 기미가 있었다. 흔히 만날 수 없는 사람이라는 느낌. 이해하고 몰입할 수 있을 것 같은 예감―결국 적중하지 못한 예감이 있었다.

사진을 봉투에 넣고, 나는 아파오는 허리를 짚으며 일어선다. 사진관 주인은 여태 요란한 소리를 내며 사포질을 한 넉점의 액자에 칠을 하고 있다.

나는 묻는다.

직접 액자를 만드시나 봐요?

침묵에 익숙해져 있었던지, 주인은 움찔 놀라며 고개를 든다.

그냥, 이것저것 하는 거죠 뭐. 손으로 뭘 만드는 걸 워낙 좋아해서.

그 대답이 조용히 가슴을 찌른다. 그는 손등으로 이마의 땀을 닦는다. 내가 들고 있는 사진 봉투를 턱 끝으로 가리키며 묻는다.

찾은 거예요?

……네.

용케 찾았네요. 헛수고만 하고 갈 줄 알았더니.

돈 드릴게요.

됐어요. 언제 적 사진인데. 댁이 맡긴 것도 아니라면서요.

그래도 드릴게요. 괜히 번거롭게 해드렸는데.

나는 먼지투성이의 손으로 가방 속을 더듬는다. 지갑을 열어 만 원권 지폐를 꺼낸다. 거스름돈을 기다리는 동안 사진 봉투를 내려다보자 맡긴 사람의 이름이 눈에 들어온다. 최인성. 그 사람의 이름이 최인성이었구나. 이름 옆에 전화번호가 적혀 있다. 나는 봉투를 가방 속 깊이 밀어 넣는다. 밀어 넣는 손가락들의 관절이 아리다.

옛날 애인이에요?

도저히 호기심을 참을 수 없었던 듯, 주인은 마침내 나에게 묻고 만다.

22

남편이 첫 남자였으므로―그만큼 남자를 사귀는 데 서툴렀으므로―나에게는 옛 애인이 없다. 그 사람과의 일도 아마 그쯤에서 끝났을 것이다. 대동문으로 돌아간 뒤 그는 정릉 쪽으로, 나는 왔던 길로 하산했을 것이다. 그에게 약간의 호감을 가졌다 해도, 연락처 따위를 교환해 사진을 받으려는 마음조차 내지 못했을 것이다. 백운대에서 내려오는 길, 밧줄이 설치된 험하고 짧은 코스가 막 끝났을 때 내가 얼음을 밟고 보기 좋게 미끄러지지 않았다면.

웃으며 일어서려고 했을 때, 나는 뜻밖에도 발목이 삔 것을
알았다.

괜찮아요?

나를 따라 웃던 그가 다가왔다. 나는 다시 한 번 일어나려고
하며, 통증과 웃음이 얽힌 낮은 소리를 질렀다.

……한겨울에도 이런 적이 없었는데, 삐었나 봐요.

걸을 수 있겠어요?

나야 물론 당황했지만, 그의 표정은 더 난감해 보였다. 나는
그럼요, 라고 말하며 발을 내디뎠으나 곧 비명을 지르며 무릎
을 꺾고 말았다.

그는 정릉 쪽으로 내려가겠다는 계획을 접고, 나를 업고 내
려가기 시작했다. 그의 배낭은 내가 메고, 그의 한 팔이 내 몸
을 받쳤다. 남은 팔로 중심을 잡으며 가파른 길을 밟아 내려가
는 동안 그는 연신 숨을 헐떡였다. 평지가 나오면 쉬기를 수차
례 했다. 업혀보고 나니 약하다는 것을 느낄 수 있는 마른 몸
으로, 그는 나를 내려놓고는 팔운동을 했고, 주먹으로 허리를
툭툭 치기도 했다. 나는 미안해요, 고마워요, 라는 인사말을
수차례 했겠지만, 그가 어떤 말로든 답했던 것 같지는 않다.
아마 웃기만 했을 것이다. 한 차례, 인적 없는 산비탈의 바위
위에 나를 내려놓고 끙, 소리를 내며 허리를 돌리다가 그는 허
공을 향해 낮은 소리로 웃었다.

왜 웃으세요?

그냥요.

그는 짧게 말을 끊으려다가, 덧붙이듯 말했다.

전 어릴 때부터 약골이었어요. 열한 살 때는 죽을 뻔하다가 살아난 적도 있죠. 식구들도 모두 제가 정말 죽는 줄 알았다더군요. 그때 죽었다면 지금 이렇게 그쪽을 업어줄 수도 없었겠다고 생각하니까……

어린아이처럼 흡족하게 반짝이는 그의 시선을 마주 보며, 나는 어렴풋이 짐작했다. 그가 오래 비껴나 있었던 중심이 건강―건강한 육체를 가진 삶―이리라는 것을. 문득 그의 시선이 피붙이처럼 다정하다고 나는 느꼈다. 다시 그가 나를 업었을 때, 그의 몸에 내 젖가슴과 허벅지가 고스란히 닿는 것이 어쩐지 더 이상 부끄럽지 않았다.

매주 이 산에 다니세요?

그의 등으로 낮은 목소리가 울려왔다.

내가 그렇다고 하자 그는 정상에서 했던 말을 다시 했다.

후회가 되네요…… 진작 여길 다녔어야 하는 건데.

마침내 산을 빠져나와 도선사에서 운행하는 버스를 기다리는 동안, 그의 얼굴은 산에서처럼 다정하지 않고 어쩐지 무거워 보였다. 자취집으로 이르는 평지에서 나는 업히는 대신 그의 부축을 받으며 절름절름 걸었다. 골목 입구에 다다랐을 때, 마침 친구와 함께 집으로 가고 있던 남동생을 만났다.

어떻게 된 거야, 누나.

내가 사정을 설명하는 동안 그가 부축하던 팔을 놓았다. 마치 내 몸의 한 부분이 빠져나가듯 그의 체온이 떨어져 나갔다.

저, 잠깐만요.

내가 붙잡기 전에, 그는 고개를 숙여 인사하며 골목 끝으로 사라졌다. 동생의 부축을 받으며 집으로 걸어 들어가는 동안, 발목의 아픔 때문이 아니라, 뜻밖에 그가 그렇게 가버렸다는 것 때문에 나는 한마디의 말도 할 수 없었다.

발목이 아물 때까지 나는 산을 타지 못했고, 정상적으로 걸을 수 있게 되자 일요일이 돌아오기를 고대했다. 그의 부끄러운 시선, 그의 손의 떨림을 나는 기억했다. 그가 분명히 나에게 호감을 가졌다고 느꼈다. 일요일마다 비슷한 시간에 오르면서, 흔한 빨강색 사파리 점퍼들을 볼 때마다 눈이 머물곤 했다. 내가 정말 마음에 들었다면, 같은 시간에 다시 산에 올 수 있잖아. 내 마음이 끌렸던 만큼 그 사람도 마음이 끌린 건 아니었던 거야. 사파리 점퍼를 입기에는 날씨가 더워졌을 무렵, 나는 내 직감이 틀렸다는 것에 놀랐고, 실망과 알 수 없는 상실감을 함께 느꼈다.

이름도, 나이도, 직업도 전혀 모르는 남자의 이미지가, 십년이 지난 지금 되살아나, 그 자리에 고스란히 있다. 만일 내가 그 남자와 수작을 나눴다면 이렇게 밝은 기억으로 남아 있지 않을 것이다. 내가 그와 나눈 것은 침묵이었다. 비장하지도 우울하지도 않은, 그저 침묵. 말하지 않았기 때문에 더 깊이 새겨진 몸의 따스함.

그 후 일 년 가까이 나는 가끔 그를 기억했다. 그 산비탈,

인적 없는 바위 위의 휴식을. 그리고 후회했다. 그가 나를 다시 업기 위해 다가왔을 때, 왜 그 얼굴에 손을 뻗어 뺨을 만지지 못했던가를. 그의 등에 업혀 목을 안았을 때, 더운 김이 피어오르는, 잔 솜털이 돋은 목덜미에 내 입술을 누르지 못했던가를.

23

기다리고 있었던 듯 얼른 문을 열어준 소진은 손수 날염한 앞치마를 두르고 있다. 화려한 색감과 대담한 붓질이 그녀답다.

어서 와. 덥지?

소진의 아이들이 요란하게 소리 지르며 달려와 내가 들고 있던 롤케이크 상자를 받아 든다.

애들이 수박 먹고 싶다는 걸, 너 올 때까지 기다리고 있었어.

소진은 앞장서서 부엌으로 간다.

찾아오는 데 어렵진 않았니?

네가 워낙 자세히 일러줘서……

내가 교사 경력 팔 년 아니니.

수박의 가운뎃부분을 원반 모양으로 자른 뒤 그것을 자잘한 주사위 모양으로 썰면서 소진이 말한다. 포크 두 개를 꽂자 수박은 먹음직스러운 케이크의 형상이 된다.

올해 일곱 살이라는 큰아이 진욱이가 수박케이크, 수박케이크, 하면서 달려온다. 아직 말을 못하는 정욱이도 뒤뚱거리며 따라온다. 진욱이에게 수박이 담긴 접시를 넘겨준 뒤, 소진은 어른들을 위한 수박 썰기를 다시 시작한다. 이번에는 큼직한 부채꼴로 썰어 접시에 담는다.

우린 여기서 먹자.

식탁 앞에 앉으며 소진이 말한다. 그녀를 따라 앉자, 거실에서 이마를 마주 대고 먹는 데 열중한 아이들의 모습이 보인다.

아이 키우기 힘들지 않니?

물론 힘들지.

그녀는 웃는다.

힘들다고 해봤자 안 해본 사람은 모르고, 해본 사람은 너무 잘 아니까, 그냥 아무에게도 말 안 하게 돼.

소진의 인상은 예전보다 원숙해졌고, 성격도 쾌활해진 것 같다. 그러나 그 쾌활함이 단속적이고, 음각으로 새겨진 무엇인가가 시시로 어렴풋이 드러난다는 느낌이다. 침묵하다가, 우리는 대학 시절의 일들, 누가 어떻게 지내고 어떻게 되었는가 하는 이야기로 넘어간다. 그렇구나. 그 애가 유학을 갔구나. 늦었지만 잘 생각했네. 그 애도 얼마 전에 둘째 낳았다던 것 같은데. 응, 걔는 청첩장까지 돌려놓고 결혼 취소한 뒤론 아직 소식이 없어.

얼굴과 윗옷에 잔뜩 수박 물을 들인 형제가 빈 접시를 들고

온다. 소진의 손이 바빠진다. 내가 빈 접시와 식탁을 정리하는 동안 거실에 흘린 것들을 걸레질하고, 정욱이를 욕실에 데려가 씻기고, 옷을 갈아입힌다. 능숙하고 빠른 손길이다. 소진의 어깨, 팔과 가슴의 둥글고 오목한 선들이, 수천 번 아이들을 안고 들어 올려 생긴 흔적인 것을 나는 문득 안다. 예전이라면 알지 못했을 것이다. 보아도 보이지 않았을 것이다.

그동안 혼자서 손과 입을 씻은 진욱이가 제 방에서 뭔가를 들고 나온다.

그게 뭐니?

내 도마뱀이요.

그걸 키우는 거니?

네.

촘촘한 철망으로 만든 집 안에 모래가 채워져 있다. 손가락만 한 선인장도 심어져 있다. 그 미니 사막 안에서, 손바닥 길이의 도마뱀이 말갛게 눈을 뜨고 나를 올려다본다.

아휴, 내가 그것 때문에 정말.

소진이 마른 수건으로 정욱이의 얼굴을 닦으며 투덜댄다.

얘는 예쁜 동물들 다 놔두고 이걸 사달라지 뭐니? 백과사전에서 봤다나. 지난겨울에는 또 얼마나 사람을 놀래키고.

진욱이가 미니 사막을 내 발치로 밀어놓는다. 뭔가를 보여주려는 것 같아 나는 아이와 나란히 바닥에 앉는다. 조심성이 있는 아이다. 도마뱀이 그랬던 것처럼 말갛게 눈을 뜨고 나를 올려다본다.

그 앞발 보여주려고 그러는 거야.

앞발?

부산스럽게 싱크대 앞을 오가며 소진이 설명한다.

지난겨울에, 저 도마뱀이란 놈이 어떻게 거길 빠져나왔는지 모르겠는데, 아침에 깨어보니까 감쪽같이 없어진 거야. 무는 놈은 아니지만 그래도 찜찜하잖아. 양말을 꺼내려고 화장대 서랍을 여는데, 그 근처 어디 붙어 있다가 쏜살같이 서랍 속으로 들어가는 거 있지.

소진의 목소리가 연극적으로 높아진다.

엉겁결에, 너무 놀라서 서랍을 닫아버렸거든. 그 바람에 저 앞발이 잘라져버렸어. 나는 나대로 가슴이 벌렁벌렁한데, 진욱이는 울고불고, 도마뱀은 도마뱀대로 몸부림을 치는데……

진욱이는 씩 웃으며 집게손가락으로 도마뱀을 가리킨다. 나는 고개를 숙여, 아이가 가리킨 자리를 본다. 도마뱀의 몸은 전체적으로 암갈색과 회색의 중간 색조인데, 과연 앞발에 뭉텅 잘린 자국이 있다. 그 위로, 원래 있어야 할 발보다 조그맣고 연약한, 투명한 흰빛의 두 발이 돋아나 있다.

그런데 신기하더라. 생물 시간에 배운 대로, 정말 발이 다시 돋아나는 거 있지.

앞치마에 손을 닦으며 미소 짓고 있는 소진의 얼굴을 나는 돌아본다. 다시 고개를 돌려, 아이의 말없이 빛나는 얼굴에 어린 자랑을 들여다본다.

이거, 이름 있니?

나는 묻는다.

영원이요.

영원?

네, 노랑무늬영원.

24

소진이 냉장고에서 울긋불긋한 것들을 꺼내는 것을 보고, 나는 얼핏 도자기 인형이라고 생각한다. 소진이 그것들을 접시에 담아 전자레인지에 넣는 것을 보고 내심 놀란다. 잠시 뒤 내 눈앞에 놓인 것은 놀랍도록 정교하게 빚은 떡들이다. 파랑새와 꽃, 나무와 어린 고양이.

당근, 치자, 검은 쌀…… 식용 색소도 조금 넣어서 색을 냈어. 너 온다고 아침부터 진욱이랑 만든 거야.

이걸 어떻게……

감탄의 말을 해주려던 나는 울컥 말을 끊는다. 이렇게라도 손을 움직여 무엇인가를 만들지 않으면 안 되는 것, 그렇게 꿈틀거리는 것이 그녀의 안에 똬리 틀고 있었던 모양이다.

아무래도 난 아까워서 못 먹겠다.

괜찮아. 또 만들면 되는걸.

소진은 제비 새끼처럼 벌린 정욱이의 입에 파랑새를 쪼개어 넣어준다.

너도 먹어. 얼른.

나는 할 수 없이 연보랏빛 들국화를 집어 한입 문다. 정교한 떡의 내부에 흰 팥앙금까지 들어 있다.

맛도 있네.

정말?

소진의 눈이 흔들린다.

진욱이가 킥보드를 들고 놀이터로 나가고, 정욱이는 베란다에서 장난감 자동차를 밀고 노는 사이 소진이 거실의 오디오를 켠다. 에릭 클랩튼의 오래된 음반이다. 네 살 된 아들을 잃고 만들었다는 조용한 노래가 흘러나온다.

나는 고단한 몸을 소파에 파묻은 채 노래 가사에 귀를 기울인다. 시간은 너를 밑바닥까지 내려놓을 수 있지. 네 무릎을 꿇게 만들 수 있지. 네 가슴을 영원히 찢어놓고, 구걸하고 애원하게 할 수 있지.

침묵을 깨며 소진이 말한다.

……있잖아, 난 어릴 때 타임머신이 나오는 영화를 좋아했었어. 지나간 시간으로 돌아가기만 하면 그 공간, 그 상황이 고스란히 되살아난다는 게 좋았어. 가끔 그런 상상을 해봐. 아직 그런 기계가 만들어지지 않았을 뿐이지, 거기 돌아가보면 다 살아 있고, 다 만날 수 있다고.

나는 묻는다.

언제로 그렇게 되돌아가보고 싶은데?

글쎄, 딱히 그런 때가 있는 것도 아니면서.

소진의 얼굴이 어두워진다.

어차피 다 거짓말이라는 걸 알고 있는데 뭐.

소진의 대답이 노래 가사의 일부 같다. 다 흩어져버린다는 걸. 남김없이 닳아지고 사라져버린다는 걸.

오래 아이들만 돌보면서 바깥바람을 못 쐬서, 우울해진 거 아니니?

……그런지도 몰라.

문득 소진이 눈가를 손으로 씻어 나는 놀란다.

소진은 이내 자리를 털고 일어나 바닥에 놓여 있던 철망집을 든다. 미니 사막을 느긋하게 기어 다니던 도마뱀이 공간의 움직임에 민감하게 반응한다. 조그맣고 투명한 앞발을 창살에 바싹 붙이고 꼼짝하지 않는다.

그래서, 하고 나는 소진에게 묻는다.

진욱이가 이걸 영원이라고 불러?

소진의 얼굴이 애써 밝아진다.

응. 영원아, 영원아 그래. 영원아 밥 먹자. 영원아 잘 잤니? 앞발이 다시 돋아난 뒤론 더 좋아해.

방금 눈을 비벼 흰자위가 빨간 소진이 웃음을 지어 보인다. 도마뱀과 함께 진욱이의 방 쪽으로 사라진다.

25

소파 앞의 테이블 위로, 진욱이가 갖다 놓고 나간 동물도감이 펼쳐져 있다. 색채가 화려하고 글씨가 크긴 하지만, 어린이를 위한 책치고는 제법 두툼하고 설명이 많은 책이다. 이거예요, 우리 도마뱀. 아이는 말했다. 소진은 나무라듯 참견했다. 네 도마뱀은 이거 아니야. 종도 다르고, 색깔도 다르고…… 이거 봐, 이건 독이 있다고 씌어 있잖아. 물리면 죽을 수도 있다잖니. 그래도 이거야, 하고 아이는 고집을 부렸었다.

노랑무늬영원
불도마뱀
Fire Salamander

나는 알 수 없는 힘에 이끌려, 그 동물의 사진에서 눈을 떼지 못한다. 만져보면 축축하고 차가울 듯한 피부. 끝부분이 갈라진, 허공으로 길게 내민 혀. 근육질의 긴 꼬리. 민첩해 보이는 네 개의 짧은 다리들.

녀석은 카메라를 똑바로 응시하고 있어, 금방이라도 동물도감의 코팅된 내지를 찢고 튀어오를 것 같다. 불도마뱀이라는 이름이 썩 어울린다. 저 혀에서 불길이 뿜어져 나오는 건가. 아니면, 불과 같은 맹독이? 중동의 사막 지방에서 서식하는 그 동물은, 불 속에서 사는 것으로 이집트인들에게 믿어졌었다고 거기 씌어 있다. 도마뱀의 재생력과 불의 정화력이 결합된 믿음일 것이다.

그 짐승의 징그러운 외양에 대조돼 더욱 돋보이는 무늬의 아름다움을 나는 오랫동안 음미한다. 이글거리는 태양에 가까운 지역이 아니라면 결코 새겨질 수 없을 화려함이다. 밝은 레몬빛에 가까운 투명한 색채. 나비나 흰 새, 젊은 여자의 스카프에 어울릴 법한 강렬한 패턴.

노랑무늬영원, 하고 나는 입속으로 중얼거려본다. 영원이란 도롱뇽과에 딸린 속명일 뿐이라고 씌어 있지만, 그 동명이의어의 울림은 가냘프게 내 마음을 움직인다. 왜인지, 어떤 것인지를 설명하기 어려울 만큼 미미한 움직임이다.

26

그래, 네 말대로 우울해질 때도 있지만, 꼭 그렇기만 한 것도 아니야. 특히 둘째를 보면 순간순간 놀라. 배만 안 고프면 저 애는 웃거든. 끊임없이 장난할 거리를 찾고, 행복하고, 활기에 넘쳐. 가장 자연스러운 상태일 때 인간은 그런 존재인가 봐. 우리도 원래는 그랬지만, 그 뒤로 프로그래밍이 된 상태니까 원래의 상태를 잊고 사는 거 아닐까 하는 생각이 들어.

그런가…… 그런데 기억이 안 나니까.

뭐가?

나는 대답한다.

내가 저만했을 때, 어땠는지.

……기억할 수 없는 시절은 정말 무의식 속에 들어가 있는 걸까? 그렇다면 좋겠어. 그런 자연스러운 상태가 숨어 있다가, 가장 필요한 순간에 우릴 도와준다면.

중요한 숙제에 골몰해 있는 진지한 대학 일 학년생처럼 소진은 대화를 이어간다. 내가 언제나 좋아했던, 어쩌면 나와 비슷한 그녀의 성격이다. 그러고 보면 그녀는 별로 변하지 않았는지도 모른다.

그럼 다시 그리고 싶지 않아?

생각 없어. 안 그리니까 편해. 그냥 이렇게 사는 게 좋아.

그렇게 대답하는 그녀의 얼굴이 다시 어두워, 내 질문이 후회스러워진다. 나는 더듬더듬 가방을 열어 사진 봉투를 꺼낸다.

너, 결혼하기 전까지 줄곧 이 동네 살았다고 했지.

소진이 고개를 끄덕인다.

혹시 이 사람 알겠니?

이게 누군데?

나는 사진관에 들러 이 사진들을 찾아낸 것, 십 년 전의 짧은 만남에 대해 짧게 간추려 설명한다.

글쎄.

그녀는 고개를 갸웃거린다.

눈에 익은 것 같기도 하고, 아닌 것 같기도 하고, 참 평범한 얼굴이네. 어디서 본 사람 같다는 말 많이 듣는 타입이겠다.

……그렇지?

그런데 왜 사진을 맡겨놓고 안 찾아갔을까?

그녀와 나는 짧게 침묵한다.

이거, 놔두고 가볼래? 내일 친정에서 오빠 만날 건데 한번 물어볼게.

나는 그 남자, 최인성의 사진 한 장을 소진에게 건네준다. 소진이 조심스럽게 묻는다.

그런데 뭐하려고. 이 사람, 만날 수 있으면 만나보기라도 하려고?

나는 얼른 대답하지 못한다.

어머, 큰일이네. 괜히 나 때문에 애매한 가정에 문제 생기는 거 아냐?

그녀의 순수한 얼굴에 호기심과 기대, 염려가 함께 어려 있어, 나는 그만 웃어버리고 만다.

27

소진이 정욱이에게 우유를 먹이는 동안, 나는 거실 바닥으로 내려와 소파 다리에 등을 기댄다. 눈을 감고 있다가, 나도 모르게 깜빡 잠이 든다. 혼곤한 잠 속에서 방향을 잃는다. 여기가 어딘가, 저건 어떤 아이의 울음소린가. 언제인가. 나는 지금 언제에 와 있는 건가. 마치 물 위에 떠 있는 것 같다. 어지럽다. 가슴이 울렁거린다. 어쩌면 이렇게 환한가. 물이 번쩍이는 건지 공기가 번쩍이는 건지 알 수 없다. 다시 열세 살인가. 열세 살의 여름방학인가. 작은아버지를 따라 처음 고깃배를 탔나. 흔들리는 배의 이물에 납작하게 몸을 낮춘 채 나는 겁먹고 있다. 바다 가운데로 나오자, 눈부신 잔멸치 떼가 일제히 배 밑을 헤엄쳐 간다. 빠른 빛이다. 셀 수 없는 빠른 빛이다. 배까지 쏠려 뒤집힐 것 같다. 순식간에 모든 것이 지나가고 난 뒤, 물의 정적이 숨을 틀어막는다. 기포처럼 내 몸이 부서진다. 영원히, 시간이 정지한다. 나는 떤다. 두렵기 때문이다. 너무 아름다운 것도 고통이 된다는 것을 처음 알았기 때문이다. 그것이 못이나 씨앗처럼 몸 안에 박히기도 한다는 것을 알았기 때문이다. 그러나 그것이 평생토록, 끈덕지게 죽지 않고 살아 꿈틀거리리라는 것까지 열세 살의 나는 아직 모른다. 갈망과 절망, 풀리지 않는 긴장으로 내 몸이 들뜨고 지칠 것임을 모른다. 다만 두렵고 모호한 예감을 잠재우기 위해, 두 손을 빳빳이 펴 오목한 가슴을 누르고 있다. 강한 물빛 때문에 거의 눈을 감은 채, 토하지 않기 위해 계속해서 침을 삼키고 있다. 부신 눈을 가까스로 부릅뜨자, 입가에 온통 흰 우유를 묻힌 아이가 뒤뚱뒤뚱 나를 향해 다가오고 있다. 무방비 상태의 웃음을 물고 있다.

28

긴 여름 해가 마지막 따가운 빛을 드리운 하오의 끝이다. 정욱이를 유모차에 태우고 소진이 아파트 정문까지 배웅 나온다. 놀이터에 있던 진욱이가 킥보드를 타고 미끄러져 온다.

아줌마, 저녁 먹고 가요.

소진이 진심 어린 목소리로 거든다.

애들 아빠도 오늘 늦게 올 텐데, 저녁 먹고 가라니까.

다음에. 나도 들어가봐야지.

아쉬운 얼굴로 소진이 내 팔을 끈다.

그럼 동네 한 바퀴 돌고 가라. 이 아파트가 작아도 뒤뜰은 괜찮아.

나는 당황한다. 사랑받는다는 것은 황홀하구나. 그들의 거짓 없는 환대가 서름서름하게 느껴진다.

뒤뜰로 나가자 울창한 나무들에게서 선선한 바람이 불어온다. 앞장서 미끄러져 가는 진욱이의 뒷모습을 바라보며, 나는 소진과 어깨를 나란히 하고 걷는다. 정욱이는 알아들을 수 없는 말들을 종알거리며 작은 발을 유모차 다리에 툭툭 쳐댄다. 우거진 나무를 올려다보다가 나는 문득 놀란다. 역광을 받은 나뭇잎들의 형상이 낯익게 느껴졌기 때문이다. 무수한, 어두운 초록빛 동그라미들 틈으로 비쳐 나오는 햇빛.

좀더 걸어가다가 나는 흠칫 깨닫는다.

Q가 그린 것, 저것이었나. 저 노랑이었나.

세 모자와 작별하고 마침내 집으로 돌아가는 버스에서 나는 계속해서 가로수들을 올려다본다. 따가운 햇빛을 역광으로 받은, 반짝이는 잎사귀, 잎사귀의 동그라미들.

29

언제나 그렇듯 남편은 연락 없이 돌아오지 않는다. 열린 베란다 문으로 경비실의 라디오에서 아홉 시 뉴스의 시그널 음악이 들려올 때까지, 나는 그 남자, 최인성이 찍었던 사진들을 본다. 나무와 하늘, 빛을 받은 잎사귀들. 내가 찍은 그의 프로필, 내 사진 석 장. 얼음 덮인 바위틈의 연둣빛 싹. 거기 겹쳐진다. 더운 김이 피어오르는 그의 목덜미, 흰 피부의 잔 솜털들. 거기 입술을 누르고 싶었던 순간의 아득함.

그 모든 것들이 고요히, 그 사진관의 먼지 낀 상자 속에서 잠들어 있었다. 내 시계처럼. 이 년 동안 어둠 속에서 죽지 않고 고요히 돌아가고 있었던 초침처럼.

만나고 싶다고 나는 생각한다. 지금의 그가 아니라, 그때의 그를. 아니, 실은 그때의 나를. 그 여자를. 고집 세고, 무엇에도 물들지 않은, 그래서 성숙하지 않은 그 여자를. 그러다가, 뜻밖에도 불에 덴 듯 깨닫는다. 그때로 돌아가고 싶지는 않은 자신을. 그, 아무것도 모르던 때로 돌아갈 수는 없는 거라고 생각하는 자신을.

나는 시큰거리는 손가락들을 내 따뜻한 목덜미에 문지른다. 그때 안다. 만일 내가 이 세상에서, 사랑을 가진 인간으로서 다시 살아나가야 한다면, 내 안의 죽은 부분을 되살려서 그렇게 되는 것이 아니라는 것을. 그 부분은 영원히 죽었으므로.

그것을 송두리째 새로 태어나게 해야 하는 것이다. 처음부터 다시 배워야 하는 것이다.

그러자 형언할 수 없는 막막함으로, 지금의 그를 만나고 싶어진다. 아마 결혼을 했겠고 아이들이 있을, 삼십대 후반에 접어들었을, 십 년의 시간 동안 풍화되고 얼마간 일그러졌을 그 사람을.

나는 용기를 내어 전화기를 끌어당긴다. 사진 봉투에 적힌 전화번호를 누른다. 신호음이 울리는 동안 말을 준비한다. 혹시, 거기 최인성 씨 댁인가요. 혹시, 지금 계신 곳의 연락처를 알 수 있을까요. 만일 그가 받는다면 물을 수 있을까. 당신 안에 그날의 내가 남아 있는가. 아직 살아 있는가. 희미한 형체만이라도.

신호음은 얼마간 이어지다가, 틀린 국번이라는 메시지가 흘러나온다. 메시지가 영어로 반복될 때까지 나는 수화기를 들고 있다. 누군가 손을 흔드는 것 같아 흠칫 돌아보니, 4층 아파트 창밖의 캄캄한 어둠 속에서 한 나무의 끝, 검은 잎사귀 몇 점이 바람에 흔들리고 있다.

30

전자레인지용 핫팩을 데워 마른 수건으로 싼다. 오른손을 뒤집어가며 손가락들을 찜질한다. 한 시간쯤 지나 핫팩이 미지근해진다. 세면대에 뜨거운 물을 받아 오른손을 담근다.

아침에 나는 머리를 감을 수 없었다. 물론 밥도 하지 못했다.

오늘 손이 좋지 않아.

식탁으로 다가오려던, 잠 덜 깬 남편의 얼굴이 굳어졌다. 나를 보는 그의 눈에 책망과 미미한 경멸이 어렸다.

정말 못 해? 그걸 정말 못 하겠어?

예전에 그는 그렇게 물었다. 컵을 뒤집어주면서, 정말 이게 안 된단 말이야? 다그치며 믿기지 않아 했다. 그러나 이제는 그렇게 묻지 않는다. 차갑고 지친 얼굴로 쌀을 씻어 밥을 안쳐 놓은 뒤, 자신은 한술도 뜨지 않고 나갈 뿐이다.

빈집의 적막 속에, 세면대의 물에 손을 담근 채 나는 엉거주춤 서 있다. 정오가 가까워오며 무더위가 다시 기승을 부린다. 뜨거운 물 덕분에 온몸에 땀이 맺힌다. 이 뜨거움으로 혈액이 순환되기를 바라고 있다. 붉은 혈관을 눈앞에 그린다. 빛 속에 손을 담그고 있다고 상상한다. 불길 같은 빛이 콸콸 흘러들어와 혈관을 채우는 것을, 무수한 붉은 피톨들이 끓어오르는 것을, 그 힘으로 손의 손상된 관절들이 되살아나는 것을 그린다. 간절히 집중한다.

위장 장애와 거부 반응 때문에 약 먹는 것을 포기했었고, 한방 치료를 받기 위해 여러 곳을 전전했었다. 그러나 어떤 유명한 의사도 내 손을 치료하지 못했다. 하루 동안 가방과 서랍을 뒤적인 것, 사진 상자를 뒤진 것만으로 망가지는 손으로 무엇을 할 수 있을까. 페이퍼를 써야 할 테니 공부를 계속할 수 없으며, 직장 생활은 물론 작은 가게도 자력으로 꾸려낼 수 없다. 만일 노래를 잘할 수 있다면, 그것만은 손 없이 가능하겠다고 자조 어린 결론을 내린 적이 있다.

손이란 그런 것이다. 한 사람의 거의 전부다. 나는 언제나 독립적이고 강한 인간이기 위해 노력했지만, 손을 쓰지 못하는 나는 조금의 경제력도 가질 수 없는 인간이다. 죽는 순간까지 작업에 몰두하는 것이 나의 삶이 될 것임을 의심한 적 없었지만, 고작 서른세 살에 붓을 꺾은 사람이다. 누구에게도 폐가 되고 싶지 않았으나, 가장 가까운 사람에게 고통스러운 부담이 되고 있다. 단지 숨 쉬며 존재한다는 것만으로.

이렇게 더 작아져간다. 더 지워지고 뭉개어진다. 다만 이상한 것은, 모든 것이 뭉개어지는 데 비례하여 오히려 감각들은 선명하게 살아난다는 것이다. 회칼처럼 예리해진, 예전에는 가져본 적 없었던 눈과 귀와 코와 피부와 혀의 감각들을 느낀다. 그리고 그보다 명징한, 이름 붙일 수 없는 감각. 육체에서라고도, 영혼에서라고도 할 수 없는, 그것들이 분리될 수 없는 어떤 부분에서 뻗어 나온, 무섭도록 절실한 촉수를 느낀다.

미지근해진 물을 세면대 아래로 흘려보낸 뒤 나는 안방으

로 간다. 무더위를 견디며, 땀을 흘리며 잠을 청한다. 자는 것
외에 할 일이 없기 때문에 잔다. 저녁 무렵에 잠시 깨어, 조금
나았으려나, 오른손을 쥐어본다. 손가락 마디마디가 아리다.
다시 눈을 감는다. 오랫동안 깨어나고 싶지 않다고 느낀다.

그러나 영원히는 아니다. 아직은.

31

하얗게 다시 덮쳐온다. 이번에는 아주 가까이, 한 마리 한
마리의 물고기들이 시야 가득 확대돼 퍼덕거린다. 비늘들이
번쩍인다. 아가미들이 벌컥벌컥 벌어졌다가 다물어진다. 한
마리 한 마리의 투명한 물고기들이 물을 가르려 안간힘 쓴다.
나아가기 위해, 퍼렇게 멍든 몸들을 단단한 물살에 부딪친다.
몸부림친다.

32

전복된 차가 미끄러져 멈출 때까지 나는 의식을 잃지 않았
다. 인적 없는 새벽길 가운데에서 이십 분 가까이 피를 흘리
며, 온몸의 동통, 목과 허리의 통증, 그리고 그 모든 것보다 끔
찍한 왼손의 고통 속에서, 끝이라고 나는 생각했다. 삶을 정리

할 여지 따위도 없었다. 아팠을 뿐이다. 무서웠을 뿐이다. 죽고 싶지 않았을 뿐이다.

그곳을 지나던 개인택시가 나를 발견하지 않았다면, 나는 그렇게 죽었을 것이다. 어느 날 갑자기 주인에게 목숨을 잃는 가축처럼, 공포와 억울함 속에서. 나는 가끔 생각했다. 다시 그와 같은 순간이 닥친다면, 그게 언제든, 죽음의 얼굴을 마주 본 그 자리에서 나는 좀더 꿋꿋할 수 있을까.

분명한 것은 이대로 그 순간을 맞을 수 없다는 것이다. 어떻게든 살아내지 않는다면, 진실을 살아보지 않는다면, 다시 그 순간이 닥칠 때 결단코 두려움과 후회 말고는 기대할 것이 없다.

그러나 그 진실이란 무엇인가. 모든 것이 환영과 잿더미가 되어버린 뒤, 내가 움켜쥘 수 있는 진실이 무엇인가.

그게 무엇인가.

열대야의 토막 잠 사이로 그 새벽길의 기억이 되살아나며, 온몸의 세포들이 기억에 반응한다. 이제는 사라진 피멍들, 잠들어 있던 통각들이 깨어난다. 생시처럼. 결코 꿈이 아닌 것처럼.

33

무슨 일 있으면 전화해.

잘 다녀와.

오늘도 땀에 젖은 머리를 감지 못했다. 물론 밥도 하지 않았다. 남편의 무뚝뚝하고 까칠한 얼굴이 현관문 사이로 빠져나간다. 나는 뒷짐 지고 있던 손을 풀고 베란다로 나간다. 팔월의 햇빛이지만 이른 아침이라 견딜 만하다. 반소매 와이셔츠 차림으로 차를 향해 걸어가는 남편의 구부정한 뒷모습을 나는 묵묵히 지켜본다. 아침부터 저렇게 지친 모습이면, 밤에는 얼마나 지쳐 있을까.

대학 시절, 반백의 은사는 어느 날 강의실에서 말했다. 어떤 인간이든, 자신이 사랑하는 것만을 소유할 수 있는 거지. 앞뒤의 맥락은 지워지고 그 말만 기억에 새겨져 있다. 나는 이제 그 말을 이해한다. 남편이 사랑스럽지 않아진 것이 아니라, 내 사랑이 메말랐다. 내 사랑이 마르자 삶이 사막이 되었다. 내 사랑이 말라서, 나는 가장 가난한 사람이 되었다. 흔히 들었던 성경 구절을 이제 이해한다. 내가 천사의 말을 할지라도 사랑이 없으면 소리 나는 구리와 울리는 꽹과리가 되고……

소진에게서 걸려온 전화를 받기까지 나는 책상에 놓인 손목시계를 응시하고 있다. 용케 버텨왔지만, 육 년 동안 건전지를 갈아주지 않았으니 조만간에 초침이 멎을 것이다. 그것이 밝은 곳에서이기를, 되도록 내 따뜻한 손목 위에서이기를 나는 바란다.

오빠한테 물어봤어, 하고 소진은 용건부터 말한다.

사실은 왠지 얼굴이 눈에 익었거든. 오며 가며 봤던 것 같더라구. 좁은 변두리 동네잖아. 오빠랑 중학교, 고등학교 동기 동창이래. 아주 친했던 건 아니고.

……그래?

나는 어쩐지 막막한 두려움을 느낀다.

최인성이라고 이름 대니까 알고, 사진 보더니 확실하대. 한 반이었던 적도 있대. 고등학교 졸업할 때 그 식구들 다 미국으로 이민 가고, 그 오빠 혼자 남아서 대학 다녔대나 봐.

……그랬구나.

공부를 꽤 잘해서, 무슨 과학 연구원인가 그런 데 다녔대.

……그래.

직장이 암만 좋아도 혼자 지내기 외로웠던지 93년인가, 그러니까 너 만났던 때쯤 미국에서 직장 잡아 이민 가버렸대나 봐.

수화기를 귀에 붙인 채 나는 거실 바닥에 웅크려 앉는다. 그랬구나. 오래 맞지 않았던 퍼즐의 조각이 맞추어진다. 그렇게 어긋난 거였구나.

그런데 좀 마음 아픈 얘기가 있어.

뭔데?

확실친 않은데, 오빠도 건너 건너 들은 얘기라는데…… 그 사람, 일요일에 부모님이 하는 가게를 지키다가 죽었대. 강도한테 총 맞아서. 벌써 이 년도 더 됐다더라.

소진의 옆에서 알아들을 수 없는 소리를 외치기 시작한 정욱이 때문에, 그녀의 뒷말은 알아듣기 쉽지 않다.

현영아, 내 말은 들리니? 아휴, 얘 때문에 난 잘 안 들리네.

글쎄…… 모르던 사람이지만 그런 얘기 들으니까 마음이 좋지 않더라. 너도 그렇지?

수화기를 내려놓은 뒤, 나는 우두커니 그 자리에 앉아 있다.

이 년 전이라고 했다—마음 한편에 미세한 파문이 일어났다가 차츰 잠잠해진다. 내가 몸을 일으키기 위해, 다시 혼자서 걷고 움직이기 위해 안간힘을 다하던 바로 그 무렵 그는 죽었다.

결국 나와 아무 관계 없었던 사람이다. 영원히 비껴가고 말 운명이었던 사람이다. 그의 긴 잠 속에 내 기억도, 설령 형체뿐이었다 해도, 영원히 묻혀버렸다. 그의 목덜미도. 만져보지 못한 솜털과 따뜻한 살결도.

이마에서부터 땀방울이 흘러 관자놀이를 타고 흘러내린다. 오래 잊고 있었던 연민이 조용히 내 몸 안으로 들어온다.

어디서 들어오는 건가, 이 조용한 마음은.

어디서 이 마음—살고 싶다는, 살아야겠다는 생각이 울려오는 건가.

34

Q는 구십삼 세에 죽었다. 유작전 도록의 부록으로, 팔십 세에 했던 인터뷰 기사가 실려 있다. 번역체의 질문은 대체로 길고 현학적인 데 비해 답은 상대를 불편하게 할 만큼 짧아, 그

녀의 성격이 살갑거나 사교적이지 않았다는 것을 보여준다.

당신의 작업은 여러 단계를 거쳐 오늘에 이르렀습니다. 이 무수한 빛점들은 의심할 바 없이 아름답습니다만, 당신의 초기작이 보여줬던 분명하고 처절한 호소력을 잃었다는 평도 있습니다. 어떤 내적인 과정을 거쳐 이러한 형태로 옮겨온 것인지 말씀해주시죠.

아니요, 잃은 것은 없습니다. 여기 다 들어 있어요.

다 들어 있다는 것이 무엇을 의미하는지, 알 것 같기도 하군요. 어찌 됐든 지금의 작업이 당신을 더 만족시킨다는 말이 겠죠.

아니요, 전혀. 물론, 예전에도 전혀 아니었습니다만.

그것 때문에 고통을 느낍니까.

물론. 그러나 시간이 해결해주겠지요. 나는 기대하고 있어요.

팔십 세의 나이에 그녀가 품은 기대—더구나 시간에 거는 기대에 대해 나는 생각한다. 그녀가 유일하게 길게 대답한 질문은 색채들에 관한 것이다. 노랑에 대해 그녀는 말한다.

노랑은 태양입니다. 아침이나 어스름 저녁의 태양이 아니라, 대낮의 태양이에요. 신비도 그윽함도 벗어던져버린, 가장 생생한 빛의 입자들로 이뤄진, 가장 가벼운 덩어리입니다. 그것을 보려면 대낮 안에 있어야지요. 그것을 겪으려면. 그것을 견디려면. 그것으로 들어 올려지려면…… 그것이, 되려면 말입니다.

작업대에 놓인 아크릴 물감의 튜브들을 하나씩 어루만지다가, 나는 팔레트와 물을 준비한다. 붓을 빨고, 먼지 낀 분채 병의 뚜껑을 비틀어 연다. 마음에 드는 색깔이 나올 때까지 노랑 계열의 물감들을 여러 방법으로 배합한다.

마침내 원하는 색을 찾는다. Q처럼 승화된 맑은 노랑은 아니다. 그보다 강하게 빛나는 불순물 없는 노랑이다. 나는 두 손바닥을 물감에 적신다. 미리 펼쳐놓은 한지에 찍는다. 왼쪽이 이지러진, 비대칭의 손바닥 자국이 노랑빛으로 날인되어 올올이 종이의 결 속으로 스며든다. 같은 물감을 세필로 찍어 그 아래 연도와 날짜를 적는다. 무엇인가 더 적으려다가, 붓을 내려놓는다.

35

무의식중에 집인 줄 알았는데, 정신이 들고 보니 작업실이다. 작업대에 엎드려 눈을 붙인 것이다. 펼쳐서 세워놓은 Q의 도록에서 무수한 빛의 동그라미들이 나를 내려다보고 있다. 날이 저무는지, 서향의 창으로 비껴 들어온 낮은 햇살이 흰 여백에 비쳐 있다. 도록을 덮자 뒤표지에 인쇄된 Q의 사진이 눈에 들어온다. 백발의 노파가 화폭을 마주하고 있다. 구부정한 허리, 이가 남지 않은 입, 깊은 주름과 잔주름이 빈 데 없이 빽

빽한 옆얼굴이다.

나는 입술을 물고, 선잠에 새겨졌던 낯선 꿈을 되짚어본다. 내 두 손목에서 돋아난 투명하고 작은 새 손, 열 개의 투명한 손가락들을 나는 똑똑히 보았다. 내 팔뚝에 새겨진 선명한 노랑무늬가 신비해 팔을 들어 올렸다. 해를 등진 잎사귀들처럼, 내 팔뚝이 투명한 레몬빛이 되었다.

나는 몸을 일으킨다. 갑작스럽게 일어서는 바람에, 탁자에 놓여 있던 수화기가 떨어진다. 바닥에 닿을 듯 말 듯 매달려 있는 그것을 버려둔 채 나는 저무는 창으로 다가가 선다.

어디까지 왔나, 하고 나는 소리 내어 중얼거린다. 어디까지 더 나아갈 수 있을까. 나는 미간을 모은다. 물감이 빳빳하게 굳은 두 손을 들어 올려 석양에 비추어본다. 뚜렷한 손가락뼈와 관절 들 사이로, 늦은 여름의 플라타너스 잎들이 소리 없이 몸을 뒤집고 있다. 저것은 빛인가. 저것은 아름다움인가, 생명인가. 다만 그렇게 나는 서 있다. 말없이.

겹과 곁

조강석

(문학평론가)

누구에게나 낙관과 재기가 넘치는 시절이 한 번쯤은 있다. 세계가 일사일언으로 가볍게 교환되고 넓어도 회색이 되지 않는 시절, 그렇게, 사랑하기에 부적절하지 않은 한 시절이 어쩌면 잠시 손바닥 위에 머무를지도 모른다. 그리고는 연민이다.

수난이 욕망이라는 것을 뒤늦게야 알게 된 이들에게 가장 오래 동행이 되는 것이 연민이다. 담대한 철학자들은 이성의 지도에 따르기만 한다면 연민은 불필요한 감정이 될 것이라고 역설했지만 그러나 실은 불필요함을 역설할 만큼 좀처럼 다루기 어려운 것이 연민임을 자백한 것과 다르지 않다. 한 번 붙들리면 가장 힘세게 잡아끄는 것이 연민이라는 것, 『노랑무늬영원』을 처음 읽었을 때의 기억은 그런 것과 결부되어 있다. 이 책의 등장인물들이 품고 있는 연민들과 더불어 들끓었던……

그것은 완전한 오독이었다. 일전에 한강과의 인터뷰에서 토마스 만의 한 구절에 기대어 "사태가 복잡해지고 슬퍼지는 데까지 들여다보는 눈"이라는 말을 써보기도 했고 비슷한 맥락이지만, 네루다의 한 구절에 기대어 "슬픔의 광막한 배후지(後背地)를 꿰뚫는 눈"이라는 형용을 붙여보기도 했다. 그것이 한강의 초기작에 대한, 그리고 어쩌면 그의 작품세계 일반에 대해 내가 지니고 있던 이미지였다. 이번의 독서에서 나는 『노랑무늬영원』 속의 인물들이 항변하는 목소리를 똑똑히 들을 수 있었다.

우리 잘못이 있다면 처음부터 결함투성이로 태어난 것뿐인걸. 한 치 앞도 내다볼 수 없게 설계된 것뿐인걸. 존재하지 않는 괴물 같은 죄 위로 얇은 천을 씌워놓고, 목숨처럼 껴안고 살아가지 마. 잠 못 이루지 마. 악몽을 꾸지 마. 누구의 비난도 믿지 마.(p. 35)

하고 「밝아지기 전에」의 '나'는 말한다. 아니 이렇게 말해야 했었다고 말한다. 이 작품집에서 한강은 작중 인물의 말을 옮길 때 겹따옴표 부호를 쓰지 않는다. 그것은 묘한 심적·시각적 효과를 발휘하는데, 그렇게 직접적으로 현시되어 옮겨질 수 없는 말들을 통상의 문장부호 안에 넣어보면 그 자체로 말들이 한없이 외설스러워짐을 알 수 있다. 새삼 백일하에 드러난 말이란 없는 법이라는 생각에 가 닿는다. 더욱이 이 세계의 슬픔에 대해 더 높은 세계의 이법을 동원하는 변신론적 위안조차 미리 차단하는 저 말은 기울어져 있다. 사물처럼 건네지는 대신 세상의 자연스러운 흐름 속에 자리 잡은, 미처 발화되지 않은 저 말들이 오히려 세계를 몇 겹으로 부풀어 오르게 한다. 한 층씩 켜가 생길 때마다 삶에 소스라치게 하는 말들을 이 책은 품고 있다. 그러니 저 겹들을 어떻게 연민이 일이 관지할 수 있겠는가? 비의들과 더불어 겹으로 부푼 삶은 모두 고유한 자취를 지니기 마련이다. 그걸 형해화하는 방정식은 없다.

이를테면 「회복하는 인간」에서 '당신'은 "지금 당신이 겪는 어떤 것으로부터도 회복되지 않게 해달라고"(pp. 64~65) 입속으로 중얼거린다. 물론 고통은 어떤 형태로든 지나가지만 어떠한 고통도 지나가기 마련이라는 인식조차 고통이 되는 현재도 있다. 이것은 페시미즘도 마조히즘도 윤리도 수난주간도 아니다. 그저 이조차도 삶이 품고 있는 주름들의 켜가 불현듯 드러내는 민낯일 따름이다. 그러니 역설이겠으나, 어쩌면 매 순간이 이렇게 대단원일까.

그런데 여기까지의 독서에서 쉽게 비관에 빠져들지 않게 되는 까닭이 작품의 구조 안에 숨어 있다. 이 작품이 저 슬픔의 속을 품어 안는 발화로 이루어져 있기 때문이다. "당신은 지금 모른다"(p. 57)로 시작되어 서술되는 자명하고 태연한 일상, 그 일상이 틀림없이 도래할 것이라는 낮은 목소리는 고통에 붙박인 어떤 마음을 달래고 있다. 이 목소리의 주파수는 연민을 빗겨 서 있으며 준비된 음역에서가 아니면 쉽게 놓치고는 하는 종류의 것인데, 작품을 읽고 찬찬히 잘 헤아려보면 삶을 속속들이 들여다볼 줄 안다는 망연한 자부심이 때로 우리의 음역과 시계(視界)를 얼마나 그르치고 있는지를 생각해보게 된다. 이를 수습하고 다시 귀를 기울이면 그제야 비로소 하나의 특수한 슬픔을 잘 품고 있는 경험 일반의 더께가 느껴진다. 이 음역과 시계는 연민과 슬픔을 도드라진 몸피로 지닌 이들에게 허용되는 것이지만 연민만을 지닌 이에게는 현상하지 않는다. 저 더께가 왜 이제야 보이는 걸까?

그런 의미에서 볼 때, 이 소설집에 실린 작품들은 내력의 미메시스가 아니라 현전의 미메시스를 지니고 있다고 할 수 있다. 그리고 같은 맥락에서 이 서사들은 선형적이라기보다 동시적이고 경향적인 계기를 품고 있는 것으로 보인다. 다시 말하자면 내력과 갈등과 파국과 대단원이 아니라 가치와 경험의 겹으로서의 삶이 품고 있는 패턴 혹은 무늬들을 더께로부터 표집하여 어떤 시계들 앞에 현전해 보인다는 것이다. 예컨대 인아(「에우로파」)와 '나'는 '근원적으로' 연루되지 않는다. 살면서 생기기 마련인 관계들의 파토스를 정면으로 응시하는 대신 각자의 고유한 삶이 지닌 공전주기를 정확히 일주하는 양상을 묘파하는 언어는 고조되는 법 없이 순순하다. 일전에 이상(李箱)에 기대어 '파토스의 영점'이라는 말로 인아와 '나'

의 관계를 설명해본 적이 있는데 그것 역시 수정되어 마땅하다. "나한테는 근본적으로 위대함이 결핍돼 있어"(p. 97)라고 말할 때 인아의 삶은 스스로 자전의 속도를 늦추지만 공전의 주기를 수정할 간섭에 필연적으로 관여할 수밖에 없기 때문이다. 여기에 '나' 역시 "모든 것이 환영처럼 잠시 이뤄지거나 단박에 파괴된 뒤에도, 검은 바다의 밑면 같은 거리를 한 걸음씩 못을 치며 나아가는 일만 남는 것을 알고 있다"(p. 102)고 응수한다. 말하자면 파토스의 영점이 있는 것이 아니라 간섭들이 합류하여 영점에 수렴되는 상호보정이 있을 뿐이다. 어쩌면 가장 평온한, 어쩌면 가장 위험한 어떤 응축과 확산의 임계점을 삶은 간섭들을 중계하며 운용한다. 인아와 '나'의 기묘한(?) 무연함은 우리의 삶이 냉기로 파쇄되기보다 차갑게 끓는 임계점들의 연속이기 쉽다는 것을 보여주고 있다. 어쩌면 이렇게 자재로운 냉연함일까.

이 소설집을 다시 읽으며 또 한 가지 흥미로운 점이 눈에 띄었다. 익숙한 독자들이면 대번 알아챌 만한 것이지만 한강은 직접화법이나 드러난 기승전결 대신 종종 이미지로 말한다. 그리고 그것은 상징으로 무거워지는 것과는 완전히 상반된 방향에서 다시 삶의 결과 무늬를 드러내 보이는 데 성공한다. 여러 작품에서 독자의 시계에 선뜻 들어차는 이미지를 어렵지 않게 그려볼 수 있다. 그렇지만 이와 관련해서는 무엇보다도 표제작을 거론하지 않을 수 없다. 「노랑무늬영원」.

어떤 방식으로든 이미지에 붙들리는 이는 어떤 한계 지점

부근에서 골몰하고 있는 이일 가능성이 높다. 작중 화자인 '나'의 삶이 또한 그렇다. 이 소설 역시 파국이 아니라 파국 이후를 다룬다. 작품 전체의 의미 구조를 결정하는 것은 두 가지 선택이다. 첫번째 선택, 어느 봄날 새벽, 차 앞으로 뛰어든 검정개를 피하기 위해 차를 크게 움직이다 치명적인 왼손 손상을 겪게 된 것. 한 가설에 의하면, 지각 정보로부터 판단을 거쳐 구체적 실행에 옮겨지기까지의 0.5초 동안에, 판단과 실행 사이의, 우리가 의식할 수 없는 경계에서 수도 없이 많은 결정과 번복이 이루어진다고 한다. 흥미롭게도 한 연구자는 그 0.5초에 가상계the virtual라는 이름을 붙였다. 왜냐하면 그것이 어쩌면 현실이 되었을 수도 있는 가능성들의 세계이기 때문이다. 그러니 도래한 현실이었을 수 있는 저 '가상의 현실'은 '드러난manifest 현실'보다 훨씬 더 웅숭깊은 것일지도 모른다. '나'가 사고를 통해 알게 되는 것은 없다가 생겨나거나 극적 변화를 통해 비가역적 변화의 결과로 도래한 것이 아니라 그 가상계에 엄연히 잠복해 있던 사실관계들이다. 엄연한 것은 소름 돋도록 무섭다. 특별할 것은 없지만 자상한 편이었던 남편에게서 "무관심, 의무, 조용한 위선"(p. 214)을 발견하게 되는 것과 같은 일들은 저주나 축복까지는 아니겠거니와—조용한 위선까지라니!—엄연히 존재하는, 아니 정확히 말하자면 사건의 연쇄에 의해서 발생하지만 언제나 사후에만 그 전의 의미들까지도 수습이 되고 결정이 되는 사실관계의 수납 과정일 따름이다. 결과를 알고도 피할 수 없는 선택이 있는가

하면 돌이킬 수 없는 선택을 통해 확인되는 차가운 사실관계들도 있기 마련이다. 전자는 헬라 비극 속 영웅의 것이지만 후자는 현대 소극의 빈번한 주제이다. 물론 이런 일이 없었더라면 어땠을까를 묻고 싶으나 묻는 것이 의미가 없는 일들도 있다. 틀림없는 것은 이 경우에도 기정사실이 된 비의, 혹은 세속의 지위로 떨어진 비의를 들여다보는 일에 있어 한강만큼 집요한 작가도 없다는 것이다.

두번째 선택, 젊은 날 잠시 스쳤던 인연, 조금은 다른 양상으로 전개되었을 수도 있었던 관계를 뒤늦게 확인하고자 하는 '때를 알지 못하는' 의지가 이 소설의 줄거리를 이끌어 간다. 이를 통해 변화나 사건의 극적 전개를 만드는 것은 아마도 한강의 스타일은 아닐 것이다. 그렇게, 아무 일도 없었지만 아무 일도 없게 되는 사건이 이 소설의 두번째 중심축을 이룬다. "조용한 위선"의 발견에 가닿는 묵중한 사후적 시선과 발뒤꿈치를 살짝 높이는, 아직은 놓기 싫은 은근한 소망의 작은 경쾌함이 묘하게 엇갈리는 바로 그 지점에 선명한 이미지 하나가 매듭처럼 놓여 있다. 바로 노랑무늬영원.

이미지는 때로 상징이 되어 군림하기도 한다. 그때 이미지는 주제화된 문장들을 자동적으로 풀어낸다. 그러나 처음의 자리에서 고집스럽게 번뜩이는 이미지들도 있기 마련이다. 이야기가 조금 샐 위험이 있지만, 나는 요즘 '주전자의 조용한 물 끓는 소리'에 한동안 붙들려 있다. 김수영이 「삼동유감」이라는 산문에서 '주전자의 조용한 물 끓는 소리'가 거수와 같은 현대의 제약을 거꾸러뜨릴 수 있다고 장담하기도 어렵지만 거꾸러뜨리지 못한다고 장담하기도 어렵다는 말을 한 것을 두고 새삼 곱씹고 있는 중이다. 물론 이 지면에서 "현대의 제약"과 같은 거창한 이야기를 꺼낼 계제가 아님은 알고 있지만 어쩌면 문학 하는 일의 위의가 거기에 있는 것은 아닐까를 묻지 않을 이유도 없는 것이다. 주전자에서 조용하게 물이 끓는 소리에 귀를 기울이는 어떤 정신, 혹은 그런 소리에까지 귀 기울일 수 있게 되는 어떤 감성적 도야, 이마저도 거창하다면 무엇이든 작은 것에까지 집중하고 세심하게 살펴볼 수 있는 마음을 북돋는 것이 문학이 아닐까. 모든 사람들이 주전자의 조용한 물 끓는 소리를 듣고 보는 음역과 시계를 갖게 되는, 희화화되어도 넉넉히 좋은 세계를 꿈꾸어볼 자유는 있는 것이다. 그리고 그런 꿈과 더불어 한 번 보면 다시 잊히지 않을 이미지 하나를 추가하고자 한다. 「노랑무늬영원」에는 냉연한 사실관계를 적시하는 집요함과 노랑무늬영원과 같은 이미지에 매혹되는 비상 상태가 동시에 개진되어 있다. 나는 이것이 삶을 겹으로 보는 이의 마음이라고 확신한다. 한강의 소설을 다시 읽으면서 그 깊이를 실감하게 되는 것은 바로 그 때문이다. 겹으로서 삶을 넓히고, 삶의 세목들, 그 세세히 작은 것들에까지 곁을 주어보는 마음을 북돋는 것이 문학이 아닐까. 오늘 다시 노랑무늬영원!

작가의 말

십이 년 만에 소설집을 묶는다.

긴 시간에 걸쳐 있는 소설들이어서인지, 책을 묶는 일이 어떤 작별처럼 무겁고도 홀가분하다.

단편은 성냥 불꽃 같은 데가 있다.
먼저 불을 당기고, 그게 꺼질 때까지 온 힘으로 지켜본다.
그 순간들이 힘껏 내 등을 앞으로 떠밀어줬다.

오래 지켜보아주신 분들께,
이 소설들을 쓰는 동안 귀한 도움을 주신 분들께,
책을 만드느라 애써주신 문학과지성사의 여러분께

머리 숙여 감사드린다.

이천십이년 가을

韓 江

이 소설들은 원고 청탁을 받지 않고 썼다. 혼자서 써놓고는 서랍에 넣어두고 생각날 때마다 열어 조금씩 고쳤다. 그렇게 한 편 쓸 때마다 여러 달 시간을 들여서인지, 책 전체에 나 자신이 묻어나는 느낌이다. 물론 개인적인 경험들을 직접 옮겨놓은 것은 아니지만, 돌이킬 수 없이 배어든 정서들이 있다. 두텁디두텁게. 간절하게. 때로는 이상하리만치 선명하게. 찌르듯 고통을 주며.

알고 있다. 이 소설들을 썼던 십이 년의 시간은 이제 다시 돌아올 수 없고, 이 모든 문장들을 적어가고 있었던 그토록 생생한 나 자신도 다시 만날 수 없다. 그 사실이 상실로 느껴져선 안 된다고 생각한다. 이것은 결코 작별의 말이 아니어야 하고, 나는 계속 쓰면서 살아가고 싶은 사람이니까.

가만히 하나의 매듭을 지어주신 문학과지성사의 여러분께,
지켜보아주셔서 감사하다는 인사를 드린다.

표지에 사진을 싣게 해주신 이정진 작가님께 감사드린다.

2018년 가을, 눈부시게 밝은 오후에
한 강

수록 작품 발표 지면

밝아지기 전에 『문학과사회』 2012년 여름호
회복하는 인간 『작가세계』 2011년 봄호
에우로파 『문예중앙』 2012년 봄호
훈자 『세계의 문학』 2009년 겨울호
파란 돌 『현대문학』 2006년 8월호
왼손 『문학수첩』 2006년 가을호
노랑무늬영원 『문학동네』 2003년 봄호